異国の丘から

帰還した本多二等兵が見た 米占領下の日本

西木　暉

鳥影社

異国の丘から

——帰還した本多二等兵が見た米占領下の日本——

目次

第一章　ナホトカ港へ　5
第二章　明優丸の夢（一）　49
第三章　明優丸の夢（二）　98
第四章　舞鶴から　147
第五章　長岡にて（一）　191
第六章　長岡にて（二）　224
第七章　終　章　263
あとがき　296
参考資料　308

異国の丘から

——帰還した本多二等兵が見た米占領下の日本——

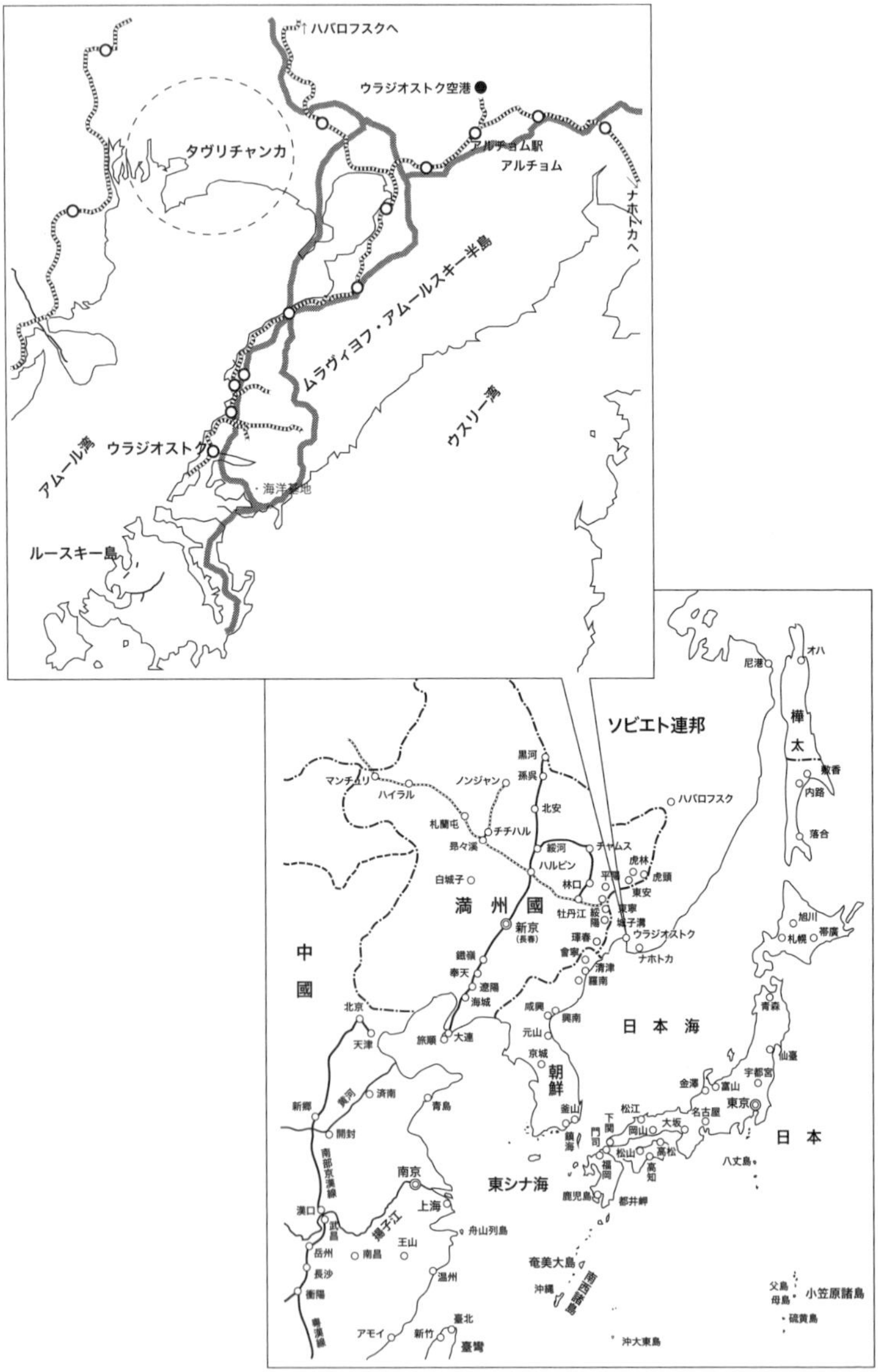

出典：『戦史叢書』を参考に作成

第一章　ナホトカ港へ

一

昭和二十一年（一九四六年）十二月。あと数日で正月という暮れ頃のことだった。

本多がその日の、六回目の糞尿を運搬し終えて、タヴリチャンカの収容所に戻ってくると、兵たちが次々に守衛所の大扉の前にある広場の方へ走って行く姿を目にした。遠目にではあるが、中には飯盒《はんごう》など自分の身の回りの荷物を担いでいる者もいる。どうやら何事かが起こって緊急集合がかけられたようだった。

空を見上げたが、太陽は見えなかった。灰色の厚い雲だけがいつものように上空を覆っている。シベリアは冬時間なのでしばらくすれば暗くなるはずだ。

本多は満馬のブランネと、糞尿を入れるロシアの漬け物樽を積んだ荷車を急いで引き離した。残りの片付けは長崎出身の阿野二等兵に任せ、先に広場へ向かうことにした。

——どこかで大きな事故があり、応援のための緊急集合か。

そう思いながら走り出すと、雪が足元でギュギュと鳴った。突然、右側の兵舎から十数名の兵たちが飛び出してきたので、あやうくぶつかりそうになった。彼らは何も持たず手ぶらだった。

「何があったのですか」

「俺たちもたった今、聞いたばかりだ。詳しいことは分からん。とにかく呼集命令だ」

一人の兵が答えた。本多は急に胸騒ぎがした。が、ともかくただ雪の上を走るしかなかった。

本部がある洋館の戸口辺りまで来ると、不意に林隊長の甲高《かんだか》い叫び声が聞こえた。

「俺は、帰るぞ！　日本へ帰還するんだ！」

林隊長は、本部にある建物の東側の部屋からちょうど出てきたところだった。自分の荷物を肩に掛け、帽子を被り外套を着ていた。ギョッとして雪の上で転びそうになった本多らは、なんとかその場に立ち止まりあわてて敬礼をした。

林隊長はいったん歩みを止め小さく頷《うなず》いたものの、そのまま兵の顔に視線を投げながら、

「おい！　『転属』命令だ。お前たちも帰ろうぜ！」

と、ふたたび声を張った。その言い方がいつもの林隊長らしくなかった。どことなくやけを起こしているようにも見えた。

――それにしても……。

『転属』命令で、日本へ帰るとはどういうことだろう。ふつうだったら、内地へ帰還する、荷物をまとめ広場へ集合せよ、となるはずだ。それが転属命令とは解せない。これまでトウキョウ・

ダモイ（東京へ帰る）の言葉に何度も欺かれてきただけに、本多には林隊長の言っていることが即座に受け入れられず、不安と疑問がつきまとった。

後で知ったのだが、本部の当番兵の話によれば、隊長がロスケの警備隊本部へ明日の作業割の表を取りに行ったところで、ロスケ（日本人がロシア人を蔑む呼称）のマヨルスキー所長と激しく言い争ったらしい。

三十代半ばのマヨルスキーは、二代目の所長である。一代目の所長ジェルジンスキー（五十歳）と比べると、年齢が若いだけでなく、横流しのようなあくどいことは決してしないまともな所長だった。彼は林隊長の話をよく聞き、捕虜の待遇改善を行ったり、またロスケ兵からも「良い人が来た」と歓迎されていた。だが「真面目な」だけに融通が利かず、上からの命令はそのままきっちり遂行する、いわゆるエリートの共産党員だった。

そのマヨルスキー所長が突然『転属』の話を切り出したらしいのだ。

「いったい兵をどこへ連れて行くのだ」

林隊長が、大きな机の向こう側の椅子に座るマヨルスキー所長に詰め寄った。

「トウキョウ、ダモイだろう」

「だろう、だと……。だろうとは、なんだ！」

林隊長は怒りの声をあげつつも、増田軍曹の通訳を待った。増田は、行き先が示されない命令は受け入れがたい、と冷静に訳したようだった。

マヨルスキー所長は、

「この『転属』命令書は、諸君を日本へ帰国させるためのもののはずだ」

と言って、上半身を少し後ろへそらし、胸の前で指を組み、林隊長をじっと見た。

「全員か」

「いや、先発隊の割り当ては、書類上、一〇〇名となっている」

「たった一〇〇名だと！　なぜ、全員ではないのだ！　本当に兵を日本へ還す『転属』なのか」

騙《だま》され続けてきた林隊長は、必死に食い下がった。

「……」

所長は、鳥の嘴《くちばし》のような鼻の下の薄い唇を固く閉じ、林隊長から目をそらした。

「その命令書を見せろ」

身を乗り出して林隊長は語気を強めた。

「ハヤシ・キャピタン！　それほど部下が心配ならば貴公が先導してもよい。ともかく時間がないのだ。すぐに一〇〇名の兵を移送しなければならない。三〇分後、兵を広場に集めて欲しい」

青みのある鋭い目を上げて、マヨルスキー所長は立ち上がり、決然として言った。

林隊長は所長の机に突いていた両の手を離し、左隣にいる通訳の増田軍曹を見た。増田も、覆すのは難しいでしょう、と首を横に振る。その表情から林隊長は、全員の移動が無理だと分かると、

「つまり一〇〇名の移送しか認めないというならば、兵のすべてを祖国日本へ連れ帰る、という俺の責任もここで断たれたわけだ」

と悔しそうに息を吐いた。

「ならば、マヨルスキー所長！　所長ともこれまでだ。すでに貴様らの社会主義政府のおかげで二〇〇余名の兵の命を失っている。ここでさらに一〇〇名の兵が切り離されるなら、俺はもう隊長でもなんでもない。俺にその一〇〇名を先導しろというのなら、それもよし。ただし、俺は一兵卒となってここを出る。いいな！」

林隊長は吐き捨てるように言って、部屋を出た。

それから林隊長は荒々しく戸を開けて本部に戻ってくるなり、何事かと驚いている橋本少尉や東山曹長らに向かって、所内の兵をすぐに広場へ集合させるよう命じ、当番兵には何も言わず自分で自分の荷物をまとめ、それを持って飛び出してきた、ということだった。

本多の目の前で、林隊長は耳を真っ赤に染め、肩で息をしながら激しく白い息を吐いている。

転属命令だ、お前たちも帰ろうぜ、という矛盾に満ちたそのひと言だけではどうしても事情が飲み込めない。本多は、瞬きをするのも忘れて血走った隊長の目を凝視した。

しかし隊長はそれ以上の細かなことは語らず、そのまま足早に広場へ向かった。決断の早い数名の兵は、血相を変えて自分の兵舎へ一目散に走り出した。だが、本多ら大方の者はどうしていいか分からず、そのまま隊長の後を追った。

広場には連絡を受けた兵がかなり集まっており、すでにロスケの将校が一人ひとり名前を読み上げ、点呼をとっていた。呼ばれた者は、荷物を持って門外へ出ろという。門の向こうのロスケの営庭には、幌のついた大型トラックが三台止まっているらしい。

だがいくら声を嗄《か》らし幾度も名前を呼ぼうとも、兵の返事があるものとないものがある。

それもそのはず、炭坑へ出かけた一番方《いちばんかた》（午前八時〜午後四時の労働）がまだ収容所に戻っていないのである。その上、ちょうど二番方（午後四時〜夜中の〇時の労働）が交替のため炭坑へ出て行った直後だったので、全員がその場にいるわけがなかった。

所内にいるのはせいぜい三番方（午前〇時〜午前八時の労働）の兵約二五〇名と、労働に従事していない中隊長や将校が四、五名。それに数名の下士官。あとは作業猶予の許しを得ている「三カチ」と、病室で寝ている兵のみであった。これでは名簿によって選び出される兵がこの場にきっちり揃わないのは当然なのだ。

もう暫くすれば、炭坑へ出勤した一番方が戻ってくるはずだ。にもかかわらずそれを待たずにマヨルスキー所長は、とにかくただ員数を合わせ、上からの命令どおり決められた時間までに一〇〇名の兵をトラックで収容所の外へ連れだそうとしているのだ。

馬鹿げた話だ！　と、本多は心の中でつぶやいた。

しかしこうした所長の行動を簡単に嗤《わら》いとばすことはできないとも思った。

日本側でも同じである。大陸にいる軍隊も電信で大本営の命令が東京から送られてくればそれに従わざるを得ない。また現地の他の部隊の責任者がおかしいと感じても、命令が自分宛てに来なければ、おかしいと声を上げられず、何もできずに傍観するのが普通だ。

軍内のみならず地方人の社会でも、現地にいる自分の目で状況をしっかりと見極め、そこから自主的な判断を下して別の結論を出したり、たとえそれが上からの命令や社会の通念に反しようとも、自分の判断に基づいて独自の行動のとれる者は極めて少ないのである。

日頃社会に対して批判的である人でも、自らの組織の中では、『緊急事態』に対して独自の考えに基づき臨機応変な行動をとれる者はほぼいない。つねに上からの指示を待つ。あるいは反対する理由はないが、全体の合意が必要だと言ってすぐに動かない。事態が危急存亡の瀬戸際であるにもかかわらずだ。

内も外も、右も左も、本質的に大きな違いはないと本多は思う。その時代の、その組織や社会に拘《こだわ》るかぎり、前提となり、基盤となる根本的な考え方はみな一緒なのだ。したがってソビエトの共産党員である所長の愚行を人は安易に罵ることはできないだろう。それほどに上からの命令は重い。

一方林隊長は、そういう点では、軍の命令とは違う行動をとった希有《けう》な人であった。軍令である敦化には向わず、列車を哈爾浜駅に入れた。そして大連まで行き、最期は日本本土で終わろうと自ら判断した軍人だった。

名前を読み上げ確認する通訳将校の脇で、マヨルスキー所長は、広場に遅れて来るものや、人数の揃わないことに苛立ちを隠せないようだった。

ロスケはこれまで率先して収容所内での分隊や班の編制を幾度も変えてきた。それは健康面での欠員問題もそうであるが、日本兵の脱走や喧嘩や不正などの不穏な動きを阻止するためでもあった。だから一番新しい名簿に基づかなければ、的確な人員抽出は無理なのである。

そもそも雪の来ない時期に割り当てられていた農作業や、道路補修や、木材伐採といった仕事は、この厳冬期には行われておらず、今はもっぱら気候に左右されない三交代制の炭坑労働が、すべての捕虜に義務づけられていた。だからこの場に全員がいないのは当然のことなのだ。

それなのに呼ばれる兵の名前の順番を聞いていると、係の将校の手元にあるのは、最初の冬に三番方の編成を行ったときに作った、一年以上前の、ロシア文字のアルファベット順に並ぶかなり古い名簿のように思われた。

「この場にいる者で、ダモイを望むものは誰でもよいから、前へ出ろ！」

とうとうマヨルスキー所長は、自らロシア語で怒鳴った。本多の見るところ、おそらく二、三〇名ほど足りていないのだ。

所長の言葉に、この騒ぎを顔色も変えず冷静に見ていた通訳の増田軍曹が、

「転属を希望するものはいないか！」

と声を張った。それをきっかけに、

「おい！　お前も来いや！　人数が足りないのだ。いっしょに帰ろう。誰でもいいんだよ。員数《いんずう》さえ揃えば。早く早く！」

と、名前をすでに呼ばれ確認を終えていた仲間が、他の仲間を必死で誘い始めた。

「何をためらっている。荷物なんか、これといって無いだろう。来いよ」

「心配だったら飯盒と食器だけ取ってこい」

彼らが口々に叫んだ。

しかしそれを聞いて、即座に動く兵はいなかった。

むしろ逡巡する兵はお互いに他の者の顔を覗き込み、目を血走らせ、いっそう混乱し始めていた。このとき本部の当番兵から、こういう事態になったいきさつと、林隊長とマヨルスキー所長の言い争いの話の内容を聞いて、なるほどと納得したのだが、名前を呼ばれなかった本多も決断がつかず迷った。

隊長は帰ろうぜと叫んでいたが、依然として『転属』と『帰還』が頭の中でどうしても一つにならないのだ。

なぜなら、これまで二度の『転属』命令を受けてこの収容所を出て行った集団があったが、そのどちらも日本への『帰還』ではなかったからだ。特に熊倉部隊の『転属』のことが本多の頭をよぎると、今後自分が行方不明になる不安が募り、どうしても決断を鈍らせるのだった。

二

熊倉部隊がこの収容所へやってきたのは、最初に迎えた冬のことで、ちょうど一年前の今頃だったろうか。

彼らは林部隊より三ヶ月ほど遅れて、北朝鮮から運ばれて来たらしく、全部で三〇〇名ほどの大隊だった。隊長の名は熊倉武朗大尉と言った。

ちょうど先に入所した林部隊から、十一月と十二月のわずか二ヶ月の間に、約一〇〇名の犠牲者が出て、寝床に空きが出ていた時で、あたかもその死者の床《とこ》を補充するかのように新入りが送られてきたのだ。

当然のことながら、一〇〇名の寝床は埋まった。が、熊倉部隊の残り二〇〇名の兵は兵舎に入りきれず、急遽《きゅうきょ》、被服庫や農具を仕舞う納屋に押し込まれた。もちろんそこはペチカなどの暖房設備がない。

そして食糧は、というと、増員分の不足を新たに支給せず、これまでの配給量でまかなえ、という初代ジェルジンスキー所長の命令が下った。

どうやらジェルジンスキー所長は、欠員を補うだけでなく、捕虜を増員して遅れている炭坑のノルマを達成し、さらに自分の成績を上げるために、増産に転じようともくろんでいたようだった。

たとえば三交代制の一番方が出勤している間、戻ってきた三番方をその空いたベッドで休ませれば、なんとか遣り繰りがつくと単純に考えたらしい。

──ところが……。

年末から新年にかけて零下三〇度を下回る寒波が収容所を襲うと、ペチカのない被服庫や、納屋に入れられた兵が、真っ先に発熱した。このとき女医のアレキサンダーは、所長に、この寒さの中で半病人を働かせるのは危険だ、と何度も諫言《かんげん》したという。それでジェルジンスキー所長は、ようやく危険を悟ったようだった。

こうして年末に入所してきたばかりの熊倉隊は、年明けの一週間から二週間の間に、『転属』命令を続けざまに受けた。そして先発隊一〇〇名、後発隊一〇〇名、計約二〇〇名の兵が別々に、命令の翌日にはもうどこかへ送られ、所内から消えていた。

ロスケ側の公式発表はいっさいなかった。分隊長を通じてどういう理由で転属となったのかということも知らされなかった。が、そもそも定員一〇〇〇名の収容所に一〇〇の空きが出たからといって三〇〇名を入所させ、寝床や食糧などの調達が追いつかなければどういうことになるのかは、誰の目にも明らかだった。

彼らはどうなったのか、兵舎内で様々な憶測がとんだ。

この二〇〇名はハバロフスク方面に向かったという噂があった。いや、一八九六（明治二十九）年から新潟と定期航路が開かれているウラジオストクへ行ったのだろうという者もいた。

だがいつまでたってもその後どうなったのかという正確な情報は、とうとう耳に入ってこなかった。彼らが生きているのか死んでいるかということさえも分からずじまいだった。

もう一つの『転属』組が出たのは、それから四ヶ月後、ハンカ湖の氷が溶け始めたらしいという風のたよりが舞い込んできた頃だった。

突然、ロスケの命令で、収容所内の技術者に集合がかけられた。技術者といえば、海林の収容所で一〇〇〇名の部隊を再編成したときに、新たに林部隊へ加わった約一〇〇名の兵がいた。このときの兵は、ほとんどが元工兵隊の所属で、彼らは何らかの技術や特技を持つものが多かった。たとえば本多のよく知る横沢二等兵は、工兵隊の一人で、裁縫の高い技術を持っていた。そのため小野寺班長以下五名で班をつくり、横沢の指導を受けながら、収容所内の兵たちの衣類を専門に修理していた。するとその巧みな技をどこからか聞きつけたのだろう。ロスケの兵士までがやってきて、子どもの服をミシンで縫ってくれと頼んだりしていた。

三年兵の岩根兵長は、ボイラーなどの機械修理に長けていた。入営が昭和十八年で二十三歳の時だったと話していたから、すでに二十六歳になっていた。彼は浴場の設営にも参加し、ロシアの技術者たちをうならせた。

また、塩沼二等兵は工作機械の専門家だった。機械部品のねじ切りや切削《せっさく》などを加工する様々な機械の修理ができた。また旋盤やフライス盤や研削盤を操作できる高い技術も持っていた。その他に佐々木班長以下五名で靴の修理をする技能班もあった。そのうちの二名は東京の上野で靴造りをしていた元職人らしい。

こうした技術者が全部で一五名ほどいたであろうか。その全員が『転属』命令を受け、一台のトラックに乗せられてタヴリチャンカの収容所を出ていった。

増田軍曹によれば、彼らは手に技術を持っているから、ロスケにとっては貴重な捕虜である。けっして殺されるようなことはない。だから確実に四〇キロ離れたウラジオストクの車両工場などへ運ばれるであろう、という話であった。

その後所内では衣服の繕《つくろ》いは、自分でやらねばならなくなり、靴も壊れたらそのまま紐で縛って履くしかなかった。あの『転属』からほぼ八ケ月が経つ。

しかし、彼らが本当にウラジオストクの工場へ行き着いたのか、その安否はいまだ確認できず、また日本へ『帰還』したという噂もなかった。

三

「ベストラ！　ベストラ！」（はやく、はやく）
と、広場でロスケの兵から急かされて、名前を呼ばれなかった兵たちはそのたびに右往左往した。
――もしかしたら『粛清』されるかもしれない。あるいは、先の『転属』組のように行方不明になるのではないか。

という不安が、ツルツルすべる氷の上で兵の足をすくませた。

するとある兵が、員数が揃えばすぐにでも出発しようとしている林隊長ら先発隊の名前を呼ばれた顔ぶれを見て、

「あの連中、ロスケに睨《にら》まれたことのある者が多くねえか……」

と言い出した。

よく見ると、たしかに古参の麻生や河原上等兵の顔が『転属』組の中にある。麻生もさすがに不安を隠しきれないのだろう。口元がいつもより異様に歪み、目は濁った色をしていた。常にへらへらしているゴマ塩頭の河原もこのときばかりは笑っていなかった。

出て行こうとする他の兵もまた、東京ダモイを完全に信じてはおらず、怯えた顔をしており半信半疑なのだ。

だからといって、名前が呼ばれてしまうと、

——いやだ。俺は行かない。

と主張する者は誰もいなかった。隊長と一緒なら何とかなるだろうという考えだろうか。

(林隊長がロスケの言葉に乗って行動しているのは、それなりの根拠があってのことかもしれない……。隊長といっしょに行動しようか)

本多は、ふと、そう思った。

ところがすぐにもう一人の自分が囁《ささや》く。

（いや、隊長も限界なのだ。冷静さを失って、どうにでもなれ、という気持ちでいるのかもしれない）

その時である。

白い息を煙のように吐きながら、お互いに顔を見合わせざわついていると、増田軍曹が不意にゆっくり歩き出したのだ。

――まさか。隊長といっしょに行こうというのであろうか。

と誰もが思った。

すると、体格の良いロスケの将校の一人が、

「マスダ、マスダ」

と声をかけ、ゆっくり増田軍曹に近寄ってきた。そして、

――増田は行くな。この『転属』はコムソモリスクへ連れて行かれて、重労働の木材伐採をさせられるのだぞ。そこはここよりもっと寒いところなんだ。

と耳元で囁いたらしい。

「増田軍曹殿、ロスケは今、何と言ったのでありますか」

後ろにいた小林二等兵が大声で訊ねた。

「ああ、……本当かどうかよく分からんが、この転属は、ここより北のハバロフスクの、さらに

北にある町へ行くらしい……」

と増田軍曹が小声で言った。

――なんと、やはり帰国ではないのか！

ハバロフスクといえば、最初の冬（一九四五年）の十二月までの数ヶ月間に、捕虜二五六五名の大量餓死者を出した地方だった。その中のコムソモリスク第一八収容所では、その四〇パーセント（一〇五六名）以上が死亡した、という噂の流れたことが思い出された。

兵たちの血走った目が揺れた。本多の背筋にも雪の塊を放り込まれたような震えが走った。細くなった両腕で胴震いする脇腹を押さえてみたが、身体の反応は治まらなかった。

「増田軍曹殿、行かないでください」

誰かが声を押し殺し、つぶやいた。

「行かないでください」

「行かないでください。班長殿！」

次々と続けざまに低く重い声があたりに渦巻いた。さらにそのまわりの兵が大きくうなずくのが分かった。兵はみな林隊長と増田を頼りにこの一年と数ヶ月を生きてきたのだ。その隊長が行くというのなら、増田にだけは残って欲しかった。

本多は思わずあたりを見回した。亀山はこのとき二番方だったのでその場にいなかった。増田軍曹が行くなら自分も行こうかと一瞬心が動いたが、亀山に何も言わずに消えることは出来ないと思い直し、本多はとうとうこの転属に加わらなかった。

栄養失調で所内の半日労働を許されていた柏倉も諦めたようだった。しかし第四中隊の大森曹長は、いつの間にか自分の部屋から荷物を持ってきたらしく、シューバの上に雑嚢《ざつのう》をたすき掛けにし、大扉を走り抜け林隊長のいるトラックの荷台にはい上がったようだった。大森曹長はどこへ連れて行かれようと、林隊長について行くつもりなのだろう。

それを最後に、観音開きになっていた守衛門の大扉が閉められ、運命の道は別々となった。

そしてけっきょく増田軍曹は、引き留める兵の声に圧されてか、タヴリチャンカの第四収容所に留まったのである。

翌日、残された八〇〇名の兵で、班の再編成が行われ、炭坑に入る順番が新たに振り分けられた。そして次の新しい隊長に熊倉大尉が就いたが、林隊長のいなくなった残留の林部隊は、意気消沈した空気のなかにあった。

これに追い打ちをかけるように、突然『拉致』事件が起こった。

隊長たちが出発して年が明け、しばらくすると頼みの綱の増田軍曹までが、ロスケによって夜中のうちにどこへともなく連れ去られてしまったのだ。隊長が去り、ロスケにものの言える増田軍曹を奪われた本多らは、心の拠り所をすべて失った。

四

日本が戦争に負けると、ポツダム宣言により、海外に取り残されていた約六六〇万人の日本人引き揚げが始まった。

そのうち約三二〇から三五〇万人が民間人（居留民）だった。主導したのは日本政府ではなく日本を占領統治していた連合国軍のアメリカである。主権はまだ日本に与えられていなかった。一番早く動き出したのは、朝鮮半島の南側にいる復員兵と民間人だった。マッカーサーは日本国内と南朝鮮の区域に直接の指揮権を持っていた。彼の指令により、厚生省による正式な引き揚げ作業が動き出したのは、一九四五年九月二十八日のことである。

十月七日、第一雲仙丸が朝鮮から復員兵を載せて舞鶴へ入港した。軍人が真っ先に帰還した。その後、続々と戻り始めた民間人は約四三万人に達した。

厚生省は舞鶴のほかに、浦頭《うらがしら》（佐世保）、博多、鹿児島、唐津《からつ》、仙崎、宇品《うじな》（広島）、田辺《たなべ》（和歌山）、名古屋、浦賀、函館の港にも援護局を十一月二十四日までに設置し終えた。

十一月には蔣介石の管轄である中国からの引き揚げも開始され、翌年の一九四六年三月には、台湾からの帰国作業が動き出した。（中国からは約五〇万人、台湾から約三五万人が戻ってくる）

遅くなったのはソ連軍駐留の旧満州の民間人である。彼らの引き揚げは、二ヶ月後の一九四六

年五月からだった。（約一五〇万人が戻り始める）

　さらに十二月、北朝鮮からの引き揚げ（約二四万人）や、樺太からの引き揚げ（約三八万人）もあり、それに加え南方などの約一五〇万の復員兵を入れれば、終戦の年から翌年の二年間に、海外からおよそ五〇〇万を超える人々が援護局のある各港へ戻ってきたことになる。（最終引き揚げ船は、一九五八年九月七日白山《はくさん》丸）

　これに対して、シベリアに抑留された軍事捕虜およそ六〇万人の帰還は、もっとも難航した。捕虜を帰すかどうかという問題が協議され始めたのは、一九四六年一月の米ソ両軍代表者会議だった。代表はアメリカのミューラー中将と、ソ連のデレビヤンコ中将である。

京城（ソウル）で話し合われた席上で、ソ連は、もし捕虜を帰すなら、

「復員軍人の移送に関する食糧は、アメリカ側が負担せよ」

と主張した。アメリカ側は、米《こめ》の不足を理由にそれを拒絶した。

二回目の会議が持たれたのは、半年後の六月である。ソ連側の「（北朝鮮や樺太の）民間人の捕虜をすぐに帰す用意がある」という提案に、アメリカ側は、

「民間人と同時にシベリアの軍事捕虜を日本に送還せよ」

と主張した。そこでソ連側は、まず民間人を九〇パーセント、捕虜を一〇パーセントという割合でなら帰還させると提案し、自国の復興に使役している捕虜の引き揚げを少しでも遅らせよう

としたため、七月十二日、ふたたび米ソの話し合いは決裂した。

もっともソ連は、アメリカからの様々な非難をかわすため、あるいは日本国民の留守家族の間に広がる反ソ的感情を払拭するべく、シベリアに留めている日本人捕虜に対して手篤い扱いをしていると見せるために、その月の下旬に捕虜が国許へ出す郵便を許可すると正式に発表した。

そしてその後(この策が動き出したのは年末になってからだが)ウラジオストクの郵便局で『検閲』をパスした葉書が、日本の家族や縁者のもとに届けられるようになった。

ただし、兵隊たちに配られた「はがき」には、ロシア語の脇に、「俘虜の郵便葉書」「俘虜《ふりょ》の姓名」「俘虜の住所」という「俘虜(捕虜)」の日本文字が入っており、それを見た兵の中には「気に食わぬ」「俺たちは俘虜ではない」と言って、日本の家族に安否を知らせる通知を出さなかったものもいた。

そういう行動にでるか、でないかは別として、かなり多くの一般兵が心のどこかで、ソ連の捕虜になっていることを恥じていたのかもしれない。

しかし最初の葉書が日本に届いたのは一九四六年十二月三日付で、その数はおよそ八〇、〇〇〇通と『読売新聞』が報じている。

このとき日本国内ではソ連の『検閲』を非難する声があがった。だがこのような検閲は、ソ連ばかりではなかった。

あまり知られていないことだが、ソ連から届く葉書を占領軍のアメリカは、日本の国民に渡す前にすべて『検閲』し、様々な情報を収集していた。そしてソ連から帰還した復員兵の尋問にその情報を役立てていた。

日本の場合も戦時中、戦地にいる日本兵が内地の家族や縁者に送る手紙、葉書はすべてソ連と同じように軍が検閲していた。日本もソ連も不都合なことが書かれている場合は、黒塗りするか、すべてを破棄した。

こうした紆余曲折の中で、米ソの決裂後から二ヶ月たった九月の下旬になって、突然ソ連はシベリアの捕虜を段階的に日本に還《かえ》す方針に転換した。

日本国内でも肉親の早期送還を求めるデモが起こっていた。帰還を求める日本女性の嘆願書や、様々な請願書が、デレビヤンコ中将やソ連政府に送られたりしていた。そうした動きに応じたという見方もある。

だが、ソ連が方針転換に動いた主な理由は、やはりヨーロッパでの東側諸国と西側諸国の対立が公然化し、スターリンとチャーチルとトルーマンの間で、今後の世界陣営がどうなるのかということが問題化し始めていたからだ。

「世界を分断しているのはソ連だ」と非難して「鉄のカーテン」という言葉が、チャーチル首相によって使われたのはこの年の三月のことであった。ヤルタ会談以来行動をともにしてきた連合国側の亀裂が少しずつ見え始めていた。

そこでソ連は、社会主義国家の陣営を広げるためには、反ソ的ではない日本人の「一般兵」を優先的に帰国させ、日本国内でアメリカの占領政策に反対する声を挙げさせようと方針転換したのである。

そのため「反ソ的な発言があった反動的な捕虜」は帰国させない、あるいは遅らせるという措置を導入した。

こうして十二月十九日、米ソの間で『ソ連地区引き揚げに関する米ソ協定』が締結され、ようやく段階的なトウキョウ・ダモイが動き出したのである。

まさに終戦から一年四ヶ月後、一九四六年の年末のことだった。

ナホトカに近かったタヴリチャンカの収容所にいち早く「帰還命令」が下りたのは、この協定の成立に呼応するものだったといえるだろう。


林隊長以下一〇〇名の先発隊は、この事実を知らないまま、一九四六年の十二月下旬、トラックで収容所を出発すると、(シベリア鉄道の終着駅ウラジオストクから三三キロ離れた)ウゴーリナヤという駅で支線の貨車に乗せられ、そこから東のナホトカ港に向かい、年末の押し迫った時期に港の近くの収容所に入った。

ここは六〇〇〇人を収容できる巨大な建物で、第三八〇収容所と呼ばれる帰国のための最後の待機場所となる特別な施設だった。あちこちに机や検査台があり、思想チェックと持ち物検査がそこで徹底して行われた。検査を行ったのは、青年同盟の若いエリート集団だった。

とくに、戦時中諜報活動に従事していた軍人、憲兵隊員、警察機関出身者、将官、上級将校(大佐・中佐・少佐)、下級将校(大尉・中尉・少尉)、反ソ的な捕虜、および少数ではあったが、反ソ的な民間人抑留者は、帰還者リストから外された。そして彼らの多くが、ナホトカまで辿り着いたにもかかわらず、ふたたびシベリアの収容所へ戻されたのである。

林隊長は、この状況を見て、

「ここの空気はおかしい。検査は単純なものではない。言動は慎重に。用心しないと何が起こるか分からないぞ」

と言い、皆の帽子の星章と襟の階級章をその場で外させた。

その予感はみごとに当たった。

検査に呼び出された大森曹長は、自分の中隊の四五名の死亡者名簿を持っていたのだが、所持品検査所でそれを取り上げられてしまった。また、一般兵にたいしても、何か書き付けたものを絶対に持ち出してはならない、という厳命が下った。

土田二等兵などは、収容所に残った人たちの中の同じ新潟県人から託されたメモを持っていたのだが、帰国できなくなることを恐れて検査前に、それをそっと捨てざるを得なかった。

こうしてタヴリチャンカの第四収容所から来たおよそ一〇〇名は、隊長の機転により、かろうじて厳重な検査を突破し、すでにここで検査を終えた他の収容所から来たおよそ二三〇〇名の引き揚げのグループ(第一)に入ることができたのである。

林隊長自身はどうだったのか。

マヨルスキー所長の計らいで移送名簿に、大尉の階級が記入されていなかった。そのおかげでか、林隊長は偶然にも帰還のリストから外されずに済んだのだった。また、隊長が下級将校だったことをロスケに密告する日本人のアクチブ（ソ連に協力する活動分子）も、この段階ではまだ、その役割が引き継がれておらず、ナホトカには少人数しかいなかった。

第一グループが、十二月三十一日午後に、港に停泊していた日本の汽船「明優丸」に乗船し、天候の回復を待つためそのまま船中で年を越し、出航したのは年明けの一月三日の夜だった。明優丸は、湾内に張り詰めた氷を切り裂きながら、雪の被った白い山々をあとにして、東海（日本海）の洋上へ滑り出して行った。

二日後の五日の朝、林隊長ら一〇〇名が甲板に出ると、氷のない海の向こうに日本の陸地らしき島影を見ることができたのである。舞鶴の上陸は一月六日のことだった。

ところがその直後から沿海州一帯は大陸からの寒波にみまわれ、一月の海は大時化《おおしけ》となり、連日暴風雨が吹き荒れ、東海は航行不能となった。

そのためシベリアからの帰還事業は、「大久丸（二四七九名）」と「恵山丸（二三九七名）」（十二月八日出港）に続いた、「明優丸(二四二一名)」(一月三日出港)と第二グループの「遠州丸(二三六八名)」（一月五日出港）の合計四隻が動いただけですぐに中断されてしまった。

ナホトカからの帰還が再開されたのは、それより遅れること三ヶ月を要した。

五

収容所の板壁を揺るがし吹き荒れていたブリザード（猛吹雪）が突然やみ、珍しく青空の見えた日の、穏やかなある夜のことだった。

その頃、隊長らがどうなったのか、いっこうに噂さえも聞こえてこず、増田軍曹の行方さえも分からずにいた本多らに、突然「内地帰還」の話が伝わった。

夕食を取った後の、余暇の時間だったこともあり、収容所内は、上を下への大騒ぎとなった。

「いつ発《た》つのだ！」

「それが明朝七時らしい」

「なんだって？　そんなに早くか」

「出されるのは何名だ？」

「全員だとよ」

「この帰還はデマだな。おそらく別の収容所へ移動させられるのだ！」

そういう兵の声を打ち消すものはいなかった。東山曹長も腕組みをしたまま唇を噛んでいた。

一人ひとりが半信半疑のまま、眠るしかなかった。

明くる朝七時、本部前の広場に呼集命令が出た。

最初にソ連側のマヨルスキー所長が、整列する兵隊たちに直々に別れの挨拶をした。増田軍曹がいないため何を言っているのかさっぱり分からなかったが、トウキョウ、ダモーイ、という言葉が何度か混じっているのはかろうじて聞き取れた。

近くにいた工兵隊の耳塚という兵隊が、多少ロシア語が分かるらしく、かいつまんで通訳をしてくれたものの、東京ダモイを信じて喜びを表に出すものはなく、みな沈黙したままだった。

その後、部隊長を引き継いでいた熊倉大尉から、

「辛抱した甲斐あって、いよいよ日本に還ることになった」

という言葉が出ると、兵たちは、

――おお！　おお！

と、ここで漸くどよめいた。

守衛門の大扉が開けられ、およそ八〇〇名の兵が北門を出て歩き始めると、兵たちはここでわずかに相好を崩したものの、まだ心から信じてはいなかった。これまでの経験からして、人を喜ばせておきながら、別の場所へ連れて行くのがロスケの常套手段だったからだ。本多たちは何度も辛酸をなめてきたのである。

しばらく歩くと、この収容所に到着し入所した晩、本多らが材木降ろしを手伝わされたことのある、あの引き込み線が見えてきた。製材工場の前にあるこの引き込み線には、すでに有蓋貨車が待っていた。

待っていたのはそれだけではなかった。驚いたことに現地のロスケの民間人が何十人も機関車の煙が流れる方向とは反対側の線路脇の丘に集まっていたのだ。どうやら光る氷の丘の上から日本人の捕虜を見送るつもりでいるらしい。

兵たちは、自分の知っているロシア人を探して、手を振り始めた。彼らもそれに気がつくと手を振ってくる。

本多は、糞尿運搬の帰り道に知り合ったロシアの子どもらを探したがすぐに見つけられなかった。そこで口のまわりに両手を添えて、

「ユルカー！　ダ　スビダーニャ！」（さようなら、ユルカ）

「ワーニャ！　ダ　スビダーニャ！」

「ロザリア！　ダ　スビダーニャ！」

と、声のかぎり叫んでみた。すると、

「ホーダ！　ダ　スビダーニャ！」

という、高い子どもの声が耳に入った。ユルカ（五歳の男の子）の声だ。

続いて、ワーニャ（十歳の男の子）の声も聞こえてきた。そして大人たちの立ち並ぶ間から、二つの小さな頭を出してユルカとワーニャが、紅葉《もみじ》のような手を振ってくれたのだ。

本多は、思わずちぎれるほどに手を振り返しながらも、二人の子どもの周辺に目を配った。す

ると、ユルカの所から右に三人目の、紅いスカーフを被った老婦の隣に、ロザリアの姿があった。ロザリアは、ユルカの姉で十五歳。緑色のワンピースがよく似合う美しい娘だった。春先になるといつも踏切の側の原っぱで弟と遊んでいて、糞尿の処理を終えた本多たちが来るのを待っていた。

初めて会ったときから賢そうな娘だと思った。少し恥ずかしそうに本多や阿野に近づいてきて、五歳の弟を懐に抱きながら、二十一、二歳の二人の若者に好奇の瞳を向けてきた。

「カーク　ヴァース　ザヴゥート？」（名前は？）

「本多、マヨー　イーミャ？　ホンダ」

「テビア　レェート　スコルカ？」（お歳は？）

「二十一」

ジェッスチャーと指を折って答えると、ロザリアは嬉しそうにはにかむ。本多にとって捕虜であることを忘れるひとときだった。

ロザリアたちだけではない。二人の姉弟《きょうだい》と話をしていると、突然、山羊《やぎ》の群れを追ってワーニャがやって来た。それ以後、彼はいつも山羊に草を食べさせておいて、本多らの姿をみとめると駆け寄ってくる。

あるとき、十歳の子どものくせに、ワーニャが、

「ヘイ、ホーダ！　ウォートカ　ピーチ、ピーチ！」（おい、本多、ウォトカだ　飲めよ）

と懐に隠し持ってきた瓶を取り出し、勧めるのであった。瓶の中には透明の液体が三分の一ほど入っていた。どこからかくすねてきたのだろう。

思えばこの子どもたちは、本多にとってこころのオアシスだった。遊び友達であったり、話し相手であったり、ロシア語の先生でもあった。本多の頭の中を様々な思いが駆け巡る。

六

本多らが貨車に乗り込むと、すぐに扉が外から閉められてしまった。外がまったく見えない。

このときほど、なぜ客車ではないのだと思った。

車輪の軋む音がして貨車が動き出すと、どこか違う所へ連れ去られるのではないかという不安が押し寄せてきた。手放しで喜ぶものは誰もおらず、窓のない真っ暗な貨車の中で沈黙が続く。

目が暗闇に慣れてきたところで本多はそっと残り少ない水筒の水を口に含んだ。亀山は煙草を吸わず、膝を抱いたまま目を閉じてじっとしている。

止まったり走ったりしながら、一夜を過ごしたのか。それとも二昼夜を過ごしたのか分からぬほど時が過ぎたとき、貨車の扉が外から開かれた。駅名が「チーハオケアンスカヤ」という小さな駅であるらしい。しかし通訳の増田がいないので誰もはっきり分からない。

空の明るさからすると、午前中のようだった。ソ連兵の指示で、まばらな家の建ち並ぶ駅前の空き地に降ろされ、人員点呼を受けた。

気のせいか海の匂いが強くなっている。誰かが、まちがいなくナホトカの町だと言った。

——本当だろうか。

その場に待機するよう命令が出ると、兵は一斉に線路脇の窪みに走り込み用を足した。本多は亀山を誘い、近くの民家の戸を叩き、

「ダイチェ　ミニア　ワダー」（水をください）

と丁寧に乞うた。

しかしぬうーっと顔を出した髭面《ひげづら》のロスケは、黙ってバターンとドアを閉めてしまった。今まで受けたことのない反日感情にぶつかって本多は面食らった。収容所周辺の素朴な農民たちとはまるで勝手が違っていた。町の名前すら聞けなかった。

「気にするなよ。シベリアでも、田舎と町場では違うのだろう」

と、亀山が後ろから本多の肩に手をおいて言った。

一時間もすると、行軍命令が出た。線路に沿ってしばらく歩き、踏切を渡ってまた線路に沿いながらもとの方向へ行くと、それから右に折れ三〇分ほどゆるい坂道を下る。急に小雨が降り出した。滑って転ばぬよう慎重に歩いていると、前方に屋外用のテント張りの営舎らしき建物が見えてきた。列の先頭がその営舎の入り口に向かっているのが分かった。

四月とはいえ沿海州はまだまだ寒さの厳しい時期なのに、簡易テントとはひどい話である。ソ

連側の説明によれば、帰還のためにナホトカの港町に復員兵が急増してすでに宿舎が満杯らしいのだ。そこで本多のいる部隊は、帰国の船が着くまでこのテントで待てというのである。溜《た》め息をついていると、パンと小さな鮭の缶詰が配られた。スープはなかった。

ところが三〇分も経たないうちに、将校や下士官は自分の荷物を持って、このテント張りの営舎ではなく、坂の下に見える大きな倉庫へ行くよう指示が出た。

――東山曹長や、鷲沢班長らがいなくなれば、林部隊は完全にばらばらにされてしまう。

と本多は思った。

だがどうしようもなかった。黙ってじっと成り行きを見ているしかなかった。

東山曹長らを見送るためにテントからでると、小雨はやんでいた。他の営舎の周辺にもシベリアの奥地から送られてきた兵たちが、身体をほぐすためか、所々に群れていた。遠目にではあるが、将校・下士官の集められている巨大な倉庫あたりは、つねに人の出入りが多いらしく、こちらのテントよりもざわめきと慌ただしさが感じられる。その中へ上官らは、ソ連兵に先導され吸い込まれるように姿を消した。

隣の営舎の兵の話によれば、その真新しい巨大な倉庫のような施設は、第三八〇収容所と呼ばれており、どうやらロスケがつい最近建てたものらしかった。そしてここは間違いなくナホトカの港町であることが知れた。

ふと空を見上げると白いカモメらしき鳥が飛んでいる。建物に遮られて見えないが、カモメの行く方向に埠頭があるのだろう。後ろを振り返ると坂の上の方角に、岩の露出した淡い茶色の混るすっかり禿《は》げあがった白い山（丘）が連なっていた。ちらほら見える植物もまだ芽吹く様子はなく、残雪の中に所々太い枯れ木が寒々と突っ立っていた。ここは驚くほど雪が少ない。急に風が出てきたのか、肌に冷たい。本多らは、背中を丸めてテントの中に逃げ込んだ。

二日ほどすると、突然東山曹長や鷲沢班長や丸山曹長らが自分の荷物を背負ってテントへ戻ってきた。驚いた本多らが笑顔で迎えると、

「畜生！」

と言うなり、丸山曹長がフードの下の軍帽をテントの壁に叩きつけた。

「曹長殿、どうしたのでありますか」

兵がどっと駆け寄った。

「どうも、こうもあるか。ロスケに仲間の遺骨まで取られた」

野太い声でそう言うなり、丸山曹長はその場にへたり込んだ。

丸山曹長によれば、第三八〇収容所では、厳しい私物検査と尋問があったらしい。そこで丸山曹長は、持っていた自分の小隊の死亡者一〇名の遺留品を正直に見せた。遺留品の中には、埋葬の前に鋏《はさみ》で小指の先を切り、缶の中で焼いた小さな骨も含まれていた。帰国したら遺族に届けるつもりでガーゼに包み大事に雑嚢の底へ入れておいたものだった。それをソ連の検閲官は、有無も言わさず即座に没収してしまったのだ。

さいわい、彼らの名前と死亡年月日を記したメモだけは軍服の内側に縫い付けておいたので、これは難を逃れることができたらしい。しかしここまで苦労して何とか運んできた仲間の遺骨や遺留品を、最後のトランジット（待機場所）となるナホトカの収容所で奪われたことは、丸山曹長だけでなく、林部隊の兵全員の心にロスケへの憤りを焼き付けることとなった。

午後になって移動命令が出た。天候が回復し日本船が入港したというのである。にわかに信じがたいが、ともかく急いで荷物をまとめ、隊列を組んで移動を開始した。

道の途中、坂道の上から目をこらすと、狭い湾内には貨物船がいくつも舫《もや》っていて、極東の天然不凍港として有名なナホトカの港が動いているのが分かった。

湾のところどころにクレーンや質素な木造の建物や、灰色のコンクリートの倉庫が並んでいる。その倉庫の壁の一つに片手を挙げている男の肖像が描かれていた。

「誰だろう、あれは」

本多がつぶやくと、隣を歩く亀山が、

「おそらくレーニンだ」

と即座に言った。

「スターリンじゃないのか」

「いや、髪が少なく頭が禿げているからレーニンだ。もう死んでいるがな」

と亀山は言った。

ウラジミール・イリイチ・レーニンは、一九一七年のロシア革命を成功させた革命家で、すでに二十数年前の一九二四年（大正十三年）に死去している。彼の死後、トロツキーやブハーリンを退けて、一九三〇年代にソ連政府を掌握したのがスターリンだった。

しかしスターリンは、共産党の頂点に立ち、憲法を制定したころから、個人崇拝に走り、自分を批判する古参の名だたる党員を処刑したりした。だが、さすがに先駆者のレーニンの姿を街の中から消すことはできなかった。ロシアの街じゅうにレーニンの名前を冠した通りや、肖像彫刻、絵画が今も残されていた。

収容所で、掲示板に張り出された『日本新聞』を丹念に読めば、マルクスやレーニンの名前くらいは誰でも分かるだろう。もっとも彼らがどんな業績を残したかまでは、亀山のような読書好きは別にして、ロスケに迎合しアクチブにならないかぎり詳細は知り得ない。だから一般の兵は彼らの名前と顔が一致しなかった。

『日本新聞』などにほとんど興味のなかった本多は、マルクスもレーニンもまったく知らなかった。だが本多は、この帰国が日ごとに現実味をおびる動きの中で、現在のソ連の最高責任者であるスターリンだけは、その顔を知りたいと思うようになっていた。

亀山によれば、本多らの入っていたタヴリチャンカの収容所は、なぜか「シベリア民主運動」は盛んにならず、その影響をそれほど受けなかったらしい。

林隊長や通訳の増田のロシア側に決して媚びない姿勢が、「反軍闘争」の必要性を生まなかったのか。ともかく将校や古参兵が表立って幅をきかす雰囲気もさほど生まれず、むしろロスケに対して増田を中心に全員で、食糧の正当な配給を要求したり、増田の音頭で早くから映画会や演芸会などを催したりしたので、旧軍隊の悪しき体質が露わになることは他の収容所と比べて少なかったようだった。

ソ連側もまた、二代目の所長マヨルスキーからは、日本側の要求を頭ごなしにはねつけることもなく、ソ連兵からの人種差別的な殴打もなく、所内におけるソ連側と日本側の関係はかなり良好だった。

一度だけ民間の秘密警察の女性調査官リューバの査察があった。それにもかかわらず、その無風状態がソ連政府に評価され、また炭坑の作業ノルマが順調に達成され、したがって「反動的な捕虜が少ない収容所」と判断され、高い評価を得ていたのかもしれない。そのためか、スターリンに忠誠を誓わせる強引な動きはほとんどなかった。

本多らが波止場に出ると、六八六八トンの大きな船が、舳先を西に向けて岸壁に横付けされていた。船の中央にある艦橋を挟んで前と後ろに一本ずつ檣竿《しょうかん》（マスト）が立ち、後檣《こうしょう》のさらに後ろには高い煙突が付いていていた。船の上で作業をする数人の船員がこちらを見て手を振ってくれている様子が小さく見える。

小振りのクレーンが幾つも搭載されているところからすると荷物を運ぶ貨物船だ。船体には「明優丸」の白い日本文字がある。前檣《ぜんしょう》にはロシアの旗、後檣には赤十字の旗、船尾には紅い日の丸の旗が、色鮮やかに翻っていた。

「おお、間違いなく日本の船だ！」

亀山が言った。

「ああ、日本の船だ」

本多もそれ以上言葉にならなかった。じつはこの「明優丸」は、奇遇にも三ヶ月前に林隊長ら先発隊を運んだ船だった。

流氷の残る波止場でしばらく待機し、兵全員の人数確認が終わると、ようやく船のタラップに手がかかった。岸壁と船のタラップをつなぐ足元の渡し板がクニャクニャと揺れた。片足をあげ、もう片方の足もあげる。その瞬間シベリアの大地から両足が離れた。そこで両手両足に一段と力が入って本多は一気にタラップをかけ昇った。

船の甲板に降り立ったとき、日赤の看護婦が一人目に飛び込んできた。その姿がまるで博多人形のように小さく見えた。昔と変わらぬ紺色の制服を着ており、白いエプロンに赤十字のついた看護婦帽を被っていた。

「長い間、ご苦労様でした。お帰りなさい」

懐かしいイントネーションの日本語で、深々と頭を下げてくれたときは、嬉しくてこの小柄な日本女性が神々しく見えた。

「今日は、何日ですか」

後ろからタラップを駆け上がってきた鷲沢班長が敬礼をし、大きな声で訊ねた。

「はい。昭和二十二年、四月四日です」

このひと言が胸にジンときて、次々に乗船してきた兵たちも皆その場に立ち尽くし、熱いものがこみ上げるのを押さえられなくなった。

いつ船が離岸したのか分からなかった。よほど興奮していたのだろう。

エンジンの音と船体の振動で出港したことに初めて気づいた。明優丸は溶けだしている氷をかきわけながら少しずつ少しずつ向きを変える。甲板から右舷の方角に大きな夕日が見えてきた。

そのあたりに薄い靄《もや》でもかかっているのだろうか。まぶしい光はなく、かといっておぼろ気でもなくまるで輪郭のくっきりとした巨大な赤い満月を見ているようだった。数日前までのタヴリチャンカの荒天とは打って変わって、なんとも穏やかな夕暮れの趣きを感じさせた。

二九三五名の兵は、皆甲板でその光景をじっと見ていた。

そのうちに夕日はなだらかな丘のむこうに姿を消し、船はゆっくり速度をあげて弓状の湾内を進み始めた。ソ連の軍艦が護衛するかのように隣にいる。船尾の方向を眺めると、エンジンの音を後方に流しながら一条の白い水の尾が長く曳《ひ》いて行くのが分かった。

（ああ、これでシベリアともお別れだ）

と本多は心の中で叫んでいた。亀山も黙って煙草をくわえ、動かない。

ふと、この船に乗れずシベリアの大地の氷の下に埋められた仲間の顔が浮かんだ。

七

あれは、おが屑の断熱材が板壁の間に押し込まれ、越冬が確定的となった数日後の、たしか十二月の二十四日のことだった。

夜の点呼がようやく終わり、解散して各自が就寝の準備に取りかかり始めていた。そのとき、突然、

——パン！　パン！

と銃声が二発、寒空に響いた。

本多は、すでに病室にいたのだが、突然若いソ連兵が真っ赤な顔をし飛び込んできて、病人の人数を数え始めたのだ。彼は慌てているので、何遍も数え直し、動くなと言ったのだろう、幾度も大声で喚《わめ》いた。そしてようやく数え終わるや否や、一目散に飛び出して行った。このようなことは今まで一度もなかったので、本多らは何事かと思った。

医務室にいた鷲沢も不審に思い、吸っていたマホルカをもみ消していると、

「鷲沢班長殿！　すぐに来てください！　兵隊が撃たれました」

と、医務室の外から渡辺衛生兵の叫び声がした。

鷲沢が防寒外套と医療鞄をつかみ部屋を飛び出すと、渡辺はすでに雪の中を走りだしており、守衛門に向かっていた。二人は、立哨のソ連兵に会釈し大扉の潜《くぐ》り戸を通り抜け、本部の北門へ。そこから有刺鉄線の柵外を回って、深い雪の中を進むと、人だかりのする現場に、五人のロスケ兵に囲まれた日本兵が一人、雪の上で頭を掻きむしりながらもがいていた。

望楼（監視塔）からサーチライトが照射されるたびに、あたりに飛び散った血が青白い雪の上に映し出された。

鷲沢が手当を試みようと膝をついたが、医療鞄を開ける前に兵は目を開いたまま急に動かなくなった。沁みだしているどす黒い血の量からみても手の施しようがないことは一目で分かった。

鷲沢はすこし遅れてきた衛生兵の運んできた担架に兵を乗せ、すぐに医務室へ運ぶよう命じた。それと入れ違いに軍用犬のドーベルマンが二匹、三メートルの板塀の下に掘られていた穴のところへ連れてこられた。匂いを嗅がせると、犬が即座に激しく吠えだし、他の日本兵の追跡を始めた。

医務室へ戻り、明るい検体台の下でみると、兵の頭部を二発の弾が貫通していた。約五〇メートルほど離れた望楼からの狙撃の腕は見事と言うしかなかった。鷲沢は渡辺衛生兵に雪田軍医を呼んでくるよう指示を出し、消毒液の蓋を開けた。

一方、ただちに寒風の吹く広場に兵が集められ、緊急点呼が行われた。

結局、第三中隊の金本曹長、他下士官一名、兵三名の合計五名が脱走を企て、四名は雪の中へ消えたが、大野二等兵だけが脱出に使ったトンネルのところで射殺されたことが分かった。

翌日朝、点呼のときに林隊長から逃亡した四名の行動が所内の仲間に伝えられた。彼らはいったん浜に出て、ロシア人の漁師を殺し衣服を奪い、綏芬河《すいふんが》の支流がつくった幾つもの三角州の間を流れる河口を渡って、朝鮮との国境へ向かったらしい（咸鏡北道の慶興方面）。

点呼を終え小雪の降る広場から兵舎に戻った兵たちは、ペチカの周りに自然と集まった。

「そういえば、金本曹長は、朝鮮出身の兵だったな」

と誰かが言った。

「下士官一名とは、誰のことだ？」

また、誰かが訊《き》いた。

「さあて……」

すると、ある兵が言った。

「吉田兵長だ。彼は、元満鉄の機関士で地理には滅法詳しいはずだ」

「それじゃあ、残りの兵隊は誰だろう」

すると、突然小林二等兵が手を挙げた。

「殺されたのは、自分と同期の大野二等兵です」

「貴様はどうしてそれを知っているんだ」

麻生上等兵が、二段ベッドの上で横になったまま、声をあげた。

「それは、数日前、自分は大野から脱走に誘われたからであります。大野は自分と同じく満洲開拓団の出身でした。入植した所はまったく違いますが」

——おお！

という感嘆の声が一斉にあがった。

小林二等兵の話によると、大野は次のように言ったという。

「ここにいては、一生ロスケにこき使われていずれ死ぬ。どうせ死ぬなら脱走に生死を賭けて万に一つの生を得たいのだ」

と。どこへ逃げるのだと訊ねると、朝鮮へ行けば仲間の知り合いもいるし、当分は匿《かくま》ってくれるはずだと言う。

「誰と行くのだ」

「金本曹長と吉田兵長だ」

「成算はあるのか」

「ある。食糧やマッチなど準備は万全だ。だから貴様も一緒に逃げよう」

「俺はダメだ。厚意には感謝するが、俺の村は北満で逆方向だし、遠すぎて無理だ」

「そうか」

「成功を祈ってる」

寝床の中でそのような言葉を交わしたらしい。

――そういうことだったのか。

暗い顔の兵たちが、思い思いに嘆息した。

「あとの一人は誰だか分からないが、全員うまく逃げ切ればいいが……」

亀山がつぶやくと、皆が頷きながら、あちこちで様々な憶測が囁かれた。

だが、六日後の三十一日の夜、彼ら四名の兵はロスケのジープに乗せられて還ってきた。迎えに出ると、四人ともカチンカチンに凍った状態で死んでいた。

「吉田兵長と、戸田二等兵と須賀二等兵は、胸を七、八発撃たれていたが、金本曹長は、検視の結果、一六発の射入口があった。ただし唯一の救いは他に何も外傷はなかったことだ」

鷲沢班長の言葉に、兵たちは、ロスケの犬に嚙まれなかっただけでもよかった、と口々に気休めを言った。

しかし時間がたつにつれ、どうやら、金本曹長は、この脱走のときまで身体検査をくぐり抜けてピストルを所持していたらしいという噂が立った。そしてロスケに応戦したため、集中的に撃たれたのだという。またある兵の情報によれば、彼ら四人は、朝鮮の国境（図們江）まであと八キロという地点で追いつかれたとのことだった。

埋葬は、元の中隊の分隊に任せられた。

だが、そのためにその日の労働を免除するという命令は出なかった。一番方の作業が終わり収容所に戻ってから、班員で遺体を担いだ。墓地に指定されたのは、谷を一つ越えた先の、港がうっすら見える丘であった。

冬時間なので暗くなるのが早い。そして大地はすっかり凍っているから、ツルハシを使っても穴が容易に掘れなかった。春になって氷が溶けたら、そのときにもう一度埋め直すということでとにかく作業を急がされ、氷と雪で遺体を覆った。

前の晩に製材所の木工部から貰った板の柱の表面に、小刀で、

――陸軍兵長　金本末吉之墓

と彫り込んでおいた墓標を立てて、それで終わりだった。線香も蠟燭《ろうそく》も読経もない。誰かが持ってきたのか、小さなパン切れが供えられただけだった。

ロスケ兵にせかされ収容所に急ぎ足で帰ってくれば、あとは次の犠牲者を埋めに行く以外、誰もその墓を訪れることはないのだ。

（異国の丘の冷たい凍土に眠った兵たちの霊をどのように慰めたらよいか。あの脱走をしなければ一緒に日本へ還るこの船に乗れたかもしれない）

そう思うと、デッキにいる本多は、やりきれないものが胸にこみ上げてくるのだった。暗い海の波間に航海灯が灯《とも》り、ナホトカの港がいつのまにか見えなくなっていた。領海を越えたのか、ソ連の駆逐艦や流氷もすでに姿を消していた。

船内には風呂の施設があり、そこでシベリアの垢《あか》を落とすと、その安堵《あんど》感からか、入浴したあとに身体がぐったりし、畳一枚の広さに五人ほどの割合でぎっしり詰め込まれたものの、あっという間に意識が遠のいていった。

夜が明け、朝から風が立ち、荒々しく砕ける波頭は白馬を躍らせる。船は大きなうねりに乗ったように上から下へ、下から上にどーんと揺れ動く。本多は、吐くものを吐いてしまうと、船室の片隅に足を折り曲げて壁に寄りかかり、スクリューの空転する音らしきものをかすかに聞きながら、一日中うつらうつらと眠り続けた。

第二章　明優丸の夢（一）

八

本多は、日本へ戻る『明優丸』の船室で夢を見ていた。

居眠りしながら見るその夢は、有り得ない空想なのか、一睡の中を駆け抜けるシベリアの追想なのかはっきりしなかった。ただ分かっているのは、その夢物語が、タヴリチャンカの収容所に着いた日のことから始まったことだった。

極東ソ連のナホトカから、西へ一八二キロの距離に、ウラジオストクの町がある。ここは、日本がシベリアへ出兵した際、一九一八年（大正七年）に上陸した半島の港町である。そのさらに西側、アムール湾の奥の半島の付根にタヴリチャンカという小さな炭鉱の町があった。

タヴリチャンカの近辺には他にも収容所は幾つかあったが、本多らが運ばれたのは、その中の一つ、タヴリチャンカの第四収容所だった。

収容所がある標高七〇メートルほどの小高い丘の上に立つと、ちょうどアムール湾の海が遠望でき、天気の良い日には、行き来する船の動きがはっきり見えた。

しかし収容所の中に入ってしまうと、周囲縦およそ一〇〇メートル、横およそ一〇〇メートルほどの四角い土地に、高さ三メートルほどの背割り板塀と、二重の有刺鉄線が張り巡らされていたから、外の景色はいっさい見えなかった。板塀一枚一枚の先が鉛筆のように尖らせてあり、四隅の望楼（監視塔）からは、狙撃銃を持ったソ連の兵士たちが四六時中監視を行っていた。

本多らがこのタヴリチャンカに辿り着いたときは、どこに何があるのやらまったく見当がつかなかったが、コルホーズの農場、レソピルカの製材工場やシャフチョールの炭坑へ毎日作業に出るようになると、次第にその全容が分かってきた。

ソ連の警備隊が駐屯する建物は、日本兵が収容された第四収容所の囲いの西隣にあり、かなり古いものだが立派な煉瓦で出来ていた。北側の正門から入って右手にある二階建ての大きな洋館が、そのソ連軍の警備隊本部である。ちょうどカギの字型の造りになっており、南端に大きな炊事場があった。

そこの煙突から白い煙があがると、いい匂いがしてくる。もちろんここで作られる料理は、ロスケの将兵のものだけである。日本兵の炊事場は別にあった。

警備隊本部の左手（東側）は営庭になっている。この広い営庭の一番奥にソ連の下士官や兵士の寝泊まりする宿舎と、棟を別にした豚小屋と馬屋が二つ並んで見えた。さらにその右隣には大きな入浴場がある。

ここへ到着したとき、本多は町の入浴場に入ったと思ったが、じつはこの警備隊の入浴場を利用したのだということが後になって分かった。

この駐屯地の周りをぐるりと有刺鉄線が囲んでいた。そしてその隣に併設されているのが板塀と有刺鉄線の二重の囲いがある日本兵の捕虜の収容所である。

したがって本多らが作業を終え、収容所へ入るには、まず警備隊の正門（北門）から中へ入り、すぐに左に折れ、営庭の北側にある有刺鉄線に沿って東へ進むと監視塔が見えてくる。その望楼下に置かれている守衛所で点検を受け、それから衛門を開けてもらう。もっともこの巨大な鉄の扉の衛門は、通過する人数の少ない場合は、日本の潜り戸のような小さめのドアが付いているので、そこから簡単に出入りすることができた。

本多らが、守衛所を通過し中へ入ると、ソ連側の営庭より少し狭い『広場』があり、そこが日本兵の集会や点呼を行う場所だった。そして広場の先に見えるのが日本兵の捕虜収容所施設である。ここからは有刺鉄線だけでなく、さらにその周りをぐるりと背の高い板塀が囲んでいるので、檻《おり》の中に入ったという実感があった。

衛門から板塀沿いに歩いてゆくと、一般兵の入る細長い兵舎がある。兵舎はすべてバラックだ。この最初の、東に延びる一棟目の兵舎が切れたところで、南に向かって二棟目の兵舎が建っていた。そして三棟目の兵舎は、前の二棟より短いが、今度は突き当たりを右に、つまり西の方角へ向かうように建ち並んでいた。ちょうど三棟が板塀に沿ってコの字形になっているのである。

どの兵舎も中に入ると右側に廊下がある。ちょうど学校の校舎のような構造だ。部屋の壁は板一枚で、屋根は日本のように二重にはなっておらず、一重の帆布《はんぷ》（天幕）のような素材だった。板壁をさわると表面にヤニが浮き出てネバネバしていた。おそらく生の松を使い造ったのだろう。板と板の隙間から風が入ってくるのか、どこかで口笛を吹くような小さな音がする。ひどく安普請の兵舎なのだ。

寝台（ベッド）は、五本ある柱を利用して、そのまわりに上下二段の木組みを作り、下に四名、上に四名が寝られるようになっている。横板の上には筵《むしろ》が一枚ずつ敷いてあるのみだ。それが一部屋に五セットある。壁際に建てつけられた寝台も入れると、一部屋に五〇人を収容できる大部屋だった。

一つひとつの大部屋にペチカ（暖房設備）が一つずつあったが、石炭や薪の不足による節約のためか、日中は火を落とすので室内の空気は冷たく、夕刻兵舎に戻って暖まるのに時間がかかり、まるで氷の中にいるようだった。生の松ではうまく燃えないことが多く、天井から吊される四〇ワットの電球がいっそう寒々しい光を放っていた。

こんなことなら、行軍の途中で捨てた防寒具をとっておけばよかったと本多は後悔したが、あとの祭りである。夏服しかない兵にとっては、この環境では容易に寝付けなかった。

兵舎の戸口から外を眺めると、敷地内の中央に日本側の本部が置かれている洋館が見える。建物はかなり古いが、コンクリート製の棟で、立派なものだ。この風を通さない洋館の二階に、隊長や将校はそれぞれ個室を与えられていた。

昼間は、一階にある本部の一室に、林大尉、副官の橋本少尉、それから東山曹長、黒田軍曹、そして通訳の増田軍曹が常駐していたが、特別な用事がないかぎり、一般の兵が出入りすることはなかった。もっともこの棟の一階南側には、床屋の部屋や、地下には野菜貯蔵庫などがあったので、そちらへの兵の出入りは日常的にあった。

あるとき被服室の鍵を壊して衣服を盗んだ兵が、ロスケからの罰として、本部の隣に作られていた狭い営倉に入れられたことがあった。

営倉にはペチカがない。また窓がなく食事が昼ぬきだと聞いた。それが罰の一つにも思えたのだが、実際は兵舎よりは寒さを凌ぐことができたらしい。おまけに隣室の隊長から、時折営倉の戸口の隙間を使って煙草の差入れがあった、などという『美談』まで耳にした。が、もちろん本多はそこに一度も入ったことはないから、真偽のほどは分からない。

ただ不思議だったのは、タヴリチャンカの捕虜生活のなかで犯則者としてつかまった兵が、ロスケから暴力や虐待行為を受ける姿を目撃したことは一度もなかった。ロスケは日本兵と違い、日常的に捕虜を殴ったり蹴ったりすることがほとんどない。顔にアザをつくったり傷を負ったりして戻ってくる兵を見なかったし、営倉で凍傷にかかって動けなくなったという兵の話も聞いたことがなかった。

本部の建物の隣に、もう一棟、医務室や病室や霊安室、そして炊事場や被服庫や荷車などを入れる農具収納庫のある洋館の建物があった。こちらも二階建てで、医務室や病室や炊事場は、壁がコンクリートでできており、それぞれが厚い壁で仕切られていた。

とくに医務室や病室は、日中もペチカが赤々と燃えており暖かかった。病気になると、兵は大部屋の兵舎からこちらの建物の二階の病室に移された。

本多も三ヶ月ほどこの病室でお世話になったことがあった。だが、これがいいことばかりではない。身体が温まると虱《しらみ》が騒ぎ出し、なかなか熟睡できないのだ。おまけに内臓が活発化するのか、空腹を満たすために水を飲むと小便の回数が増えた。やせ衰えて神経も鈍くなっているせいか、尿意を催すとすぐに漏れそうになる。

そこで何度も便所通いとなるのだが、便所が外のかなり離れた（おそらく距離にして六、七〇メートルの）ところにあるので、そこまでもたない兵が続出した。

誰が始めたのか定かでないが、あるときから多くの病人が、病室のある二階の階段を降りながら尿意を催すと、途中で壁に向かって小便をしたので、階段脇の壁には一、二センチくらいの厚い氷が張り、波の模様をつくってしまった。

また、一階にある医務室の隣の玄関を出たすぐの外庭にも、厚く凍った小便の山ができ、点呼をとるために外へ出ようとすると、そこでかならず誰かが滑って転び怪我をするという事態が続けざまに起こった。

これがソ連側の知ることとなり、部隊の全員が『広場』に集合させられた。ロスケの女軍医アレキサンダー（中尉）が、通訳の増田軍曹を呼んで自分の隣に立たせ、およそ一〇〇〇名の兵の前で太い腕を高々とあげ、拳を振りながら声高に怒《おこ》ること、怒ること。

しかし、それを聞いている兵たちは、言葉がまったく分からないから、女医の雷が通りすぎるのを待つだけだった。気の毒だったのは、アレキサンダー女医が何度も何度も増田の顔を見てまくしたてるので、遠くから見ていると、あたかも通訳をする増田軍曹一人が怒られているのかのようだった。

——本多は、夢の中で思わず苦笑した。

そういえば、アレキサンダー女医の雷が落ちた十日くらい後だったろうか。新品ではないが、縦に数本の縫い目が入る防寒用の、カーキ色をした木綿の上着とズボン（チュラグレイカ）が兵に配給された。鷲沢班長の説明によれば、それを軍服の上に着用し、小便は必ず便所まで行ってすること、というアレキサンダー女医からの御達《おたつ》し（命令）があったらしい。

九

入所して間もなく、本多はコルホーズ（集団農場）の農作業にかり出された。

収容所を出てゆるい坂道をのぼり、アムール湾とは反対側の丘の上に立つと、新潟では想像もできない広さの畑と草原が眼前に広がっていた。土地になだらかな起伏があるのだろう、水田のように真っ平らではない。しかし右も左もすべてが緑地で、その緑色の大きなうねりの果ては、あたかも北の空の下まで続いているように見えた。遠く西側の満洲との国境となるなだらかな山並みは、山というよりも緑の海の堤防だ。

満洲もシベリアもよく似ている。だが無蓋車の中から眺めた満洲の光景よりも、こうして実際にシベリアの丘の上に立ち、あらためてそこから見た緑の大地（湿地帯）は、広大なだけでなく、ともすると無限なものに飲み込まれる恐怖とでも言おうか、肌が粟《あわ》立つような圧迫感さえあった。

「おい、おい、ここを全部俺たちでほっくりかえすのか」

不意に麻生分隊長の不機嫌な声が聞こえてきた。

「まさか、そりゃあ、いくらなんでもむりだんべよ」

振り返ると、河原上等兵が冗談じゃないという顔をした。

「たしかに。うちの大隊を全部動員したって、幾日かかるか分からんです」

腰巾着の角田一等兵が相槌《あいづち》を打った。

「でも、茎の色が変わって葉っぱも黄色くなりかけているから、ここのジャガイモは今が収穫のときですね」

農家出身の福地一等兵が腰の高さくらいの葉を触りながら、うれしそうに笑った。

指示された農道に腰を下ろして、しばらく風に吹かれていると、ロスケのソフホーズの責任者が四名やってきて、本多ら二〇〇名の中隊を、五〇名ずつに分けた。第一分隊はジャガイモを、第二分隊はニンジンを、第三分隊は大豆を、第四分隊はキャベツを収穫せよ、ということである。

それぞれの分隊にロスケの警備兵が二人ずつ付き、責任者が一人ずつ分隊を先導し畑に入っていく。どうやらロスケの方では、すでにどこをどこまで掘るのかノルマを決めているようだった。本多の目にはジャガイモ畑もニンジン畑も、緑一色にしか見えないのだが、何らかの目印があるらしく、先導者は迷うことなくずんずん歩いていく。

第一分隊の本多らが、ジャガイモ畑を横切る水路脇の土手の道にぶつかると、不意にどこからともなく美しい歌声が、かすかな風に乗って聞こえてきた。歌声は一人ではない。低音部と高音部にわかれて何人かで合唱しているのだ。

一段高い所にある道に沿ってしばらく歩くと、ロスケの農民が二〇名ほど、水路側の土手の中程に座って待っていた。彼らは日本兵の集団に気付くと、ぴたりと歌うのをやめた。

中年の男だけでなく女もいた。いや、男より女の方が圧倒的に多い。おそらくソ連も多くの男を兵としてヨーロッパ戦線に送り出し、村に残っているのは、日本と同じ女や子どもや老人ばかりなのだろう。

その彼らもいっしょに作業に加わるという。その場で、さらに細かい仕事の割り振りが行われ、いよいよ作業に入った。

日本兵は、引き抜いた茎や葉を取り払い、芋を集める者と、それを木製のもっこで運ぶ者とに分かれ、大きな芋の山を作っていく。すると頃合いを見計らってトラックがやって来て、ロスケの農民たちがそれらを荷台に積み込んで行く。

この農作業は道路補修の石運びより楽だった。

――作業止め！

の笛が鳴った。お昼休みだ。

水路の所まで戻り持参のパンを食べ始めると、農民の中のリーダーらしき男が戦場で使用する移動式の釜をもってきて、農道でジャガイモを蒸し、それを日本兵にも食べさせてくれたのだ。おまけに野菜スープと湯通しした塩鮭の切り身（約五センチ）が一切れずつ振る舞われたのだから驚いた。兵はそれらをむさぼるように食い、お代わりの先を争った。

その日の収穫作業を終え、収容所に戻ってから、麻生分隊長が角田にそれとなく探りを入れさせると、他の分隊は第一分隊のような塩鮭のスープの特別な計らいはなかったらしい。どうやらロスケの農民リーダーによって作業者への対応に違いがあるようだった。

こうなると次の農作業が楽しみになった。

ところが翌日、勇んで収容所を出た本多らが畑に着くと、その日は水路の先にあるニンジンの収穫を任された。芋掘りの仕事は別の分隊に当てられたのだ。残念だが不平の声をあげることはできない。

――自分たちだけがいつもいい思いをすべきではない。

第一分隊の兵らはそう心に言い聞かせ、ニンジンを引き抜く作業に入った。

まだ十月であるが、シベリアはすでに日本の真冬のような寒風が吹き始めている。付き添いの警備兵は、作業をする兵の様子を見ながらも、四六時中目を光らせているわけではない。むしろ捕虜をほったらかしにして、周辺の枯れ木や枯れ草を集め、白樺の表皮で火をつけ、畦道で焚き火をはじめる。

白樺の木の表皮はスルメのように丸くなりながらよく燃える。一日中彼らはその火にあたりながら、煙草を吸って何やら談笑したり、寝転んで居眠りをしたりしていた。

いったいにロスケは大雑把で、いい加減なのだ。しかしこのいい加減さが、日本兵の捕虜にとっては有り難かった。銃は防風林の白樺の木に立て掛けてある。そこを冷たい風がとおり抜けていく。

本多らが昼食の時間に、泥を落としたニンジンを生でバリバリかじっていると、その様子を見たロスケの警備兵が、咎めるどころか、

「ヘイ、ヤポンスキー。イジ　スダー」（おい、日本人。こっちへ来い）

とロシア語で言い、ここへそれを持ってきて焼いて食え、と手招きしてくれた。

そのときは嬉しくて、「スパシーバ！」（有り難う）という言葉が自然に兵たちの口をついて出た。それから兵が皆、焚き火の周りに群がった。

三日目は、ふたたびジャガイモの収穫作業となった。しかし蒸し芋はもらえたが、鮭入りのスープはなかった。ロスケはやはり計画的に事を進めているのではない。その日の気分なのだ。

一週間もすると本多らは要領を得て、農作業の帰りがけにその日の収穫物を自分の飯盒へ入れ収容所へ持ち帰り、食事どきにペチカで茹でてそれを食べるようになった。

ところがそれから数日もしないうちに、そのことがなぜか収容所のロスケに知られてしまった。突然、衛門のところで一人ひとりの荷物検査を受けるはめになったのだ。もちろん飯盒に入れて持ち帰ってきた作物はすべて取り上げられた。

――しかし兵は諦められない。

考えた末に、午後の休憩時間に芋やニンジンを一センチ角ほどに細かく砕いて、アルマイトの水筒に入れることにした。これが大成功だった。ロスケは飯盒の蓋だけを開けさせ、空だと分かるとすぐに衛門を通すので、誰も検査に引っかからずに済んだ。

そして兵舎では、絶対に中身を出さず、そのまま水筒に水を入れ、ペチカで直接温め、スープをつくり、水のようにラッパ飲みをした。

ある晩、夕飯を食べていると、上背のある飯島二等兵が、

「近頃ロスケの検査も緩くなりましたが、そもそも奴らは、我々がどうしてジャガイモやニンジンなどの野菜を飯盒に入れて持ち帰ってきたと分かったんですかね」

と、小声で言った。

「そうだな。俺たちが持ち帰った物を食うのは、夕食が配られた後と決めていたのだから、匂いで分かるとも思えんし、この大部屋の五〇名は同じ作業班だから、密告はありえない」

増尾二等兵も太い首をひねって大きな目をぎょろぎょろさせた。すると近くに座って二人の会話を聞いていた福地二等兵が、何か思い当たることがあったのだろう。

「そういえば、いつぞや、自分はこんなやり取りを耳にしたことがありますよ」

と、目を細めて言った。

食事中ちょっと尾籠《びろう》な話で恐縮だが、と断ってから、ふだん無口な福地がポツポツ語り出した。

――いつだったか……。

自分が便所を出て兵舎へ帰る道々、前を歩く炭坑組の二人の会話を何気なく聞いていると、首の長い兵の方が、少し猫背の兵に問いかけていたという。

「おい、本部付きの連中や、炊事班や、農作業組のやつらは、やけに太いやつを出していなかったか」

朝の食事の後はほぼ同じ時間に、誰もが同じように排便をする。外に作られている収容所の便

所は、便槽用に掘られた二つの穴の上に足場板が渡してあるだけだから、一度に二〇人ほどの兵がいっぺんに並んで用を足す。仕切り板は風よけのために周りに巡らされているもののみなので、お互いを遮るものは何もない。いわゆる個室はないのだ。隊長も下士官も兵隊も、尻を並べて隠すこともなくいっしょに用を足す。みんな丸見えなのだ。

「貴様もそう思ったか。俺もそう思ったよ。あんな糞を出せるほど食ってみたいと羨ましくなった」

猫背の兵が言った。

「やっぱりな。本部付きや炊事班は、役得だから仕方ないとしても、農作業組はどういうことだ。あれほど立派なものがでるということは、収穫物をくすねているんじゃねえのか」

首の長い兵が、悔しそうな声を上げた。

「ああ、俺たちも農場の仕事に替えてもらいてえなあ」

「うんだ。うんだ。一生穴掘りじゃ、たまらん」

「おい、お前。班長にかけあって林隊長に申告し、何とかできねえもんかを聞いてみろや」

「いやあ、それは、いくらなんでも俺にはちょっと無理な話だ」

――このような内容の会話だったと思う。

と福地二等兵は話を締めくくった。

「それでそいつが腹いせにロスケに密告したということか」

急に、ベッドの上から麻生上等兵の声がした。下にいる二等兵らの話にじっと聞き耳をたてていたのだろう。

「さあ、密告したかどうか、自分には分かりません。分かりませんが、誰もが食う物がなくてぴりぴりしているのは確かであります。腹いせにそのようなことがあったとしてもおかしくないかと自分は考えます」

緊張した声で答えてから、福地二等兵は首をすくめ、余計なことを言わねばよかったというようなばつの悪い顔をした。

「なるほど、糞をするのも気をつけろということか。こりゃ、たいへんだな」

ベッドから頭を出して、麻生は下を見た。偶然目のあった本多はたじろいだ。すると麻生は片方の口角を上げ、不敵な笑いをみせた。

「おい、おい、出物腫れ物所嫌わずだ。どうやって気をつけるんだよ」

眠っていると思ったゴマ塩頭の河原が、寝返りを打って、ニヤニヤしながら言った。

「細かく切って、少しずつ出したらどうでしょう」

向かいのベッドから角田一等兵が真顔で応えた。

「ほう、それなら角田、ここでどうやるか実演してみろよ」

麻生が嬉しそうに目を細めると、まわりで聞いていた兵たちが大笑いし、拍手まで起こった。

大いに受けたことで気をよくしたのか、麻生は、
「とにかくだな、明日も、芋やニンジンや豆などの持ち帰りに充分注意しろ」
と得意げに顎《あご》をしゃくって話を締めくくった。

予定した場所の収穫がほぼ済んだころだったろうか。ジャガイモを掘り取ったあとの畑に、どこからともなくロスケの村の老人や子どもたちがやってきて、長い竿で崩れた畝を突っつきながら、土をほじくって、取り残したジャガイモを探している姿を見かけた。

ロスケはいちいち発芽の時期に芽かきなどをしないので、自ずと大小のジャガイモが出来る。その大きいものは取り尽くしているから、土の中から出てくるのは親指くらいのちいさなものなのだ。それでも彼らは、その貧相なジャガイモを丹念に拾い集め、肩から吊した袋に入れて持ち帰るのである。訊けば、家で蒸してから潰し、塩や油で炒めて食べるのだそうだ。

この国は、食べ物に困っているのは捕虜だけではなく、普通の村のロシア人たちも食糧に不自由な日々を送っているらしい。

楽しみだった農場の作業も、雪の訪れとともにひと月足らずで終わってしまった。

十

――食べ物では、本当に苦労した。

本多は、夢の中で唾を飲み込みながら、何度も頷いた。そして食事のことでロスケと闘ってくれた通訳の増田軍曹のことを思い出した。

増田軍曹は、入所当初からけっしてソ連側にへつらうようなことはなかった。兵のパンの量が規定と違うと言って、ジェルジンスキー所長に幾度も嚙みつき、抗議を繰り返し行ってくれた。

増田が調べたソ連の政府が出している書類上の規定は、一日の給与定量が一人当たり、次のとおりである。

黒パン　三五〇　グラム（一斤《いっきん》）
雑穀　四五〇　グラム
野菜　八〇〇　グラム
魚　一〇〇　グラム
肉　六〇　グラム
油　五　グラム
砂糖　一七　グラム

それに対して、タヴリチャンカの第四収容所では、実際はどうだったのか。

一枚六〇グラムほどのパンが、朝、昼、夜と一日三回で合計三枚しか配給されなかった。合計のグラム量でみると、三五〇グラムという規定の半分の約一八〇グラムしか食べられなかったのである。これでは炭坑での重労働に従事するものは、到底耐えきれるものではないと増田軍曹は主張した。

しかしジェルジンスキー所長は、肌の色の浅黒い太った将校だったが、日本側の正当な改善要求をいっさい受け入れず、むしろ増田軍曹を営倉に入れろと喚いたりした。

兵の手許に来るパンは、(現在店で売られている)一斤《いっきん》三五〇グラムの六枚切りのうちの一枚分の重さにほぼ同じだ。ただし燕麦《えんばく》などの雑穀が交じっていたので、今どきの食パンのようにふっくらせず、辞書のように固くて、大きさも博友社が出している『木村・相良独和辞典』くらいのもので、小さめだった。

足りないのは、パンだけでない。朝の食事といえば塩水のような大豆スープが飯盒の蓋に半分しか入れてもらえなかった。このときスープに入っている大豆は十粒くらいだった。

もっともそうした食事の配給量は、全員平等というわけではない。一般の兵に比べると、将校や下士官には、スープが飯盒の蓋に満杯に配膳されたり、パンの厚さが二倍ほどあった。このわずかな違いから、一般兵が、それも初年兵の多くが最初に栄養失調となった。

栄養失調は、先ず足腰の痛みからくる。

熱量（カロリー）の足りない兵は、最初のひと月で寒さによる足腰の神経痛に悩まされ始めた。日が経つにつれ、しだいに顔が青黒くむくみ、はれ上がってゆく。足もむくんで朝履けた靴が、夕方履けなくなった。はれるだけはれてそれが引くと、水ばかり飲むので、ふた月目くらいから慢性的な下痢になり、排泄物に粘血が混じるようになった。

それでも三八度以上の熱が出なければ労働は免除されず、日増しに骨と皮のようにやせ細った。そうなればほぼ助からない。

ある朝、起床の鐘がなって隣に寝ている仲間を起こそうとすると、ひっそり息を引き取っている者があらわれた。ひどいときには一日に六、七名の死者が出た。大半が初年兵だった。

兵たちの死は収容所内だけでなく、炭坑の坑内での落盤事故や、ガス爆発の事故などによっても増えていった。体力がないために埋まった土の中から自力で這い出す力がなく、果てた者がかなりいた。

しかし兵たちの誰もが、

――板一枚の壁しかない仮設の兵舎では、到底越冬できるはずがない。

と思い、そこから推してあともう少し待てば、日本から迎えの船が来るはずだという一縷《いちる》の望みをもって、寒さと空腹と重労働に耐えていたのだ。

ところがある日、ロスケの兵士が突然、兵舎の周りに杭を打ち始めた。そして外壁から一尺（およそ三〇センチ）ほどの隙間を空けて、新たな板を打ち付けたのである。

「あれは、何だ？」

「いったい何をしようというのだ！」

廊下にいた兵たちが、急いで外へ駆けだした。しばらくすると製材所で削りだされたおが屑を山のように積んだトラックが収容所に入ってきた。そしてロスケの兵士がそのおが屑を屋根の上から次々に板壁の隙間に詰め込み出したのである。

「おお！」

捕虜の中から感嘆の声が漏れた。

「断熱材だ」

「おが屑で保温するのだ。うまいことやるもんだな」

「これで寒さがいくぶん凌げるぞ！」

口々にそうつぶやいた直後に、本多たちは急に首をうな垂れて沈黙した。

――ロスケは俺たちをここで越冬させる気だ……。

それが分かると、感嘆が落胆に変わった。胸に灯《とも》っていた帰国の小さな望みの火が一気に吹き消されたような気持ちになった。

不意に冷たいシベリアの風が兵たちの頬をいっそう激しく打ってきた。雪のちらつく中で目を細め、しばらく作業を見ていた彼らは、肩を落として三々五々兵舎の中へ姿を消した。部屋に入ると、中はたしかにすきま風をまったく感じなくなっていた。ペチカの熱がやんわりと肌に伝わってくる。

本多は寝台に身体を横たえた。そして自分の細くなった腕を天井に向かって突き出してみた。黒ずんだ皮膚の皺がカサついている。だが乾燥しているので垢はでない。親指と中指で輪をつくり、腕の太さを計ると手首も二の腕も、ほぼ同じ太さになっていた。

本多が十五歳のとき、肺炎で床《とこ》に伏せった父の姿が目に浮かんだ。半年後の、死ぬ直前の父が、似たような腕をしていた。

本多は自分の腕を手でさすりながら、このままここにいて、明日か、一週間後か、ひと月後に俺も息をひきとるかもしれないと思った。

しかしそう思っても、こころはそれほど波立たず、むしろ淡々としていた。まるで他人事のように神経が麻痺して、どうでもよくなっていたのかもしれなかった。

十一

あれは、収容所へ入って半月ほど過ぎた頃だったろうか。いや、ひと月経っていたか。本多は、夢の中でしきりに首をひねった。

各中隊の兵を順に呼び出し、全員を裸にして後ろ向きに立たせ、一人ずつ兵の尻たぶの肉をつまんで、検査するという変わった健康診断があった。

驚いたことに、尻の肉の厚い者は、普通以上の健康体とみるらしく、「オカ」（ＯＫ）と判断されると、その兵は、仕事のきつい炭坑作業の班や、臨時の道路工事を行う班へ入れられた。

次に「カチゴオリ」と判断されると、「並み」の健康者という意味であろうか。この場合は、製材所へ、それより少し虚弱な感じの者は、農場の草取りや土ならしなどへ行く班に振り分けられた。

ところが、極端に肉の薄い者は、「トリィー　カチゴオリ」と判断されると、昼間だけ班を離れ一日四時間ほどの軽作業で済む組に入り、おもに収容所内の様々な仕事をすることになった。

これが一番楽な仕事だと分かると、日本兵は、この「トリィー　カチゴオリ」という言葉を通称「三《さん》カチ」と呼んで羨ましがった。

おそらくロシア語が、㈠㈡㈢の数をアディーン、ドヴァー、トリィーと数えるので、トリィーを㈢の意味に解したからだ。

その他に体温が三八度を超えたり、自分で立ち上がるのもままならない、明らかに重篤な病状を持っている者は、「病人（バリノーイ）」として認められ、別棟の病室に入ることができた。

この最初の健康診断では、ロスケの軍医が三人で検査をし、本多は「カチゴオリ」と言われ、体が小さかったから、農場へ行かされた。だから今回も、二度目の身体検査ではあるが、どうせまた農場の班だろうと、本多は勝手に思っていた。

極東のシベリアは十一月の中旬から寒さが日増しに厳しくなっていた。

本多のいる第二中隊の第一小隊五〇人が医務室に呼ばれ廊下に並んでいると、先に診断を終えて出てきた兵が、

「今日は、前と様子が違うぞ」

と小声で教えてくれた。

どうやらコルホーズの農場や、木材の製材工場や、道路の補修の作業が雪のため困難になったことから、すべての捕虜を炭坑に差し向けることになり、その作業に耐えうるかどうかの健康状態をもう一度見直すということらしい。

室内に入ると、検査は四列で行うと指示され、雪田軍医と、渡利軍医と、ロスケ側のタタール人の男性軍医、そしてアレキサンダー女医の四名が椅子に座っていた。

本多は女軍医のいることは知っていたが、実際に間近で見るのは初めてだった。この検査は、それ以後、月に一回ほどのペースで実施され、その都度班の編成替えが行われた。その間に欠員が生じると（死亡者がでると）、当番医がその調整をした。

兵は四列縦隊で順番を待った。背伸びをすると、本多は偶然にもその順番から一番右端に座っているアレキサンダー女医の診察を受けるようだった。

見るところ彼女は、本多よりひとまわり年上の、三十代半ばくらいであろうか。女であるにもかかわらず背が高く、身長一メートル四八センチの本多からすれば、見上げるような大女だった。立ち上がればおそらく一メートル八〇近くあったに違いない。

目の前に立つと、後ろで束ねている長い髪の毛は、まるでトウモロコシの毛のように赤く垂れ下がり、目の玉は青いガラス玉のようである。突き出た鼻の下には濃い金色の「うぶ毛」がびっしり生えていた。

衝立《ついたて》一つないガランとした部屋で、後ろ向きに尻の肉をつままれたあとに、ズボンを上げながら本多が少し咳き込むと、アレキサンダー女医は、おや、という顔で本多を見つめた。そして戻りかける本多を呼び止め、机の脇の椅子を指さしそこに座らせた。それから上着を胸までめくれという身振り手振りをしたのである。

彼女は、しばらく本多の身体に聴診器をあてていたが、急にこれでは埒《らち》があかないというように首を振り聴診器で胸の音を聞くのを止めると、突然前屈みになって本多の小さな胸に直接自分の耳を押し当てたのだ。

本多は一瞬面食らった。入所以来ひと月以上入浴していない垢で汚れた兵の身体は誰もが異臭を放っていたからだ。

しばらく動かなかったアレキサンダー女医は、

「ニエット……」（まずいわ）

とつぶやき、看護婦のアーサーを呼んだ。そして体温計を持ってこさせ、熱を計った。だが三六度台だった。しかし平熱だと分かっても、彼女はさらに本多を静かな奥のベッドに連れてゆき、仰向けに寝せると、その胸にふたたび直に耳を付け、呼吸音を慎重に確かめたのだ。

小さい頃から肺を聴診すると、気管支が狭いのか、呼吸音に雑音が混じるいわゆる「ラッセル」がある、と必ず医者に言われていたことを本多本人がすっかり忘れていた。

このときアレキサンダー女医ら、医師の使っていた聴診器は、現在の日本のようなゴム管のついた聴診器ではない。昔、日本でも助産婦が使っていた二〇センチほどの木で出来たラッパ型の聴診器だった。妊婦の腹にあてて心音を聴くあれである。おそらく微かな呼吸音や心雑音は捉えにくいしろものだったにちがいない。

身体検査がかたちだけのものだったら、たぶん本多のラッセル音を捉えることはできなかっただろう。それをみごとにアレキサンダー女医はとらえ、聞き逃さなかったのだ。

しかし本多が嬉しかったのは、自分の呼吸音の異常を突き止めてくれたことよりも、異国の捕虜の、それも浮浪者同様の自分を、彼女がひとりの人間として扱ってくれたことだった。垢まみれの臭い肌に触れながら、表情ひとつ変えずに診てくれたアレキサンダー女医に、本多はそのとき崇高な聖職者の魂を見る思いがした。

身体検査が終わると、本多はアレキサンダー女医のおかげで「病人（バリノーイ）」として分類され、兵舎からコンクリートで出来た棟の病室へ移されたのだった。

十二

次の日から毎朝、病室に入ってきて病人の検温をするのは、衛生担当のワーリャン看護婦だった。ワーリャン看護婦は、おそらく三十代後半になるかならないかの歳であろう。医師の指示で「吸い玉治療」をしたり、食事の配膳をチェックしたりした。また病室や各部屋の掃除についてもこまごまと指示を出し、ときには汚いのでもう一度やり直しと、唇を波打たせて、口うるさく文句をつけたりした。

新参者の本多は、病室に慣れるまで静かにしていた。言われたとおりに動き、教えられたとおりに働き、数日がたって、およその日課が頭に入ってきて病人の様子も分かってきたときだった。

アレキサンダー女医ではない他の病室当番医が、突然やってきて病室を見回し、本多の名前を呼んだ。

「自分が、本多二等兵であります」

起立すると、彼の茶色の目が本多を瞬きもせずじっと見つめた。

本多は、このとき、ハッとした。この医師は、わざわざ本多の様子を見にきたのだと思った。名前は分からないが、おそらくタタール系で四十歳くらいの男性医師だった。他の兵も名前を知らず、やはり彼を「タタール」と呼んでいた。（タタール系とは、元来モンゴルの一種族である）

タタールは、ワーリャン看護婦が記入していた検温の用紙を持っており、その結果を見ながら、わずかに首を傾《かし》げたのだ。その首の傾きに本多は嫌な予感がした。タタールは何も言わずそのまま戻って行ったが、

――まさか。

このまま体温が高くない日が続くと、いつかは強制労働にかりだされることになってしまうのではないか。そんな思いが本多の頭を駆け巡った。

――毎朝の検温の数値を何とか誤魔化さなければならない。

と、本多は本能的に思った。

都合のいいことに、朝だけはワーリャンがたった一人で検温をして回る。そして二〇人ほどいる病人一人ひとりの体温をバインダーに挟んだ記録表に書き込んでいく。その際彼女は全員の兵を下のベッドに降ろし、二列に座らせ、二本持参した体温計を右と左のそれぞれの列に渡す。そして時間を見計らって計測できた体温計を受け取ると、その数字だけをみて、そのまま水銀柱を下げずに次の者へ渡すのだ。

そこで本多は、一見して顔の火照った熱の高そうな兵の隣にこっそり移り、少し横幅のあるワーリャンを待つ。ワーリャンがその兵から体温計を受け取り、値を読み取って、それから本多にその体温計を渡し、記録表に目を落とし記入を始めたら、そのときがチャンスだ。本多はその間に体温計を振って、それも強く振るふりをして、都合のよいところまで水銀を落とすと、何食わ

ぬ顔で自分の脇の下に挟むようにした。

このときワーリャンは反対側の兵の体温を確認しているから本多の策に気付きもしない。もちろんワーリャンの大きな手のひらで額を触られたりしたら、即座に嘘がばれてしまう。だが、大ざっぱなこの中年女は、誰にもそんな面倒なことはしなかった。


本多の「微熱の症状」が記録され始めてしばらくした頃、病室に変化が起こった。

昼の食事が済み一段落すると、病室へアーサーという二十歳くらいの小柄な看護婦が来るようになったのだ。いやアーサーは看護婦ではなく、見習いの軍医だったのかもしれない。なぜなら白衣の下の胸ポケットの上に赤い星のマークが入った記章を付けていた。

兵の一人が、たぶん少尉くらいであろう、と言った。しかし正確にはこの記章は『親衛部隊』の称号を与えられたエリートを表すものである。階級を示すのは、すこし幅の狭い肩章に入っている赤のストライプと星の数なのだが、そこまでは誰も分からなかったらしい。しかしアーサーが医療部隊の一員であることは間違いなかった。

ある日の午後、日本兵の病室の責任者でもある鷲沢班長が、一人ひとりの兵の回診をしていると、いつものようにアーサーがやってきた。そして鷲沢のうしろではなく脇に立ち、鷲沢班長のすることなすことを、大きな青い目でじっと観察し、熱心にメモを取り始めたのである。

中年の小太りなワーリャンとは違い、アーサーは痩せていて腰回りが細く、それでいて張りのある胸に、かたちの良いふっくらとしたお尻と、見るからに全身の調和がとれたロシア美人の典型だった。

そんな彼女のまなざしを受ければ、二十七歳になる鷲沢班長と言えどもまんざらではないはずだ。兵の病状を丁寧に細かく説明しながら、ときおりアーサーの手を取って、兵の腹部のポイントとなる箇所を触診させたり、そのあとに身振り手振りを交えながら、ひどく真面目な顔で熱心に指導を始めたのだ。

そのことがうれしかったのだろう。それ以来アーサーは、毎日病室に入ってくると、

「ワシザワ、イエスチ？」（鷲沢さんは居ますか）

と訊ねるようになったのだ。

その声がどことなく恥じらいがあり、横になっている兵の耳をくすぐった。語尾の上げ方に艶やかな女心の余韻を感じさせるものがあった。どうやらアーサーは、鷲沢班長を好きになったのではないか。兵は一様に勘ぐったのである。

そこで、あるときから、アーサーがドアを開けて入ってくると、本多らはすかさず一斉に起き上がって、

「ワシザワ、イエスチ！」（鷲沢さんはいますよ）

と声を揃えて言うようになった。

そのとたん、アーサーの白い頬は赤く染まり、彼女は恥ずかしそうに俯《うつむ》く。それを見た兵の笑

い声が病室に炸裂する。本多もその俯いた彼女のまなざしと仕草が、また何とも可愛らしいと思った。

敵国で、言葉も分からず、しかも違う習慣をもち、近づくと異様な体臭を発するロシア人に強い違和感があった。それなのに、アーサーのその表情を見て、可憐な娘の仄かな恋心が本多ら二十歳前後の兵たちにひたひたと伝わってくると、あれほど騙し続けられてきたロシア人に対してその違和感や嫌悪感が徐々に薄れ、むしろ本多らはその恋心を成就させてやりたいと思う気持ちになったのだ。

この心の変化は、不思議な体験であった。そしてこの変化は、アーサーだけでなく、その他のロシア人に対しても起った。彼らの細やかな心の動きが見て取れるようになったのだ。彼らとの生活に順応するというか、適応するというか、次第に打ち解けていく自分に気づき始め、それがまた意外な驚きでもあった。

もっともタタールだけは、なぜか誰もがそう簡単になじめないのだが。

寒さが一段と厳しくなった朝早く、折笠という二等兵が、戸板に乗せられて病室に運ばれてきた。骨と皮ばかりの身体を治療台の上に横たえて、アレキサンダー女医の診察を受けたのだが、反応がなかった。目はうつろで生気がなく、アレキサンダー女医が衣服を脱がせると、肋骨が一本一本数えられるほどで、その身体はまるで骸骨のようであった。あきらかに栄養失調で衰弱していた。

とくに尻のあたりは三角定規のように肉がそげ落ち、床ずれの箇所が黒ずんで腐りかけていた。

アレキサンダー女医は、薬品室から飯盒の蓋に砂糖をいっぱいに詰めてきて、枕元に置き、

「サトウ、サトウ！」

と大声で呼びかけ、砂糖水を作って、兵の口を開かせ、それを舐めさせようとした。だがその悲痛な声もむなしく、彼はその日の夕方に息を引き取った。

聴診器を外して顔をあげたアレキサンダー女医に、そのとき病室にいた兵が一斉に、深々と頭をさげると、彼女は静かに首を振り、

「イズヴィニーチェ」（ごめんなさい）

と小声で言ったのだった。

本多は胸がつまった。彼女は日本人捕虜のために朝から夕刻まで付きっきりでいてくれたのだ。その姿は神々しく見えた。

しかし彼女が出て行く後ろ姿に目をやりながら、本多はどことなく淋しさが募った。アレキサンダー女医がみんなのものであることは頭ではよく理解しているのだ。そして誰に対しても熱心に接する医師であることも分かっているのだ。

だが、心のどこかではそのやさしさが自分だけのものであって欲しいという子どものような思いが芽生えていた。それが叶わぬことであると知りながらも、本多は寂寥感を覚えずにはいられなかった。

十三

病室のベッドに横たわり、日々天井のシミを何度も数えながら食事の時間がくるのを待ちわびていると、病人の中には、熱があって食べ物も受け付けない重病人が数名いることが知れた。当然彼らは「飯上げ」の当番などできる状態ではない。

そこで動けるものが、交代で順繰に配膳をするのだが、それを片付けるとき、重病人が食べ残したものをそのときの当番が処理してよいことになっているのが分かってきた。

本多に当番が回ってきて、その残り飯を集めてみると、粟飯が飯盒の半分くらいあったり、あるときは飯盒の三分の二くらいまで入るジャガイモ入りのスープだったりした。また、食べかけの小さな黒パンが三つも手に入ることがあった。それを飯缶に戻さなければ自分一人で食べられるのである。このようなことは、兵舎では考えられないことだった。

兵舎にいるとき本多はいつも空腹で、その空腹が埋まらない食事をとると、食後にいっそう空腹感が募った。それがこの病室ではないのだ。

——そういえば。

本多は、病室で飯を口に運びながら、この病室に来る前、入所してひと月ほど経った頃の、兵舎での出来事をふと思い出した。

食事前に、各部屋で配給されたパンを分けあうことがたびたびあった。この個人分配が大騒動だった。一本が三斤ぐらいの大きさのパンだったが、ひと部屋（五〇名）に三本届くと、その一本を自分たちの班で一七切《き》れに、切り分けねばならない。

もちろん給食当番は大抵初年兵だから、その当番兵が皆の見ている前でパンを同じ分量に切り分ける。ところが不本意にも手元が狂い、不揃いに切ったりすれば即座に皆が目の色を変えてわいわい騒ぐ。ときには大喧嘩になることもあった。だからパンの切り分けは誰がやっても冷や汗ものだった。

他の班では、製材所で使う差し金を持ってきて、当分に筋を入れ切り分けたとか。またもう一つの班では、わざわざ天秤を作って、重さで分けたとか。分配の話はどの班でも持ちきりで絶えることがなかった。

切り終えたパンは、順番に取る。パンを切った当番の初年兵は、必ず最後に残ったものを取らねばならない。その順番が、上等兵、一等兵、二等兵の順だから、どうしても厚く固まっているパンの耳の方が上官の古兵に早く取られてしまう。このささいな、パン一枚のわずかな重さの積み重ねが、初年兵たちを生きるか死ぬかの瀬戸際へ追いつめ、命に影響を与えているようにも思われた。

ある朝、いつもの倍（六本）の黒パンが用意され、一本を九等分することになった。ロスケからの説明では、朝だけでなく昼の分もいっしょに配っておくのだという。すると突然、麻生上等兵が寝台から起き上がって自らパンを切ると言い出したのだ。

麻生は、当番だった初年兵の藤沢二等兵に黒パンを持ってこさせると、上段の寝台で目を細めながら何やらぶつぶつ言って、他の初年兵に見えないように背を外に向け、一キログラムの黒パンを切り始めた。

麻生の手許を食い入るように見ているのは、上段にいる河原や、角田などの古兵のみである。パンを切り終えると麻生は、自分の分を一番先に選び取り、残りのパンは下で待っている当番の藤沢二等兵に渡し、配れと言った。

手渡されたパンは、見事に等分に切り分けられていた。おそらくずる賢い麻生は、もし苦情が出たときの為に自分のパンも同じ大きさに切ったに違いなかった。ただし本多の手許に来たパンをよく見ると、他の班の一切れより微妙に小さいことに気がついた。

多分麻生は、最初の段階で、それなりの分量のパンをすばやく切り取ってそれを雑嚢の中か、どこかに隠し、残りを等分に分けたのだろう。

しかし、藤沢はもちろんのこと他の誰も麻生が手に入れたパンを見せろとは言いだせなかった。

すると、その次のパンの配給のとき、こんどはゴマ塩頭の河原上等兵がにやにやしながら、今日は俺がパンを切り分けるから持って来いと言い出した。こうして、いつの間にかパンの切り分け作業だけは、上官の古兵と彼らに可愛がられている角田一等兵が順番に行うようになってしまったのだ。

旧軍の悪弊はそれだけではない。赤ら顔の角田は、何かというと、

——おーい初年兵、おい、そこの初年兵。

と兵を呼びつけて、麻生や河原に頼まれたことを伝達し、いいように使い走りをさせていた。

そんなとき、本多が朝の点呼に五分ほど遅れたことがあった。じつは夜明け近くから腹が痛くて一人で便所に行っていたために呼集に間に合わなかったのだ。まずい、と思いつつ広場に行くと、人数が合わないということで、計算に弱いロスケの点呼がいつものように続いていた。そのどさくさに紛れ、本多はそっと隊列に入ったのだが、角田がめざとく気付いた。

「オイ、初年兵。遅えぞ」

その声を麻生は聞き逃さなかった。

本多が隊列に戻ってからもかなりの時間、兵たちは待たされた。寒くて広場の雪の上で必死に足踏みをするのだが、足裏から寒気が容赦なく突き刺さるようにのぼってくる。それでも何度も何度も数え直しをするロスケ。

兵の眉毛や睫毛《まつげ》は白くなってきた。いったん目を閉じて、開けようとすると涙が凍りはじめて粘っこくなり、まるで糊をつけたように両の瞼《まぶた》が開かなくなる。身体全体が氷の鋳型に嵌《は》め込まれたように締め付けられる中で、かれこれ三〇分が過ぎたろうか。ようやく数が合い、解散とな

った。

十四

兵舎に戻ると、兵たちがペチカの周りに集まった。

「ああ、きつい、きつい。畜生、ロスケのボケナスめ」

「まったくだ。毎回、毎回、よくも同じことを繰り返して、自分たちでもイヤにならねえのかよ」

「バカだから、しょうがねえや」

「さあ、さあ、はよう飯にしようぜ」

皆でいつもと同じ繰り言を言い合った。

その日の朝食はコーリャン粥だった。パンの配給はない。飯缶を運んできた当番から、飯盒一杯分の粥を二人で分けて食べるようにという説明があった。そこで本多は、亀山と分け合って食べることにした。

亀山がもらってきた飯盒から、その半分を本多の飯盒に移し終えると、はす向かいのベッドの上段から麻生上等兵の声がした。

「おーい。本多。さっきの遅刻の罰として貴様は、今日は絶食だ。その飯盒をこっちへ上げろ」

と言って、ベッドの上から手を伸ばしてきたのだ。

ぎょっとしていると、隣にいた亀山が、本多の顔を見て、それからスプーンを置き、ゆっくり立ち上がろうとした。おそらく亀山は、

――どういうことでしょう。

と、罰を与える理由を本多の代わりに聞こうとしたにちがいない。

なぜなら麻生が呼集の遅れを理由に、本多の飯を食おうとしているは誰の目にも明らかだったからだ。そもそも本多が戻ってからもロスケの点呼は、三〇分近く続いたのだ。皆が厳寒の広場に留め置かれたのは本多が原因ではない。

いつもの本多だったら黙って自分の飯盒を麻生に渡していたかもしれなかった。ところがこの日は違った。本多は亀山の肩に手を置いて動きを止め、自ら憤然と立ち上がると、

「分隊長殿、自分に罰を与えるというのなら、自分がこれを食べなければいいのですね」

と唇を震わせながら叫んだ。

そして次の瞬間、本多は自分のコーリャン粥をいきなり床にぶちまけたのだ。その様子を見ていた他の兵も、パンの切り分けの件で業を煮やしていたのか、皆一斉に本多ではなく、麻生のいる寝台に目を遣《や》った。

すると麻生は、上の寝台から首を伸ばして粥が飛び散った床をのぞきみた。それから口を歪め、本多の興奮した顔をしばらく濁った目でじっと見ていたが、

「もったいねえ」

と言ったきり顔を引っ込め、あとは何事もなかったかのように黙々とスプーンを口に運んでいた。

そのときのことを本多は、病室で飯を食いながら不意に思い出したのだ。

本多は自分の心臓が高鳴るのを感じた。口に運びかけたスプーンを置き、顎を上げ、シミのある天井に目をやった。

あのとき他人の飯を食おうとする麻生のことをいじましい卑劣な奴だと思い、ついカッとなった本多であったが、今自分が病室に横たわる重病人の残す飯を心待ちにし、それをかき集め、こっそり食っていることに気づくと、急に胸が苦しくなったのだ。

(盗んだりくすねたりしたわけではない。だが、いじましいのはいっしょだ)

と思った。

横取りしようとした麻生と、じっと重病人の残飯を待つ自分と、どれほどの違いがあろうか。

食べ物にたいする欲が深い点では変わらない。どちらも品位がなく意地汚いのだ。

意を決したように本多は両手で目の前の飯盒をつかみ、いったん自分の膝の上に置いてから、ゆっくり胸のところまでそれを持ち上げじっと見つめた。

しかし、本多はその飯を炊事場へ戻す飯缶の中へ投げ捨てる勇気はなかった。

不意にはらはらと涙がこぼれた。膝の上に戻した飯盒の中に自分の涙がぽたぽたと落ちた。涙をこぼしながら、本多は震える右手でまたスプーンを握ると、その飯を噛まずに胃の中に送った。

飯を食い終わり腹が膨れると、興奮がおさまったのか、自分でも信じられないほどの冷静な気持ちが戻ってきた。するともう一人の自分が現れて、さりげなく様子を伺いながら、その場を掃き清めるかのように、これまでのことを良い方へ解釈し始めるのだった。

（麻生だって本当は、衣食が足りていれば、あんな卑劣なことはしないのだろう。恨むべき相手は、麻生ではなく、そもそも俺たちをここに連れてきて、こんな目にあわせているロスケなのだ）

と思った。

するとジェルジンスキー所長の顔が浮かんだ。次にコルホーズからきた名も知らぬ幹部の顔がそこへ重なった。ニンジンを焼いて食えと言って笑った警備兵たちの顔が次々に現れた。

――いや！　違う！

（彼ら一般のロスケは、多くがお人好しだ。この事態の本当の元凶は、ジェルジンスキー所長ではなく、その上の、さらにその上にいる者だ）

と、本多は思った。

しかし本多には、ソ連を動かしている最高責任者の名前が分からなかった。

十五

病室の窓が凍り付いて霧氷の華が幾つも咲き、外の様子が一日中見えない日々が続く頃、突然所長が交代したという噂が所内に広まった。

食事を運んでくる炊事班の兵によれば、初代所長ジェルジンスキーと、それに付随して何人かのソ連の幹部職員が、不正な行為をしたとして逮捕されたらしい。そして食糧の横流しなどの罪で裁判を受けているというのだ。

すると数日して、白系ロシア人で背の高い二代目の所長らしき将校が、厚手の防寒外套を着て、所内をゆっくりと見回りしている姿が兵たちの目にとまるようになった。

初代所長はロスケの本部に籠もりきりで、そのようなことを一度もしたことがなかったから、兵の間では、俺も炊事場へ出入りするのを見た、こっちも石炭倉庫の前で見た、という新しい所長の目撃情報が次々に伝わっていた。名前は、マヨルスキーというらしい。

翌日、どんな男なのだろうと思いながら、本多がぼんやり医務室の戸口から外を眺めていると、偶然その所長がこちらへ歩いて来る姿が目に入った。よく見ると細身の身体のわりに、足の進め方が遅く、歩き方が少しギクシャクしていた。本多は、どちらかの足が不自由なのかもしれないと思った。

ロスケの本部を出なければそのような姿を見せずにすむものを、わざわざ雪の中を歩きまわり、自分の目で収容所の要所要所を巡察しているのだ。部下と何やら話をしながら目の前を通り過ぎる所長の白い顔を、本多は食い入るように見詰めた。

頭が小さく上背があり、物静かで穏やかそうな軍人だった。一代目の所長とはどこか人間の質が違うように感じられた。もしかしたら林隊長と「うまが合う」かもしれないと、ふとそう思った。

すると、数日して、変化が起こった。

日本人の捕虜全員に防寒用のコートが配られたのだ。表布と裏布の間に、羊毛の入ったキルティングの防寒服（シューバ）だった。襟には毛皮の耳当てがあるウシャンカと呼ばれる帽子も付いていた。佳木斯《チャムス》を出るときに渡された日本製の防寒具とは雲泥の差がある。また、以前にアレキサンダー女医から配られた防寒用の上着とズボンの上にこのコートを羽織ると、いっそう身体が温かくなった。

もう一つの変化は、食事だった。

所長が代わると、一般兵にも飯盒の蓋を満杯にするスープの配給があった。そして、塩水のようなスープから、野菜とジャガイモをいっしょに煮詰めたものに変わった。

ただ、ジャガイモは小さなカケラが一つか二つで、三つ入っていれば幸運な方だった。また、パンの厚みも少々増したが、相変わらずスープが充実すると、なぜかそういうときには、黒パンの支給がされないのだ。

もっとも当番兵によれば、将校らにはこのときにも常にパンの支給があったという。

二代目のマヨルスキー所長になり、いくら横流しがなくなったとはいえ、実際に収容者に回される食糧の総配給量がどこの収容所でももともと充分なものではなかったに違いない。だから、増田軍曹から聞いたのだが、年明け（一九四六年一月）にモスクワから出された訓令『第一九九号』にあるような、

一、収容所内を暖め、快適で暖かく適切な環境をととのえること。

二、各捕虜に定められた食事ノルマを供給すること。

という、この二つの命令は、シベリアの現地ではほとんど実施されておらず、まさに夢のような話であった。

船の揺れに身をまかせ、夢を見続けていると、女軍医のアレキサンダーやアーサーの白い顔が、繰り返し懐かしく思い出される。

だが、その甘美な想い出を遮るかのように、浅黒い男の顔が必ず現れた。タタールだ。

——ああ、あいつ、どうしているだろう。あのときは悔しかったなあ。

と、本多は夢の中で地団駄を踏んだ。

その出来事はいまでもありありと目に浮かぶ。

そう、あれは、最近アレキサンダー女医の姿が見えないと思っている矢先のことだった。体温計の策が功を奏し、病室生活が長くなるにつれ本多の体力は目に見えて回復していった。その病室へまたあのタタールがいきなり入ってきたのだ。彼は意地悪そうな茶色い眼で捕虜の一人ひとりを見て回り、少しふっくらした丸い顔の本多を見つけると、体温を計ることもせず即座にベッドから引っ張り出したのだ。そしてその場で「三カチ」を命じ、本多は病室から兵舎に戻されてしまったのである。

これは本多の勝手な推測だが、初代所長ジェルジンスキーが拘束されたあと、所長の交代だけでなく、しばらくしてロスケの側で大きな人事異動があったのだろう。そこでアレキサンダー女医が異動し、その後任に昇格したのがタタールなのだ。その証拠に彼が病室で采配を振るうようになって以後、本多はアレキサンダー女医と所内で会うことは一度もなかった。

数えてみれば三ヶ月ほどの療養生活だったが、アレキサンダー女医に与えてもらったあの時期があったからこそ、最初の冬を越え、本多は生きて日本に帰れたのだと、あらためて思う。

タタールに病室を追い出され「三カチ」となった本多は、しばらくの間、将校の当番兵や、兵舎の虱《しらみ》取り係など、いくつかの軽い仕事をしていたが、そのうちに馬を扱えるものはいないか、という声が聞こえてきた。

本多は、佳木斯に転属する前は、朝鮮の北東部にある羅南《らなん》で独立騎馬連隊に所属していた。騎兵隊の初年兵の仕事といえば、馬に飼い葉をやったり馬糞の処理をしたり、あるいはブラシ掛けから馬の足慣らしと、厩舎《きゅうしゃ》の一切を賄うことだった。それに本多は幼い頃から馬が好きだった。こちらが誠意をもって可愛がると、それに応えるものが馬にはあった。

次の日、本多は本部へ出向き、馬の世話から馬運動まで自分は経験があります、と東山曹長に申し出た。すると東山曹長は、ほう、そうか、と言って立ち上がり、本多をすぐに外へ連れ出した。

案内されたソ連本部の厩舎には、日本軍の牝馬《ひんば》一頭と、満洲から連れてきたらしい満馬が四頭いた。日本の牝馬は乗馬用である。そうなると馬車に使う馬はおのずと満馬になる。

東山曹長によれば、チョコレート色の「バンジェード」は暴れ馬でこれは作業には向かないという。「ビアライ」は白毛の牝馬だが、可哀想に片眼であるらしい。「クラシネ」は濃い栗毛で仕事に従順だからロスケからも人気があった。「ブランネ」は肌色の馬で日本では珍しい前髪と鬣《たてがみ》と尾が黒褐色だった。本多は一目で「ブランネ」が気に入った。

「どうだ」

東山曹長が訊ねた。

「はい。荷を運ぶには、この馬が一番です」

本多はブランネの鼻面を優しく撫でた。

帰り際に、斜面を利用した半地下の厩舎には、馬専用の入浴場もあることが分かった。

馬の使用について、すでにロスケの許可は取ってあるという。高さ三、四メートルほどの板塀と、二重の有刺鉄線に囲まれた収容所は、完全にソ連軍の監視下にあったものの、所内の自治は、ソ連軍の直接命令を除いて最終的に旧日本軍の部隊長の林大尉に一任されていた。

本部に戻ると、東山曹長から報告を受けた林隊長から、

「本多二等兵。どうだ、やれそうか」

と訊かれたので、本多は、自分がやりますと即答した。すると林隊長が立ち上がり、

「じつはな……」

と歩み寄ってきて、本多の耳元で囁いた。

「最近溜まりに溜まった糞尿を外へ捨てに行かねば、どうにもならないという苦情が出ていてな。貴様も分かっとると思うが、あそこで用を足すのに尻を出すと、近頃怪我をするものまでいる。このままでは新しい便所を作らねばならなくなるが、この雪と氷だ。新しい穴を掘るのは容易ではない……しからば」

林隊長は結論を言い出しにくいようだった。ただの荷運びではない。誰もが嫌がる仕事である。そしてこの仕事には日曜日の休暇もなかった。

「はい。自分はよく分かっております。つまり糞尿を汲み出せば、いや馬で運び出せばよいのでありますか」

本多は、前を見据えてきっぱりと言った。

「そうだ。皆のために、そうしてくれぬか」

「本多二等兵、糞尿運搬をやらせていただきます」

本多はこうして『馬当番』ではなく、『馬方』として糞尿運搬の仕事を自ら志願することにした。

収容所の便所は、医師だけが使う医務室のものを除いて、洋館や兵舎の中にはなく、ちょうど収容所の一番奥の、南側の塀沿いの、少し離れた場所にあった。そこに一つにつき七メートル角の穴を掘って、その上に丸い穴を開けた板を渡しただけの簡易便所である。だから便器もなく、まして個室などは一切ない。ロシアの収容所では前後両隣の者の尻が丸見えであった。

おまけに粗末な屋根と板囲いがしてあるだけだから、屋外にいるようなもので、冬は脱糞する先からそれが凍りつく。そして直径五〇から六〇センチのエンピツのような氷柱となる。小便でさえ、終わったあとに『筍《たけのこ》』のような小さな氷の山ができるほどだった。

寒いというより尻を下ろすと、出っ張った氷の先が肛門に刺さって恐ろしく痛かった。

しかしそれよりもっと恐ろしいのは、その糞尿の量であった。人は消化の良いものを食べると出る量も減るが、消化の悪い雑穀を食べているとほぼそのまま出てくるのだろう。少ない食事にもかかわらず、かなりの量が流れ出る。

およそ八〇〇名の兵のこの汚物は、自然に地中へ染みこんだり、どこかへ移動して行ったりするわけではないから、溜まる一方なのだ。夏などそこへ滑り落ちたらどういうことになるか分からなかった。それを一年中、毎日処理するのは容易なことではない。

これを買って出たのが、本多二等兵だった。

林隊長は、ソ連本部へ提出する連絡文書の下書きを作りながら、本当に良いのか、日曜日もないぞ、と本多の意思を何度も確かめた。

「この作業は、自分ひとり行うのでありますか」

「いや、もう一人頼んである」

「……」

本多は、唇を嚙みしめ、沈黙した。

本音を言えば、本多としては、この仕事を亀山二等兵に手伝ってほしかった。だが、残念ながら彼は、検査のたびに「カチゴオリ」と判断されていた。初めはコルホーズの農場の方へ行かされていたが、大地が雪に覆われると、シャフチョールの炭坑へ回された。これは健康診断の結果に基づくソ連側からの命令だから仕方がない。それを覆してまで、気の合う者どうしで仕事をさせて欲しいという我が儘は、通るはずがなかった。

増田軍曹の清書したロシア語の申請書を提出した翌日から、本多は自分と同じ様な健康に問題のある阿野二等兵とともに、昼間でも零下三〇度を下回る厳寒の中で作業に入った。

三メートルちかい便槽の下へ降りて、凍りついた筍や氷柱の基部を鉄のバールで突き崩し、それをロープで引き上げ、馬車に積んで収容所の外へ捨てに行くのである。バールといっても長さが二メートルほどあり、日本のつるはしのようなものである。

完全に凍りついているものを砕いていると、その都度氷のかけらがパッパッと飛び散った。そのときはさほど気にならないのだが、これが仕事を終えて兵舎に帰ってからが大変だった。大部屋の中は外より暖かいので、次第に軍服についた氷が溶けてぷーんと匂いはじめるのだ。

「おい、本多！　貴様、最近病室から戻ったと思ったら、今度は何だ。どうしてそのまま兵舎の中へ戻ってくるんだ。どうにかしろよ！」

斜め向かいの上のベッドにいる麻生上等兵が真っ先に騒ぎ出した。

本多は、ハッとした。気がつかないうちに、大部屋の中が異臭に満ちていた。しかし換気をしたくとも、背のとどかぬ高い所に明かり取りの小窓がいくつかあるだけで、それも外から凍りついていて用をなさない。他の兵も鼻を押さえたり、腕を顔に巻きつけて、眼だけが本多の方に注がれていた。

しかしどんなに突き刺すような眼で睨まれても、ペチカのない廊下へ出て行くわけにはいかなかった。外は零下である。また着替えの軍服は一着もなかった。

「どうにかしろ、とはどういうことですか。分隊長殿！」

本多は憤然として立ち上がり、大きな声で言った。

「ここへ来て、何ヶ月も風呂がない中で、いったい、自分にどうしろと言うのでありますか」

麻生は、以前にも増して何のためらいもなく自分にたてつく本多を見て、唖然《あぜん》としていた。

すると本多は、麻生からまわりにいる兵たちに目を移し、

「そもそもこの臭いは、俺一人のものではないぞ！　それを誰が後始末しているか考えてみろ。収容所の中で自分たちの世話にならないものが一人としているか。少しは我慢するものだ」

と吐き捨てた。

「それができないと言うのなら、俺はこの仕事を断る！」

拳を握り、頬をヒクヒクと痙攣《けいれん》させている本多を見て、鼻を押さえていた河原や他の兵たちも目をそらし俯いてしまった。最初に文句をつけた麻生も、さすがにそれ以上は、二の句がつげず、皮肉ることもしなかった。

第三章　明優丸の夢　（二）

十六

その冬の最低気温をさらに更新した日の夕食後。久々に行方知れずの熊倉隊二〇〇名のことが、兵舎で話題となった。気温は零下三〇度を下まわっているらしかった。

「おいみんな、今夜は特に金属の取っ手を直に触るなよ。手がくっついてしまったら、その皮を剝がさないとどうにもならんからな」

鷲沢班長が、手袋かそれに代わる布を必ず手に巻いて便所に行くように、という注意をしながら兵舎を巡回していた。

「こんな寒い夜に今頃、熊倉隊はどうしているかな。小林さんは、どうなったのか聞いていますか」

と、藤沢二等兵がぽつりと言った。

「さあ、俺も知らん。どこかで寝床を得て生きながらえていればいいが」

小林二等兵が力なく応えた。

するとゴマ塩頭の河原上等兵が、ベッドの上段から、

「おそらく生きてはいないだろう。俺の勘からすれば、後腐れなくロスケに殺されたのさ」

と、話に加わってきた。

いとも簡単に殺されたという言葉を発したことが他の兵の胸も突いたのだろう。何気なく聞いていた周りの新兵たちはハッとし、一斉に顔を上げた。河原は、皆の思いがけない反応に、頭を掻きながらへらへらと笑った。すると、河原の隣に顔を出した麻生が、

「そうよ。それが一番手っ取り早い方法だ。中国で我が軍は、どこでも大抵そうしてたな」

と、援護射撃にでた。麻生上等兵も自分の経験から推したのだろう、いかにももっともらしい口調で言った。

「分隊長殿、それはいつの話でありますか」

左上段の棚にいた角田がすかさず訊ねた。

「いつと言われても……、そりゃあ、昔からさ」

「満洲事変ですか、それとも日華事変でありますか」

「そんなことはどうでもいいだろ。とにかくだ、あの頃大陸じゃあ、どの部隊も食糧の乏しい状態で進軍していたから、チャンコロには飯など回せねえ。そうなりゃ、針金で手足を縛っているパーローを生かしておく方が酷というものだ。そうだろう」

顎を傾げて麻生上等兵は、初年兵を舐めるように見た。パーローとは、蔣介石《しょうかいせき》の率いる国民党

軍ではなく、共産党の『八路軍《はちろぐん》』のことである。毛沢東の指導の下、一九三七年に編成されているから、そこから考えると、麻生上等兵の話は、南京攻略以後のことになる。

「まあ、一度捕まえた捕虜は、銃を取り上げても、解放したらまた敵の戦力に戻ってしまう。おまけに村へ帰せばこっちの実情が知れ、逆に夜襲をかけられる恐れがある。それで仕方なく陣地まで連れて帰ることになるのだが、今度はその捕虜に与える飯がないとくれば、一番都合がいいのは、その場で殺し、灰にしちまうことだよ」

目を丸くして聞いている初年兵に、麻生上等兵はまたチラリと得意げな目を投げた。

「ああ、そうだ。そうだよ。思い出したぜ。国民党軍は、食い物と女をやって懐柔すればまだ日本の手下にできたけれど、パーローは絶対に降参しねえからな。確実にまた敵になるから、全部殺すのが一番だ」

麻生と同じ五年兵の河原も、麻生の尻馬に乗ってあたかも自分の武勇伝を語るかのように自慢気な顔で言い放った。

「……」

麻生や河原とはす向かいの、下の段の寝床で静かに聞いていた本多は、それが本当のことか、誇張なのか、人から聞いた話なのか分からなかったが、二人の話からして中国で日本軍が行ってきた捕虜への行動の一端を見た気がした。そうか、あのことか、と思った。佳木斯から綏化《すいか》へ向かう無蓋車の中で聞いた亀山の刺突訓練の話が頭に浮かんだ。

しかし誰もそのことについて、非難をしたり、異を唱えるものはいなかった。

「捕虜なんてそんなものさ。だからよ。どうせ飢えと寒さで死ぬなら、ひと思いにやっちまう。それが武士の情けというものじゃねえのか」

麻生が達観したような口振りでつぶやき、マホルカに火をつけ、長い煙を吐いた。

「なるほど、それにちげぇねえ」

角田が納得したような声をあげた。本多は、いつもお追従笑いをしながら麻生や河原の言うことにいちいち肯いている角田の顔をそっと盗み見た。どこまで本当にそう思っているのか疑わしいときがあるからだ。

それにしても、麻生上等兵の話を聞いていると、人を殺すことも、それが軍の作戦だという理由がつけば、誰もがいつのまにかすんなり納得してしまう、いや、納得させられてしまうことに、本多は人の感覚の恐ろしさを思った。戦闘的な、攻撃的な気分でいるときは、どういうわけか恐怖も慈悲も感じない。

本多自身も、横道河子《おうどかし》の駅から一緒になった開拓団の話を聞くまでは、作戦のためには地方人を置き去りにするもやむなし、と思っていた。それが武装解除をして我々は軍隊ではないとなったとたん、その行為が真逆の酷い仕打ちに思えてきたのだから、人のこころは不思議なものである。一般人から見れば酷いことも、軍人にすれば当然なのである。

「それでは、我々も、近いうちにそういう運命を辿るのでしょうか」

突然、本多の隣で横になっていた亀山がむっくり起き上がって、生気のない声で訊ねた。麻生はギョッとしたようだった。

近頃亀山は、炭坑の仕事がきついのか、髭面の頬がこけ、眼のふちがやけに黒ずんできていた。四〇ワットの電球の下で見るとまるで死人のような形相に見える。それでいて眼球だけが異様に光っていた。

初年兵は、本多の脇の亀山を見て、それから上の段にいる麻生に視線をうつした。麻生は、煙草の煙にむせたのか、一つ、二つ咳払いをしてから、

「お、俺たちは違う。ロスケの石炭を掘り出すために必要な人材だ。だから、そうはならねえだろう」

と言いながらベッドの上段から瞬きもしない亀山を見おろし、薄気味悪いという表情をした。

「それに隊長が勝手な真似をさせないよう見張っているからな。大丈夫だろうよ」

「ああ、たしかに。熊倉とは大違いだ」

河原が相槌を打った。

「では、そういう必要な人材でなくなったら、殺してもいい。いいや、殺されてもしかたがない、ということですか」

亀山がさらに訊ねた。

「まあ、そういうことだろうなあ。捕虜だからしょうがねえやな。亀山さんよう」

麻生は寝台から身を乗り出し、居直ったように何が言いたいという目で亀山を睨みつけた。すると亀山が寝床の前へ膝を進め、居住まいを正し、自分の膝の上に握り拳を置いて、

「上等兵殿、我々は八月十五日に戦争をやめたのではないですか」

と、神妙な声で言った。

「……」

「だから隊長は、我々はもう軍隊ではない、と言われたのではないでしょうか」

「小難しいことを言わずに、何が言いたいのかもっと簡単に言え」

麻生は、右の口角を上げ急に不機嫌な目で睨んだ。

「銃を捨てて戦争をやめ、軍隊でなくなったのなら、その後ソ連軍に拘束されても、もはや軍人ではないのだから捕虜になる必要もないはずです。そして我々は軍人でなくなったのだから、自決もしなくていい、ということだったのではないですか」

そもそも捕虜とは、厳密に言えば、戦争中に敵に捕らえられた軍事要員をさす。軍事要員には戦闘員と非戦闘員がいたが、そのどちらにも属さない、一般の人々（民間人）は、戦闘の対象外とされていた。だから、日本軍が軍人と地方人を区別していたように、連合国軍も復員兵と民間人の引揚げ者の処遇を区別していた。

しかし日本人は、国際的にそういう区別があるにもかかわらず、その違いを教わることもなく、敵に捕まれば、日本人なら誰でも捕虜になると思っていた。

「……」

麻生は、捕虜だからしょうがねえやと言ってしまった手前ぐうの音もでなくなっていた。

「戦争が続いているならば、兵隊は捕虜として生きねばなりませんが、ハルピンにいるとき戦争は終わったのですから捕虜ではない。その日本人をシベリアでどうしても働かせたいというなら、ロスケはその処遇をもっと考えるべきでしょう」

亀山は乾いた声で淡々と言った。

十七

「ちょっと待て」

麻生が何か閃いたように、目をぎょろつかせ抗弁した。

「我々は、隊長らは、そういうつもりでも、ロスケの方は、日本人を捕虜だと思っているんじゃねえのか。現にこうして軍服を着ているのだし」

今度は周りの初年兵が麻生から一斉に亀山に目を向けた。亀山は視線を脇へはずし、わずかに思案する顔つきになったが、そのまま小さく頷いた。

「おお！」

と河原が呻《うめ》くように喉を鳴らした。

「たしかに上等兵殿の言うように、ロスケは我々を捕虜として扱っています」

亀山はきっぱりと認めた。

「そうれ、見ろ。だから俺たちはいいようにこき使われているんだろ」

角田が嬉しそうに辺りを見回した。

「……」

亀山は答えず、しばらく膝に置いた自分の手の甲あたりに目を落としていた。

「どうなんだ。亀山よう」

河原が舌をだして唇を舐めながらニヤリとした。

「それならば仮に、何らかの理由から、我々が戦争捕虜であったとしましょう。そうなれば、我々は敵国の捕虜となるわけですから、間違いなくロスケは我々を留置できます。そしてその時点から、ハーグ陸戦条約に則ってソ連は我々を働かせることができます。が、それと同時にロスケは捕虜に対し食事を与え、寝床を確保し、病気になれば治療を無償でしなければならなくなります。そして、武器を持たない捕虜を何の理由もなく殺せば、条約違反によって軍事裁判にかけられ、その人間は責任を問われ、罰を受けることになるはずです……」

亀山は顔を上げ、麻生と河原と角田を順繰りに見た。

「……」

武器を持たない捕虜を殺せば、軍事裁判にかけられる、という説明に、三人は呆然とし、亀山に対して返す言葉がなかった。

現に目の前にいる亀山が、武器を持っていなかった中国農民を誤って射殺し、軍法会議で罰を受け営倉に入れられたことを、麻生をはじめ古参兵は知っていたからだ。

「武器を持つ敵を撃っても罪にならないが、武器を持たない捕虜をむやみに撃ったら戦争犯罪人になる。つまり我々がこうして捕虜になったといえども、人道的に扱われる権利を持っている以上、ロスケは無茶なことができないはずなのです。そのことをふまえて、林隊長はソ連側と交渉をしているのではないですか」

「……」

麻生も河原も角田も、下を向いて考えているようだったが、電球の光の陰になりその表情は本多には見えなかった。

「林隊長が我々といっしょに作業をしないのはなぜだかご存じですか。ハーグ陸戦条約によれば、将校を労働させてはならない、となっているのです。だから、隊長は作業隊に加わらないで本部にいるのです。その代わりに隊長は、軽度な労役に使われるべき自分の部下を護るため様々な交渉をする役目を負っている。たとえ捕虜となっても、戦時の階級に応じて、自分の部隊に隊長は責任があるのです」

「なるほど、そういうことか」

本多の後ろにいた藤沢二等兵が、隊長の責任というくだりに反応して、つぶやいた。

「転属させられた熊倉隊の二〇〇名の兵は、その隊長を失っちまったわけだ」

隣の小林二等兵もそれで合点がいったようだった。例の転属のとき、部隊の長である熊倉大尉が兵とともに移動せず、この第四収容所に残ったのだから、責任者のいない糸の切れた凧のようにとばされた『転属』組の兵たちの行方や安否を調べようがないのだということが皆に見えてきた。

「ああ、分かった。分かった」

そこまで黙って聞いていた麻生が、突然大きな声を出して遮った。

「亀山さんよ、貴様の言うことは正しいかもしれん。それはそれでいいとして、とにかくだ。おれの言いたいことはだな、ロスケが捕虜を殺す気がなくとも、俺たちはこの寒さでいつ死ぬか分からねえ身の上じゃねえか。みんな、そうだろ。熊倉隊の心配をするより、まずは自分たちのことを考えろ、ということだ」

「……」

「そういうことで、今日はここまでだ。亀山さんにはすまねえが、また何かの機会にいろいろご高説を賜ろうじゃねえか」

麻生が最後に捨てぜりふを吐き、短くなった煙草をもみ消すと、吸い殻を胸のポケットにねじ込んだ。それから彼は横になり、皆に背を向けた。

本多は亀山にくっついて小便をしに外へ出た。小走りに雪の上を歩きながら、手を擦り、

「亀山さんは、すごいですね」

と興奮した声で言った。

「何のことだ」

亀山は首を縮めて重ね着した上着の襟を押さえていた。

「ハーグ陸戦条約、とやらをご存じだったとは驚きました」

「ああ、そのことか」

「そういうことは、上の者でも知る人は少ないと思います。自分は捕虜の話を聞いていてすっきりしました。すごいですね、亀山さんは」

麻生をやり込めたことに本多が目を細め、嬉しそうに笑うと、

「本多よ、じつはな。俺もよく知らんのだよ」

電球の光がもれる便所の前で急に立ち止まった亀山が、真剣な表情で眉間に皺を寄せた。

「はあ?」

「あれは、ただのでまかせだ」

「どういうことですか」

「俺の祖父がな、俺の親父《おやじ》の方の爺さんで征二というんだが、日露戦争のときに出征しているんだ。たしか陸軍中尉ぐらいだったと思う。この征二爺さんに山東出兵《さんとうしゅっぺい》のことを聞くと、小学校へあがる前の俺を自分の股ぐらに入れて言うんだ。日本は勝った、勝ったといつも威張っているが、戦争だからといってめったやたらに人を死なせてはいかん。無意味な犠牲がでないようにきちん

と約束ごとを守るべきだ、となる。その約束ごとというのが、ハーグ陸戦条約とジュネーブ条約だった。爺さんは、幼い俺にジュネーブ条約の取り決めごとをかみくだいて嬉しそうに聞かせてくれたんだ」

亀山は懐かしそうな目を夜空に向けた。しかし星は見えない。何かが重くのしかかるような暗い空だった。

「ハーグと、ジュネーブですか」

本多は外国の町の名がつく条約だと言われてもなんだかしっくり来なかった。そもそも父親が病死したため中学の途中から商科へ移ったので、学校でも社会の時間は少なく、条約の中身を教わった記憶は一度もない。本多はハーグがオランダの町であることさえ知らなかった。

「俺はそのときのことをうっすら覚えていて、自分が出征するときに、爺さんの書斎から条約の載っている本を借りて、ほんの少し読んだだけの話よ。全部を読んだわけではないし、爺さんの本に線のひいてあったところをいくつか拾い読みしただけさ」

亀山はあっさり言った。

「へえ、そうだったのですか。しかしそれでもびっくりです」

出征する前に、そういう本を手に取るだけでも尊敬に値すると本多は思った。

「ロスケの奴らは、麻生の言うように俺たちを捕虜だと考えている。それは間違いない。しかし彼らは憂さ晴らしに日本兵を殴ったり、むやみに蹴ったりしないだろう。ましてや日本人のように銃剣で捕虜に対して刺突をやらせることもない。それを見ていて、ああ、爺さんの本に書いてあったことはそういうことか、と思っただけさ」

弱々しいまなざしで亀山は本多の丸い顔を見た。

「たしかに、日本側の収容所とここは大違いですね」

本多も日本人が中国人を侮蔑するような感情を、ロスケが日本人に対し抱いていないことに気がついていた。タタールのような質《たち》の悪い嫌な奴はいる。だがそれは性格の問題であって、人種差別には結びついていなかった。むしろ作業場にいるロシア人はその多くが気さくなものばかりだ。日本兵の捕虜に対して高圧的ではなく友好的なことが多かった。

「日本は戦陣訓で捕虜を恥ずべきことだとしてきた。その考えが他国の捕虜も同じように軽視し、刺突を行うことへ繋がったのかもしれない」

亀山の目が一瞬強く光ったようだった。

「……」

「本多。それより、早くションベンして、戻ろう。鷲沢さんや麻生の言うように今日の寒さは尋常じゃない」

急に亀山は肩をすくめ一つ身震いすると、本多を促した。

北満での軍隊生活が長かった麻生の言葉通り、その後零下三五度を下回る日が連続して何日も続いた。戸外の仕事はすべて中止となったが、ふた月ほどの間に、林部隊の中からさらにおよそ一〇〇名の死者が運び出され、凍てつく異国の丘に葬られた。

十八

一日に一人から二人、食事の取れなくなった病室の兵が、朝になると冷たくなっていた。医師が呼ばれ死亡の確認が終わると、一階の霊安室に運ばれる。所長が代ったあとの冬の厳寒期には、その日の午後の一番気温が高くなる頃をみはからって、霊安室から収容所の外の丘へ遺体を埋めに行く。

一人の死者の場合は、戸板に載せて四人ほどで運ぶのだが、三人も四人もいっぺんに亡くなると、その運搬に本多の荷車が使われることがあった。

製材工場が充分に稼働しない厳冬期は、板きれで死者の棺桶をつくることもできなくなり、筵《むしろ》や叺《かます》に包んで荒縄で縛り、そのまま埋葬するようになっていた。

埋葬を終えた帰り道、ある兵が本多に、

「貴様も大変だな。糞尿を運んだり、遺体を運んだり、因果な仕事をさせられて」

と同情の声を漏らした。

「……」

本多が、何も言わず苦笑すると、

「そのうち、楽しいことが回ってくるはずだ。頑張れよ」

とその兵は慰めの言葉をかけてくれた。

確かに傍目から見れば、誰も好きこのんでこんな仕事をやりたいと思うものはいないだろう。まさに本多のしている仕事は、間違いなく穢れた仕事である。糞壺の中を這いずり回るゴキブリかネズミのように、本多は不運な人間に見えるのかもしれなかった。

しかし糞尿運搬のこの仕事には、じつは他の者には分からない密かな喜びがあったのだ。それは、ひと言で言うならば、がんじがらめの抑留生活において、『行動の自由』を得たことであった。

炭坑や製材所の仕事は、重労働であるのと同時に、常にロスケの警戒兵の監視の中で作業をしなければならない。ロスケの現場監督がいて、手を抜いたり勝手に休んでいたりすれば、サボタージュだと見られてすぐに怒りの声が飛んでくる。

また、どの仕事も多くの仲間といっしょに仕事をするので、その仲間に迷惑をかけたり、手間を取らせたりすれば、嫌な顔をされるし、上の階級の、特に古兵には人一倍気をつかうことになる。そうした人間関係の中で一日中ピリピリしながら仕事をするは、本来本多の性に合わなかったのだ。

兄弟姉妹のいない本多は、商科を卒業すると使用人に他所《よそ》へ移ってもらい、母とともに父の残した小さな印刷会社の跡を継いだ。もちろん広告の注文を取りにまわる営業は、母一人では無理なので、父の弟である晴親《はるちか》叔父に手伝ってもらった。叔父はそれまで新発田《しばた》市に住んでいたが、父の残した田圃も請け負い、米作りをするためにわざわざ新潟市内に転居してくれた。事務と経理も叔父の妻、玲子叔母にお願いしたので苦労しなくてすんだ。

だから、本多は狭い小さな印刷工場だが、自分の好きなように過ごすことができた。版を組むのも、印刷して仕上がり具合を確かめるのも、すべて自分の一存で決められた。仕事場での人間関係の軋轢《あつれき》というものを知らずに済んだのだ。

そういうこともあって糞尿運搬の仕事は、汚いことに目を瞑りさえすれば、のんびり気ままにやれる仕事で、本多の性に合っていた。警戒兵もついては来ないし、ロスケを含めて誰一人本多に文句を言うものはいなかった。自閉的な病気のあるらしい阿野二等兵も無口な方だから、本多があれこれ注文をつけないかぎり、ぶつかることはない。

糞尿を捨てるために、いったん収容所の外へ出てしまえば、そこからは自由であった。炭坑のある田舎なので小さな村の通りを外れると民家もまばらである。気の遠くなるような広大な丘陵と人気《ひとけ》のない海が近くにあるだけである。糞尿をどこへ捨てようと、誰も文句を言うものはいなかった。

最初のうちは、丘の窪地の沼などに糞尿を捨てたり、ときには海まで運ぶこともあった。が、海はすこし遠いので、一日に六回往復できる距離のところで捨て場所を探し、時間が余れば、馬車を曳いてあちこちを見て回れた。

あるいは、行きたいところがでてくると、一日に七回糞尿を運んでおいて、翌日は、五回でノルマを果たし、その余った一回分の時間で遠いところにも出かけたりした。

雪が消え仕事に慣れたころ、製材所の踏切近くにあるロスケの農家のマダム（おばさん）から、自分の畑に下肥をまいて欲しいと頼まれたりした。そんなときは運ぶ時間が省け、その分おばさんの家に上がり込んで話をしたり、ついでに生卵を一つご馳走になったりした。

また、天気の良い日には、馬に草を食べさせながら草原で寝そべったりした。すると、村の子どもたちが二、三人寄ってきてロシア語を教えてくれた。幼い子どもといっしょに遊んだり、ロシアの歌を唄ったりもした。

収容所や作業場では味わえない、いろいろなことを見聞する機会が与えられたのだ。

しかし、そうは言うものの、良いことばかりではない。困ったこともあった。この仕事で一番辛かったのは、後で分かるのだが、やはり春になってからのことである。

『筍』の季節が終わり、凍ったものが便所の穴の中で溶け出すと、いや、臭いの臭くないの、半端ではなかった。鼻がひん曲がるとはこのことだろう。

本多は馬をゆっくりと歩かせ、樽の糞尿が飛び散らないように注意しながら運ぶのだが、その日は慣れているブランネがロスケに先に取られてしまって、ビアライしか厩に残っていなかった。

この馬は片眼がつぶれて見えないので、その見えない方向へなかなか向きを変えない癖があった。そのことを忘れて本多が梶を取り損ね、糞尿を捨てる小さい池の中へ馬車ごと突っ込んでしまったのだ。

糞尿満載の馬車は重く、池の底は柔らかく、引き揚げるためには樽の栓を抜くしかなかった。汚物がドボドボと勢いよく馬の浸かっている池の中へ……。その後ビアライと馬車を池から引き出すことができたが、馬も人も糞尿まみれとなった。

帰り道に村の中を通ると、道行くロスケまでが臭がって顔をしかめる者や顔をそむけて逃げる者が続出した。すぐに抜けられるいつもの道がひどく長く感じた。ようやく村を抜け収容所に着くと、まず馬を馬専用の入浴場で洗ってやった。

次に糞だらけになった一張羅の軍服を脱いで洗濯したのだが、まったく臭いが取れなかった。粗悪な洗濯石鹼でズボンを洗っても洗っても、指の皮が剝けるほど何遍洗ってもダメであった。どうにか臭わなくなり軍服を干すのだが、これがすぐに乾かない。

さすがの本多も、自分で志願した糞尿運搬の仕事ではあったが涙がこぼれた。

仕事に慣れてくると、本多はある不思議なことに気づいた。

それは、糞尿の樽を載せ馬車を曳いていれば、日本人捕虜の本多に疑いの目を向ける者は誰もいないということだった。ちょうど風呂屋の三助が、男風呂から女風呂へと自由に行き来しても、女風呂から悲鳴の上がることが決してないように。あるいは、どんなに夜遅く住宅地の暗い路地を歩いていても、犬を連れていると、怪しんだり警戒したりする者はほとんどいないように。まさにあれに似ているのだ。

だから、本多が収容所の大扉を出て、隣のソ連兵のウジャウジャいる駐屯地の中を馬車とともに移動していても、誰も怪しんだり見咎めたりする者はいない。

そのお陰で、最初の春が訪れた頃だったか、ロスケの監視兵が寝泊まりしている小隊の兵舎のすぐ近くへ行ったとき、本多は面白いものを見ることができた。

ロシア人の洗面の様子だ。

上半身裸になった兵たちが、鼻歌を唄いながら水道の周りに群れて、順番を待っている。先頭の兵士はまず小さいコップに水を一杯とり、それを口に少し含む。それから指を一本突っ込んで歯をこする。それから水を吐き出し、歯磨きをこれだけですます。

次に二口目の水を口に含むと、これを少しずつ垂らして自分の両手で受け、手を洗う。そして最後のコップの水をまた口に含むと、その吐き出した水で顔をあらうのである。あとは布で顔や身体を拭けば終わりだ。

要するに、たった一杯の水で歯を磨き、手を洗い、顔を洗うのである。おそらくコップの容量は三〇〇CCほどだから、農家の牛乳瓶一本分も使わないことになる。

そんな彼らだから、水道の水を出しっ放しにして、そこで直接手を洗ったり、顔を洗ったりする日本人のやり方は、どうにも我慢がならないということが何となく分かってきたのも、この自由な観察のお陰だった。

収容所には、広場の南端の望楼の近くに、水道の蛇口（水栓柱）が一つあるだけだ。外から作業を終えて帰ってきた日本兵は、みなそこを必ず利用した。蛇口の前にずらりと並び、兵が水を飲んだり、手を洗ったり、口をゆすいだりする。すると、

「やい、日本兵。水を無駄にするな。使わないときは栓を閉めておけ」

と収容所の監視塔（望楼）からいつも顔を真っ赤にしてわんわん喚く兵がいるのである。

しかし日本で質の良い豊富な水を使っていた兵にとっては、ロスケが何を言おうと馬耳東風。水道の水は流しっぱなしであった。そもそも兵が千人ちかくいるのに、外に水道の蛇口が一箇所しかないのだから、栓を閉める暇もないのである。

ある日、馬車を曳いて村の中の道を歩いていると、珍しい光景を目にした。

それは、そう、年の頃、七、八歳の少女だろうか。本多の前、五〇メートルほどのところを、この少女が一人でぎこちなく歩いているのに気がついた。昼間であるのに、空は暗くどんよりとしたまだ零下十度くらいの日だった。

突然その少女が立ち止まり、ふらつきながら靴を脱ぎ始めたのだ。靴といってもフェルトの防寒用長靴《ながぐつ》だから、うまく脱げない。少女は癇癪《かんしゃく》を起こしたように右足を上下に振って必死に足を出そうとしていた。きっと、長靴の中で靴下がずれてしまったか、小石でも入っていて痛かったのか、そんなところだろう。

とうとう雪道の上に座り込んでしまった少女を盗み見するように、本多はさりげなく脇を通り

過ぎようとした。

そのとき、目に飛び込んできたのは、少女が長靴の下に履いていたのは靴下ではなく、まぎれもない日本の軍隊が使用していた三角巾だった。カーキ色の三角巾を靴下代わりに丁寧に足に巻き、冷たくならないよう包んでいたのである。あれは、捕虜の兵隊と物々交換したときに得たものかもしれない、と本多は思った。

数日経って、その日の糞尿運搬を終えて本多が休憩していると、ロスケの下士官ユペコの命令でソ連軍の被服庫へ連れて行かれ、そこに積み上がっている洗濯済みの被服を整理するよう言われた。軍衣（上着）と軍袴《ぐんこ》（ズボン）と下着を別々にして、丁寧にたたみ棚に収納するのだ。作業に入ると、継ぎはぎだらけのこれが使い物になるのかという代物まであった。

そのとき偶然、胸のあたりに幾つもの穴が空いている日本の軍服を見つけたのだ。

——もしや……。

と思い、他に穴の空いたものはないか探してみると、案の定、防寒具として関東軍が使っていた毛糸編みのシャツと、冬用の軍服の上着がちょうど五着見つかった。すべて同じ形の穴が空いていた。

おそらく、それらは逃亡し殺された金本曹長らのものだろう。そう思うと急に被服庫の中に彼らの怨念が漂っているような錯覚にとらわれ、ぞっとした。

本多は整理を終えると早々に外へ出た。そして兵舎へ歩きながら、ふと考えた。

そういえば収容所では、病室で捕虜が死ぬと、遺体を素っ裸にし、米の入っていた叺《かます》や筵《むしろ》で簀巻きにして埋葬する。そのときに脱がせた衣服をどう処理しているのか。もしかしたら捨てずに洗って使っているのではないか。

本多は、被服庫の衣類と、村で見かけた少女のことを重ね合わせ、あらためてこのソ連という国は、本当に衣料品が不足しているのだなと痛感させられたのだった。

十九

日本人捕虜の中から建築技術を持ったものが集められ、風呂場の建設が始まったのは、記憶にまちがいなければ、入所直後の頃である。

先ず地盤を固め、次に溝を掘って水道管を敷設し、ボイラーの位置を決める。それにあわせて建物が造られる。木組みが終わると内部の配管と電気の配線が施され、最後は左官の手で床や壁が塗り込められる。

こうして、およそ五ヶ月半の月日をかけてようやく捕虜の大浴場が出来上がったのは、年を越した三月のことだった。本多が糞尿運搬を始めて、しばらく経った頃でもある。

――ずいぶん長くかかったものだ。

と思いながら、本多がさっそく運搬作業の帰りに中を覗くと、日本のような湯船はないが、浴室の壁に水と湯の蛇口がセットで付いており、それが二〇組ほど一列に並んでいた。それぞれの蛇口の下には台がついており、用途はよく分からないが、どうやらその台の上に盥《たらい》を置いて、湯と水を混ぜ、適温にして使用するらしい。

また、大浴場の一番奥には仕切りがあり、（後で分かるのだが）この仕切り板のむこうにロスケの将校とその家族が使う専用の部屋があった。入り口は別で、その部屋の反対側には暖房用のペチカが備わった脱衣所があるらしい。ただしロスケの一般兵は、その専用風呂を使えなかった。

数日後、マヨロスキー所長から林隊長に浴場使用の許可が出た。湯を沸かすボイラーの燃料は、一日あたり一時間分ということだった。そのため入浴の割り当ては、一日に三〇人を上限とし、それを二班に分けて一五人ずつ三〇分間使用ができるという。

そうなると捕虜は、一ヶ月に一度の割合で風呂に入れることになる。これが日本兵に許された風呂時間であった。

ところがこの新しい浴場ができると、将校だけでなくロスケの一般兵までが、やって来るようになった。おそらくロスケの警備本部にある浴場が満杯のときは、こちらに流れてくるらしいのだ。

当然一般兵は、専用風呂が使えないから、日本兵と同じ浴室になる。

二〇組取り付けてある蛇口のうち、日本兵が一五組使えば、残りの蛇口の五組が空いていることになる。それを見越してマヨロスキー所長は、ロスケの一般兵の分に割り当てたようだった。

これで洗い場のほかに湯船を造れば、湯に浸かっているものと、身体を洗っているものとが交互に浴室を使用でき、二倍の人数がいっぺんに入浴できることになる。そうなれば、一ヶ月に一度の風呂が、二度入れることになると本多は思うのだが、ロスケには湯船を造り、それにゆっくり浸かるという習慣がなかった。

したがって湯船がないから、脱衣も含め三〇分という短い時間に、五人のソ連兵と一五人の日本兵とがいっしょに入浴し、汗を流すということになった。

前半組と後半組の入れ替わりのときには、狭い脱衣場に一〇人のソ連兵と三〇人の日本兵が入り乱れる。お互い軍服を脱いで、ロスケは銃も持たずまさに「裸のつきあい」である。

あるとき、ひょうきんなロスケ兵がいて、股にぶら下がった大きなローソクのような一物《いちもつ》を自分の手に乗せて、

「おい、日本人。見ろよ、どうだ、大きいだろう」

と誇らしげに笑ったのだ。そして、日本兵の「もの」を指さして、

「日本人のは、小さい、小さい」

と小指の先をつまんで小馬鹿にした。

これを見て本多たちも黙ってはいられない。不自由な片言のロシア語で、

「何を言ってるんだ、日本人は常に小さくしているが、いざというときは、こーんなに大きくなるんだ！」

と両腕を広げてみせた。

「しかもロスケのは柔らかいが、日本人のは棒のように固くなるんだぜ」

両手を組んでくねくねさせたあと、ゲンコツをつくって腕を伸ばし天井へ突き上げると、これが不思議と相手に通じるものなのである。

それを聞いたひょうきんなロスケは、目を剝いておどけた顔をし、まじまじと本多の股間を覗き込むのだった。するとまわりにいた双方の二十歳前後の兵たちが大笑いする。若者は何処の国も同じである。裸になると敵とか味方とかそういう垣根はなくなっていった。


これも別の日だったか、本多が風呂場でロスケと一緒になったとき、将校用の洗い場から、突然黄色い声が聞こえてきた。ついたての向こうに夫婦の入浴者が入って来たようだった。将校用の風呂場には、シャワーの頭がついていているらしく、夫がふざけて水を浴びせ女房をキーキー言わせているのだ。

すると、日本兵といっしょに風呂に入っていた若いロスケ兵たちが、上の部分が少し空いている仕切り板の前に集まり、そこで幾度も飛び上がって仕切りの向こうを覗き見ようとし始めた。しかし何遍跳び上がっても見えない。よく見ると湯気の抜けてくる隙間が一〇センチあるか、ないかなのだ。協力しあって順番に身体を上に持ち上げても駄目だった。

ここで本多ら日本兵もいっしょになって、覗き見に参加した。考えついたのが、ボイラー室の方から梁の上を伝って行って、天井から見るのが一番ということだった。だが、いざ上へあがってみると、浴室の天井裏には防寒用のおが屑がいっぱいだった。ロスケ兵も両の手のひらを上向きに挙げ、ニェット（無理だ）と言って小首をかしげ、残念そうに引き揚げて行った。

後日、兵舎にいるときの雑談で、俺は何とか天井板に穴をあけて見た、と得意になって言う兵が数名いたが、彼らの覗き見が本当に成功したかどうかは定かでない。

覗きといえば、本多も実は抑留生活の中で一度だけ偶然、そのチャンスに恵まれたことがあった。それは誰にも話してなかったが、浴場が出来上がってすぐの、風呂当番にかり出され、ボイラーの釜に火を入れ、石炭をくべているときだった。

ボイラー係の仕事は、じつは釜焚《た》きだけではない。燃料となる石炭を前もって炭坑まで取りにいかねばならないのだ。石炭の配給量は伝票一枚で馬車一回分と決められていた。そこで日頃から糞尿運びをしている本多は、馬の扱いに慣れているということでこの仕事がたびたび回ってきたのだ。

その日、本多が鉈《なた》で薪を割り、木屑を細かくしてそこに火をつけ、火種ができたところで石炭をのせ、その燃え具合を確かめながら作業をしていると、将校用の専用風呂で音がした。まだ充分に湯が沸いていないのに誰かが浴室に入ってきたのだ。ふと見ると、ボイラー室から将校用の洗い場に通じる温水パイプの穴がすこし大きめに空いていて、その隙間を塞いでいた泥のようなもの（パテ）が剝がれ落ちてしまったのだろう、そのままになっていた。

――まさか。

と思いつつ、試しにその隙間に顔を近づけて向こう側を覗いてみると、何とあの一つ年下のアーサーが入浴中だったのだ。サンカチになってからは病室に行ったことがなかったから、彼女に会うのはほんとうに久しぶりだった。

うっすらとした湯気の向こうに、立ち上がった白人特有の乳白色の肌が見え隠れする。身体をねじって、牛の角のように上向いた片方の乳房がちらりと見えたときは、もう言葉にならなかった。

しかし後にも先にもこのような幸運は残念ながら一回限りだった。

そしてしばらくすると、そのアーサーも、命の恩人のアレキサンダー女医の後を追うようにいつの間にかタヴリチャンカの第四収容所内から姿が見えなくなった。そして、このパイプの隙間もいつの間にか修理が行われ、しっかり塞がれていた。

二十

頭上にどっかりと腰をおろしていた鉛色の雲が消え、シベリアの大地を覆う雪が風に飛ばされてキラキラと舞う。それでも日差しがどことなく暖かい。川辺のネコヤナギが芽吹き、雪解けの水が日を浴びて川へチョロチョロ流れる音がする。こういう日は、何ともうれしいかぎりだ。しかしそれにも増して本多が嬉しかったのは、この頃から米の飯がときおり食えるようになったことだった。

マヨルスキー所長の話によれば、北朝鮮方面から大量の籾《もみ》が送られてきたらしい。ところがソ連側から日本の調理班に引き渡されたものは精米されていなかった。籾磨《もみす》りや精米はきちんとした道具がないだけに、これがやっかいだった。

炊事場の責任者である遠藤准尉から、何か良い方法はないか、知恵を貸して欲しいという要請が、各兵舎に伝わってきた。そこで夕食後の空き時間に、農家出身の兵が寄り集まって知恵を出し合った。瓶の中に玄米をいれて、棒で突っついたり、なかには休憩時間に唐箕《とうみ》まで作り始める兵もいた。

このときを境に白米が食べられるようになると、捕虜の多くがみるみる元気になった。太りはしないが、とにかく下っ腹に力が籠もり、足取りもしっかりして、走っても転ぶようなことがなくなった。

——その他に収容所の生活で嬉しい事といえば、兵の間で、床屋のことがよく話題に上った。本多はそのことを思い出し、夢の中でにっこり微笑んだ。

たしかロスケは、床屋（理髪所）のことを「パリックマヘル」と呼んでいた。

日本側の収容所で床屋係をしていたのは、新潟県出身の山本二等兵である。山本は十六歳から東京へ出て理容と美容の技術を習得し、召集前には雪深い故郷の上越高田に帰り、そこで店を開いていたという。東京で修業をしただけのことはあって、腕も上々で、また都会の美容ファッションをいち早く取り入れる才も持っていたらしい。

捕虜の中にもそういうことに敏感な若い兵がいるらしく、山本の散髪を楽しみにする声があちこちから聞こえてきた。もちろん特別な髪型にするわけではない。兵はみな丸坊主なのである。

しかし山本は髪を切りながら、貴様は佐田啓二のような髪型が似合うからお薦めだとか、その際サイドベンツよりセンターベンツの背広がぴったりだなどと粋なことを口にした。さらに服の色やネクタイの合わせまで話題にし、その話術で兵を楽しませた。日本に帰ったらこうしよう、ああしようというおしゃべりと笑い声が、山本の理髪所から洩れ聞こえてくるようになった。

本多が思うに、おそらく彼の人気の秘密は、そういうことにあったのだろう。暗くなりがちな抑留生活の中で、この散髪の時間の空想が、若い兵たちのささやかなくつろぎと慰めになっていた。

また山本は、これまでの所持品検査をどうくぐり抜けてきたか分からないが、職人らしく自分愛用のクリッパー（バリカン）や日本剃刀《かみそり》を持っていた。そして常にそれらの手入れを怠らず、この仕事に生きがいを見いだし日々努力を重ねていた。

ところがある日、突然山本が体調を悪くして倒れてしまった。

原因は、鷲沢班長によれば、過労だった。彼は一人でおよそ一〇〇〇名の髪を切ることになるのだから息もつけない。髪を刈り上げ、洗髪し、顔を当たれば、一人につきおよそ四〇分は必要だ。一日一〇名捌《さば》いたとしても、単純に計算して全員の散髪に一〇〇日（約三ヶ月）かかる。その間にまた最初の兵の髪は伸びるのだから、三六五日休む暇がないのだ。

そこで林隊長は、応急処置として、もう一人床屋見習いを設け、この二人でなんとか収容所の理髪所を切り盛りするようにした。

ところが、どこで何がどう伝わったのだろう。何とロスケの下士官が突然やってきて、山本二等兵に自分の髪と髭も当たれと言ったのだ。さらに月日が経つうちに、その人数はしだいに増えていった。

この話には誰もが驚いた。そもそもこの理髪所は、日本人捕虜のために作られたものだ。それなのに自分の散髪の予定されていた日が先送りにされたからだ。当然日本兵の中から苦情が出はじめた。

すぐに林隊長とマヨロスキー所長の間で交渉が行われた。ソ連兵の散髪まで引き受けていては、山本の負担が重くなる。刈り落とした髪の毛の掃き掃除や、洗髪の下働きをする見習いを増やした意味も半減する。

話し合いの結果、どうやらロスケは散髪よりも髭剃りが気に入っていることが分かってきた。ヘンケルス社やツヴィリング社の西洋カミソリ（ドイツの町ゾーリンゲンで製造されたもの）よりも、切れ味のよい片刃の日本カミソリでの髭剃りが彼らには魅力だったようだ。

結局、ソ連の将校および下士官までの希望者を、休日の日曜日の午前中のみ引き受け、その見返りに上質の石鹸と新しい用具および清潔なタオルなどの供与を交換条件として、話は妥結したようだった。

それ以来、理髪所の入り口には「パリックマヘル」のロシア文字の看板まで掛けられた。

――それにしても……。

いくら本職が理容師だったからといっても、山本二等兵は敵国の兵だ。その彼に鋭いカミソリを持たせて、ロシア人が自分の毛深い顔や首や喉もとを剃らせるとは、どういう気持ちなのだろう。身の危険を感じないのだろうか。

馬車に糞尿を積んで本部の一角にある理髪所の前を通り過ぎながら、「パリックマヘル」へ入って行くロスケの姿を見る度に、本多は彼らの気持ちがよく分からないといつも思うのだった。


――いつのことだったか、すぐに思い出せないが……。

本多が馬車を曳き収容所を出て、岬の外れの崖をちょっと降りたところにあるロスケの民家を訪れたことがあった。あのときは、たしか亀山のために煙草をねだりに行ったのだ。

その家にはウクライナから革命前にやってきた農業移民であろうか、老夫婦が二人だけで住んでいた。それまで何度かその家の前を通ったことがある。なぜか目が合うと庭先からいつも本多らに手を振ってくれた。その手つきがおいでおいでをしているように見えた。そこでその日は勇気を出して訪ねてみたのだが、案の定、彼らはとくに警戒もせず快く家の中へ招き入れてくれた。

家の中はきちんと整理整頓されていた。窓には白いレースのカーテンが掛けられ、暖炉の前に大きなソファーがコの字に並んでいた。そして壁際の棚の上には若い二人の青年の写真が二つ飾ってあった。一人は詰め襟の軍服姿で、もう一人は厚いコートを着ていた。

この夫婦の息子たちか、もしくは孫であろうか。独ソ戦に出征したのかもしれない。誰の写真か訊ねてみようと思ったが、本多はすぐに諦めた。ロシア語がまだまだ未熟である。複雑な話はどうしてもちんぷんかんぷんになってしまうからだ。

ともかく知っている単語を並べながら、身振り手振りを交え、お願いをする仕草で、煙草が欲しいことを伝えた。すると髪の毛が耳の後ろにしか残っていない老夫が、

「あんたは、ラーゲリ（収容所）のイェポーニエッツ（日本人）だろ」

と言った。

「ダー（はい）」

「ここらあたりは、ソ連が参戦した直後、日本軍の航空機が来て爆撃して行ったんだ。すぐそこの崖には爆撃の跡がまだ残っているよ。嘘じゃない。あとで案内しようか」

老夫が、顔いっぱいに皺をつくり微笑んだ。

白髪の婦人が紅茶を運んできた。ロシア紅茶だった。彼女は本多らにニッコリ笑いかけ、カップをテーブルに置くと、話には加わらず、すぐに奥へ行ってしまった。

老夫が紅茶を勧め、それから何かしきりに説明を始めた。だが、よく分からない。適当に相槌

を打っているうちに、どうやら自分たちも生活するのに色々困っていることがあると言っているのがそれとなく伝わってきた。

「戦争のことよりも私たちが本当に困っているのは、食べ物や衣料品が不足していることなんだ。もう二十年以上もだよ。その原因を作っているのはソ連のお偉方さ。分かるかい。なかでも独裁者スターリンには困ったもんだよ。スターリンがこの国を駄目にしている。ヒロヒトは、どうだい。日本の民衆によくしてくれるのか」

おそらくそうした内容のことを老夫は力を込めて訴えたのだろう。

そのとき本多は、ソ連のお偉方という言葉は分からなかったが、繰り返される『スターリン』という単語の発音に気付き、

「ああ、スターリンのことですね」

とオウム返しに言って大きく頷いた。

「そう、そう、そのスターリンさ」

老夫は眼に力を入れ、それからいきなり親指を立てた手刀を首に当て、横へ切る動作をした。

カップの紅茶がなくなったのを機に、本多が腰を上げ帰ろうとすると、老人は両手で待ちなさいとひきとめ立ち上がった。それからわざわざ奥の部屋から煙草を一箱持ってきて、本多の手にそれを握らせた。

「ここで話したことは内緒だよ。ほかで言うんじゃないよ」

昼に二本の指をあてて、老夫は口止めすることを忘れなかった。

おそらくスターリンの悪口や、政府に不平を言うことは、ロシア人にとっても命がけのことだったのかもしれない。

老夫婦の家を出てそんなことを考えながら馬車を曳き始めてから、本多はあっと思った。

――そうか。ソ連を動かしている最高責任者は、スターリンと言うのだ。

本多は、ソ連の政府の一番上にいる人物の名前が、このときあらためてはっきり分かった気がした。

以前本多は、自分たちをこのシベリアに連れてきて、こんな目に遭わせているのは誰かということを考えたことがあった。はじめは、ジェルジンスキー所長の顔や、コルホーズの幹部の顔が浮かんだ。しかし、本当の元凶は彼らの上の、そのまた上の、さらに上にいると思い直した。だが、その最高責任者が誰であるのかは、まったく知らなかった。その名が今、はっきり分かった気がした。それは老夫の繰り返し言ったスターリンなのだ。どんな顔をしているのかはまだ見たこともないが、このときスターリンの名前だけは本多の胸の深いところにしっかりと刻まれたのだった。


ある日、その日最後の糞尿を運び終えて、収容所への道を歩いていると、

「おーい、本多！　本多二等兵、とまれ！」

と言う声があたりの山にこだました。本多が声の方を眺めたとき、炭坑へ続く坂道に、丸山曹

長と他二名の兵が現れ、激しい勢いでこちらに向かって駆け下りてくるのが見えた。

つい最近、第一中隊の副手であった丸山曹長が、林部隊長から炭坑へ作業に行く第二中隊の長を任されたという噂は、本多も聞いて知っていた。東山曹長が、第二中隊から第三中隊の指揮へ回ったからだ。

それまでは丸山曹長は体調を崩し、「三カチ」と診断され、収容所内の仕事をしていた。本多は所内の様々なところで丸山曹長とすれ違うと、必ず近付いて敬礼をし、身体の具合を訊ねた。丸山曹長も、気候が良くなってきたのでだいぶ良い、と言っていた矢先のことだった。そのため本多と丸山曹長は、お互いに顔と名前をよく知っていた。

「好いところで出逢った。本多二等兵、すまんが、すぐにこの池末軍曹と炭坑へ行ってくれるか」

ぜいぜいと荒い息を吐きながら、丸山曹長が言った。中隊の作業に復帰したばかりでまだ本調子ではないらしく、顔が青ざめている。流れる汗も冷や汗のようだ。

「丸山曹長殿。どうされたのでありますか」

敬礼を解きながら、本多が訊ねると、脇にいた池末軍曹が代わりに答えた。

「炭坑で事故が起こったのだ。それで負傷者をその荷車で運んでもらいたい」

「落盤事故でありますか」

「いや、ダイナマイトだ。負傷者は今のところ一名」

「分かりました。すぐに御一緒します」

本多はすぐに河野二等兵に目配せをし、馬車に乗せている運搬用の樽を道の脇に下ろす作業に取りかかった。

「池末軍曹。俺と千野一等兵は本部に向かう。貴様は負傷した兵を本多二等兵らといっしょに収容所へ運んで来てくれ。千野は、俺といっしょに収容所へ行って、俺は隊長のところへ報告に行くから、貴様は鷲沢衛生班長に報告し、治療の準備をさせろ」

「分かりました。丸山曹長殿。自分はすぐに炭坑へ戻ります」

池末軍曹が敬礼をし、本多らとともに動き出すと、丸山曹長と千野一等兵も収容所の方へふたたび走り出した。

あたりは小さな山が三方から迫っていた。炭坑の山が一番高く、左手の収容所へ続く道は、いくぶん下り坂になっていた。それでも丸山曹長はかなりきついらしく、本多が馬車を曳きながら振り返ると、何度か立ち止まり咳き込んでいるらしく、そのたびに千野一等兵に背中を擦《さす》られていた。

このときの丸山曹長の指揮の下に作業する第二中隊の隊員は二〇〇名いた。隣を歩く池末軍曹は、千野一等兵と同じように、三池炭坑と夕張炭坑でそれぞれ働いていたことのある技能者だった。この二人の経験と技術的な面での指導が大きくものをいい、最近第二中隊のノルマは次々に達成され、大きな成果を上げているともっぱらの噂だった。本多も、功績のある二人の名前だけは亀山から聞いて知っていた。

その矢先の事故だっただけに衝撃だったのだろう。池末軍曹は道々詳しくは語らなかったが、どうやらある兵が誤って不発のダイナマイトを鶴嘴《つるはし》で叩いてしまったようだった。

本多らが現場に着くと、重傷者一名、軽傷者二名が、火傷《やけど》を負って地面に臥していた。その周りを大勢の人々が息をつめて取り囲んでいる。軽傷者の喉から洩れるうめき声だけが人々の耳を鋭く刺していた。

このうちのぐったりとして身動きひとつしない重傷者だけを馬車に乗せて、本多らはすぐに収容所へ向かった。

二十一

収容所の医務室では、鷲沢班長が治療台を用意して待っていた。

本多は河野二等兵に樽の回収を頼み、自分はそこに残った。治療が始まり、本多があらためて、医師や看護婦たちの後ろから事故を起こした兵を覗き見ると、裸の上半身が糜爛《びらん》し、細い石炭屑が無数に皮膚を破って食い込んでいた。眼も、鼻も、頬も、口も、さらに顎にも吹き飛んだものが食い込んでいるので、顔が誰だか分からない。

少々遅れて、あのタタールが駆け込んで来た。

「ダワイチェー、チンクトールヨヂウム、ナアーダ」

とタタールが叫んだ。亜鉛華軟膏を塗れと言ったらしい。もちろん本多には何のことかさっぱり分からなかった。

「メジシン、ニェート」

しかし鷲沢班長が即座にそれを否定したのは分かった。その薬ではだめだ、という意味だろう。二人が怒気を含んだ声でやり合っているうちに、鷲沢班長がとうとう日本語で、

「火傷にヨーチンとは、バカ野郎、お前それでも医者か」

と怒鳴った。するとタタールは、

「ダワイ、ダワイ、ヴェストラ、ダワイ」（早く、早く、早くやれ）

と喚きちらすばかりだった。そのうちにタタールは、諦めたのか、ドアを激しく鳴らしぶつぶつ言いながら医務室を出て行ってしまった。

鷲沢班長は、オキシドールを使いながら、大小の石炭屑を取り除き、千切れた衣服の端切れを皮膚から剝がし、その後過酸化マンガン酸カリの溶液を作り、この溶液を浸したガーゼで創面を丁寧に覆っていった。

鷲沢班長が一番苦心したのは、眼球に突き刺さった異物を取り除くことだった。本多は恐くてまともに見ていられなかった。

鷲沢班長が眼や身体中の患部を冷やし始めたところで、本多と池末軍曹と千野一等兵の三人は、治療室から出て廊下で待つことにした。二階の病室へあがる階段に腰を下ろし、本多はぽつりぽ

つりと語る二人の話にじっと耳を傾けた。

——池末軍曹と千野一等兵の説明によれば……。

炭坑の坑内作業は、八時間労働の三交代制で、主に切羽《きりは》で石炭を掘る仕事、坑木で枠を組む仕事、石炭をトロッコに積んで押していく仕事、坑口から下ろされる坑木を二人一組で切り羽まで運ぶ仕事と分かれているらしい。

シャフチョールの本坑は、二〇〇メートルの斜坑で、掘り出された石炭をトロッコで外へ運びだす作業が中心だった。それに対して分坑は縦坑となっており、垂直に掘り下って新たな炭層を見つける作業が行われていた。

事故は、この分坑の方で起こった。

帽子の前方にキャップランプを付け、いったん暗い坑内へ入ると、次の交替がくる八時間後まで日の目を見ず、兵は煙草も吸うことができない。水を取る休憩も手提げランプの心許ない灯の下でひと息つくだけだから、薄暗がりの中でのぶっ通しの労働は身体にこたえた。作業が終わってあがってくると、炭塵《たんじん》で手や顔が真っ黒になって目だけがぱちくりしているから、誰が誰だか分からぬほどになってしまうという。

作業ノルマは、四〇トンだから、一トン積みのトロッコ四〇台分を掘って積み出さなければならなかった。作業が終了する頃は、みんな疲れがピークに達していた。

作業現場で働かされていたのは捕虜だけではなかったらしい。一般のロシア人も一緒に働き、それも男ばかりでなく、女も何人か働いていた。次第に打ち解けるようになると、実は彼らは一般人ではなく、囚人で、それも政治犯であることが分かってきたという。

そこで池末軍曹は、炭坑に入ったら日本人もロシア人も皆同じ、お互いに協力しあっていくことが一人ひとりの負担を軽くすることに繋がるのだ、そして安全な仕事ができるのだと、みんなを説得したそうだ。

炭坑が初めての兵ばかりなので、慣れないうちはノルマの半分も達成できなかったという。が、池末軍曹と千野一等兵の技術的な指導と、ロシア人との助け合いが次第に力を発揮したのだろう。二週目ぐらいから少しずつノルマを達成するようになり、四週目でそれ以上の成果を出すと、ロスケの炭坑責任者が飛び上がって喜んだ。

報告を聞いたマヨロスキー所長も御満悦で、炭坑作業の者だけは、配給される食事の黒パンも分厚くなっていったという。また特に功績のあった、池末軍曹と千野一等兵の二人には、真っ白な食パンが配給され、それだけでなく、炭坑と収容所の往復には護衛兵がつかない自由が与えられ、皆をうらやましがらせたらしい。

そうした活気や、やり甲斐が生まれていた中での、突然のダイナマイトの事故だっただけに、池末軍曹と千野一等兵の二人の衝撃は特に大きかったようだった。

——安全が第一、としていたつもりだが。

そうつぶやいてうな垂れる二人の姿には、捕虜というよりも、鉱山技師としての誇りが砕かれたような悔しさが漂っていた。
二、三日して、本多が衛門の扉を開けてもらい糞尿を運び出していると、ダイナマイトの負傷兵がちょうどジープに乗せられて外へ出て行くのと重なった。それを見送る鷲沢班長によれば、ウラジオストクの大病院へ搬送されるとのことだった。本多は班長の脇で手を合わせ、回復することを祈りながら見送った。

二十二

その日の仕事を終えて、兵舎に戻ると、麻生から一枚の葉書と、ちびた鉛筆を渡された。日本の家族へ、自分の安否を知らせるための葉書らしい。明日の朝、集めるから今夜のうちに書いておけ、ということだった。

「そうだ。本多。余計なことは書くなよ。我が軍と同じでロスケの検閲があるそうだ。このあいだの事故のことなど書くと、煩わしいことになるやもしれねえから、手短にな」

麻生は、珍しく猫なで声で念を押した。

夕食後、望楼の方からかすかに聞こえてくるロスケ兵の歌声を聞きながら、本多は寝台の上で、母に葉書を書いた。父のいない一人っ子の本多には唯一の肉親である。亀山ら他の兵は、夕食の前にすでにみな書き終えているらしく、横になっていた。

拝啓　母様。お変わりありませんか。私は元気でいます。新潟も冬が訪れて居ることと思います。母様も御身に気を付けられて、風邪などひかぬよう。先ずは右御一報まで。

敬　具

有りきたりのことを綴ると、紙面はすぐに一杯になり、敬具の文字が小さくなった。

翌朝、麻生分隊長に葉書を手渡してから、点呼のために広場へ向かった。寒い空の下で、何度も点呼がやり直され、人数が合うまで外で立っていなければならない日が今日も続く。

すでに集まっている他の小隊の兵が、白い息を吐きながら低い声で歌を唄っていた。

ロスケ達も待ち時間に何人かが集まれば必ず歌を唄う。それはそれは、日本人には真似のできない見事なハーモニーで唄うのだ。だから日本人の捕虜が歌を唄っても咎めるロスケはいない。

しかし我々にはそういうときに、全員で唄える気の利いた歌がなかった。そのため思いつくままにどんな歌でも唄うしかなかった。最初のうちは、「誰か故郷を思わざる」や「勘太郎月夜」などを唄っていた。だがそれに飽きると「夕焼け小焼け」や「赤とんぼ」の童謡を唄った。しかしどれもこれも今ひとつしっくりくるものがない。この広大なシベリアの大地で兵の心を慰めてくれる日本人の心情に合った歌がないのだ。

そうした兵の侘びしさを汲み取り、心から思いを込めて唄える歌をつくってくれたのが、増田班長だった。

日々恋しい故郷へ帰る日を夢みながら、それが果たせず死んでいく戦友を偲びながら、また帰国の希望を捨てずに生き延びようとする捕虜の切々たる思いを受け止めながら綴ってくれたのが『異国の丘』というタイトルの歌だった。それからというもの、兵はことあるごとに、この歌をみんなで唄って今日まで暮らしてきたのだ。

捕虜の男たちの低い声が、大地に響く。

一　今日も　明けゆく　異国の丘に
友よ　つらかろ　せつなかろ
我慢だ待ってろ　嵐がすぎりゃ
帰る日がくる　春がくる

二　今日も　寒空　異国の丘に
仰ぐ　作業の日が　弱い
倒れちゃならない　祖国の土に
帰りつくまで　その日まで

三　今日も　暮れゆく　異国の丘に
兵は　いつまで　待つのやら
泣いて　笑って　歌って耐えて
つなぐ望みを　胸にだく

（原　詞）

『異国の丘』の歌が、夢の中で、本多の脳裡に、繰り返し繰り返し流れていると、

――島影がみえるぞー！

という声が遠くからボンヤリ聞こえてきた。

二十三

四月六日早朝、遠くで、

「島影がみえるぞー！」

の叫び声が聞こえる。

夢から醒めた本多は、反射的に飛び起き甲板へ飛び出した。その後ろには亀山の顔が続く。

「どこだ、どこだ」

「船首の方向、一二時！」

船端《ふなばた》から身を乗り出し見つめると、水平線の向こうに棚引く雲と見紛うほどの長い島影がうっすらと横に這っている。しかしいくら目を細めても日本かどうか識別できなかった。

「本当に日本なのか」

「絶対間違いない。船の速力からして、日本以外のどこへ行けるというんだ」

誰かが断言した。

島影はしだいにその藍色を濃くし、高さを帯びてきた。

遠く沿岸に漁船が数隻、浮かんで漁をしている。その小さな船を見ながら、明優丸の大きな船体が、両岸の迫ってくる水道へ滑り込んで行く。緑の竹藪や松の生い茂った湾岸は、まるで手の届きそうな距離にあるように見えた。

湾内は、白波のたっていた日本海とはうってかわって、静かな水路のようになっていた。その間をゆっくりとした船脚でスクリューの泡もたてず進んで行く。おむすび形の山もあれば、起伏のある小高い山が幾つも連なっているところもある。迷路のような水道の周囲には、小さな畑や農家が狭い海岸の縁にへばりつくように散在していた。

甲板は二九三五名の兵の顔が目白押しで、日本の景色を瞬きもせず見つめている。

「狭いな。まるで箱庭のようだ」

亀山がつぶやいた。たしかに大陸と違ってすべてのものが、ちまちまして見えた。

漁船がポンポンと軽快な音をたてて眼下をすれ違って行く。船中では白い鉢巻きをした小柄な漁夫が何の屈託も無く、網の点検に没頭している姿がはっきり分かる。

「黄色い、やけに黄色くないか」

亀山が本多に訊いた。

「おう。たしかに、日本人の顔が俺にも黄色く見える」

本多も日本に戻ったはずなのに、なぜかよその国へ来たような錯覚に陥った。

ときおり、空襲でやられたのか、何隻かの船がマストや舳先《へさき》だけを海上に出して沈没していた。湾の一番奥に岸から突き出た桟橋が現れた。小さな岸壁だった。

舞鶴港は、リアス式海岸の奥深い中につくられた港だけあって、外洋の波を受けることはほとんどなく静かである。すでに入港している戦標船（戦時標準船）が、下船の順番を待って、湾のあちこちに三隻ほど投錨《とうびょう》していた。

兵がすずなりになって湾の様子を眺めていると、突然船内に戻るよう命令がでて、そこで全員に用紙（調査カード）が配られた。

「復員のための届けです。どうぞ本名や階級などを正しく書いて下さい」

乗船してきた引揚援護局の係員（このときは主に日本人警察官）から言われ、渡された鉛筆を握ったが、久しぶりに書く文字に指先が言うことを聞かず困った。抑留中、日本に出したはがきのとき以来である。へたな字だと思った。

だが鉛筆を動かしながら、間違いなく故国に帰れた、もうシベリアの収容所に戻されることはない、と実感すると、初めてにんまりと笑みがこぼれた。

船中で一泊したのち、翌朝、明優丸は大きな船なので接岸はせず、下船は、本船からボートに乗って桟橋へ向かうと告げられた。

順番が来て、本多がボートに乗ると、平桟橋の左奥に窓のたくさんある兵舎のようななつかしい二階建ての小さな建物が幾つも見えた。そこで最後の検疫を行うという。

ところが、桟橋で本多らを出迎えたのは、日本人ではなく、日系人らしいアメリカ兵ばかりだった。小銃のカービン銃を構えるようなしぐさをする兵はいない。が、白い鉄兜を被り、小銃を肩にかけていない者でも、腰の斜め後ろには拳銃を納める革のケース（ホルスター）を付けているのが見える。

彼らは一様に拳の親指を立て、兵舎の方向へ進めという指示を出していた。

——ああ、やはり、日本は戦争に負けたんだ。

という感慨が本多を包んだ。そしてシベリアで読まされた『日本新聞』に載っていた記事が思い出された。

「日本は敗戦でメチャメチャになり、食糧は無く、職は無く、生きて行くのが大変なため、幣原内閣は、お前たち復員兵の帰国を望まない……日本は完全にアメリカ軍に占領されたのだ」

という内容だった。

案内された宿舎は、近づいてみると有刺鉄線に囲まれており、ギクリとした。まるでソ連の収容所からアメリカの収容所へ転属させられたような気分になった。西門の前に立つ哨兵や、カービン銃を持ちこの兵舎を見回る無言のアメリカ兵（第八軍）の緊張した顔も、どこか異様なものを感じさせた。

援護局の係員に案内され、まず検査場で、被服や持ち物を抱えたままＤＤＴの粉で真っ白になるほど消毒された。それから脱衣所の脇にある風呂へ入る命令があった。何か薬の入っているらしい臭い大きな湯船が二つあった。最初の風呂に入って腰までつかり、すぐにその次のぬるい風呂に入った。ひと息つく暇もなくさっと出て、衣服を身に着けると、次はガランとした兵舎の中へ押し込まれた。それから寝台のある部屋の割り振りが行われ、ようやく落ち着くことができたが、この寮内でも何か書き留めたりすることは厳禁とされた。そのためいっしょにここまで帰ってきた者同士で、お互いに帰郷先の住所を聞いたりしたが、それを頭に留める以外方法はなかった。

翌日、アメリカ軍の情報部（ＣＩＣ）より、

――シベリアにいたときの情報を提供するように。

という要望があった。

朝から一人ずつ進駐軍庁舎へ呼び出されたが、本多たちのような二等兵はそれほど厳しい聴取はなく、十数分で解放された。ところが鷲沢班長は、伍長であったことから収容所の位置を確かめるため、日系二世の将校からタヴリチャンカ地区の地図と、ウラジオストクの港の地図をみせられ日本語で質問攻めにあったらしい。班長が外へ出る機会がなかったのでよく分からないと答えると、疑わしいまなざしで見られ、なかなか放免されなかった。

そして、ソ連の収容所の所長の名前や、医師の人数や、労働作業の内容や、ラーゲリの日課の流れなどから、兵器の種類、弾薬の集積所、補給所、部隊の配置、鉄道の位置まで何度も同じことをしつこく聞かれたという。

ソ連にいたときは、みなロシア語が分からないため、自分の失敗に気付かず、ロスケの目を気

にせずに過ごすことができ、そのことがかえって捕虜の心を自由にしたのだが、帰国してアメリカ兵から日本語であれこれと詰問に近い聴取を受けると、言葉が通じる分だけ心の負担が重くなり、日本人どうしの会話もどこかでアメリカ兵に聴かれているようで、尋問後の兵営内は、祖国の土を踏んだ喜びが半減するような雰囲気に包まれた。

二日後、すべての兵の聞き取り調査が終わると、日本の元軍人だという係官から、日本人の残留者数や残留地、その生活状況を主に聞かれた。そして兵一人あたり二〇〇円の現金と、帰宅する故郷の最寄り駅までの無料乗車券が交付された。

その手続きもまる一日かかった。最後の夜は、陽気になるかと思いきや、意外に静かで、消灯後、隣の兵と話をするものは誰もいなかった。

次の日、本多に出発の順番がまわってきたのは午後だった。本庁舎前の広場から一台のトラックに二五人が乗り、東舞鶴の駅に着く。ここにも拳銃を腰にさげたアメリカ軍の兵士がいたるところに立っており、列車に乗り込む復員兵の動きを、厳しい目つきで追っていた。

亀山のトラックは、本多の乗ったトラックの後だったが、彼を駅で待つわけにもいかず、指定された専用列車の車両にそのまま乗るしかなかった。あらたまった挨拶もできず、それが亀山との最後の別れとなった。

第四章　舞鶴から

二十四

　敗戦後、およそ二年の歳月をへて、本多らは祖国日本にシベリアから帰還した。だが、舞鶴の援護局の門を出て歩みはじめた日本は、すべてが統制された暗い時代から、自由で明るい時代に変わっていたわけではなかった。

　むしろ一九四五年から一九四七年の日本は、戦争中よりもひどい食糧難に陥り、北海道から九州までの都市や農村にはインフレの嵐が吹き荒れていた。

　統計的にみても、鉄鋼・石炭などの鉱工業は、一九三二年頃を基準にそれを一〇〇とすると、その二五パーセントしか回復していなかった。農業生産も平年作の三〇パーセントを下回る減収となり、国内にいた労働者の首切りもあって、完全失業者は約六〇〇万人に達していた。

　その主な原因の一つは、本土決戦は避けられたものの、終戦の年の八ヶ月間だけで、東京は、三多摩地区を含めると空襲が一〇〇回以上におよび、名古屋は五四回、大阪は三三回、浜松は二七回、横浜は二五回、川崎は一八回、西宮は五回、神戸は一六回、と繰り返し攻撃され、多大な被害を受けていたことだった。

中でもＢ29による東京への三回の大きな空襲で、皇居をのぞく下町の住宅のほとんどが焼夷弾《しょういだん》によって焼き尽くされた。三月十日は、下町にもっとも多くの犠牲者がでて、その日一日だけで死者が九万五〇〇〇人を超えた。

大都市ばかりでなく、各地の地方都市でも、六三都市がアメリカのＢ29による爆撃やＰ51ムスタングによる機銃掃射を受けていた。本多の故郷である新潟も、八月十日に四〇機の小型機によって銃撃にあっている。

そのため日本の各地で、多くの企業が操業不能に陥った。

しかし、左の表に示すような事実は、攻撃を受けた自分の町のこと以外、人々にまったく知らされていなかった。

一九四五年　主要都市　主な本土空襲表

市名	日付	死者数	市名	日付	死者数
神戸	一月一九日	一四五名	東京	三月一〇日	八三七九三名

大阪	三月一三日	二八六名
郡山	四月一二日	三七〇名
今治	四月二六日	五五一名
日立	六月一〇日	二三九〇名
鹿児島	六月一七日	二四六二名
四日市	六月一八日	五二七名
福岡	六月一九日	九五三名
姫路	六月二二日	四〇〇名
岡山	六月二九日	一八〇一名
熊本	七月一日	四八二名
下関	七月一日	三二四名
高松	七月四日	一三一三名
甲府	七月六日	一〇二七名
和歌山	七月九日	一三〇〇名
堺	七月九日	一四一七名
敦賀	七月一二日	一九六名
根室	七月一四日	一九九名

名古屋	三月二四日	一九四四名
川崎	四月一五日	三四五名
横浜	五月二九日	三六五〇名
千葉	六月一〇日	八六名
浜松	六月一八日	三三五五名
静岡	六月一九日	一八一三名
豊橋	六月二〇日	五七六名
佐世保	六月二八日	一〇三〇名
呉	七月一日	一九三九名
宇部	七月一日	三三二名
徳島	七月四日	一四五一名
高知	七月四日	四一七名
岐阜	七月九日	八八七名
仙台	七月一〇日	一〇四八名
宇都宮	七月一二日	五三四名
一宮	七月一二日	七二七名
釧路	七月一四日	一三二名

釜石	七月一四日	四八二名	室蘭	七月一五日	三九三名
函館	七月一四日	三四名	平塚	七月一六日	二二六名
大分	七月一七日	一七七名	福井	七月一九日	一五七六名
銚子	七月一九日	三三二名	徳山	七月二六日	六〇八名
松山	七月二六日	二五一名	青森	七月二八日	七四七名
津	七月二八日	一四四四名	長岡	八月　一日	一四七六名
水戸	八月　一日	二四二名	八王子	八月　一日	四四四名
富山	八月　一日	二二七五名	前橋	八月　五日	七〇二名
西宮	八月　五日	一四五名	広島	八月　六日	一四〇〇〇〇名
福山	八月　八日	三三〇名	長崎	八月　九日	七四〇一三名
尼崎	八月一〇日	四七一名	宮崎	八月一〇日	二〇九名
長野	八月一三日	三一名	秋田	八月一四日	七〇名
伊勢崎	八月一四日	三八名	熊谷	八月一四日	二三四名
小田原	八月一四日	四八名			

（＊この表は、資料化できた件数の五分の一にも満たない。また死者数は、参考資料によって異なり確定されたものではない。実際は、それより多いと考えられる。）

犠牲者を出した町の人々は、それぞれの攻撃を受けた日に、戦争の非情というものが、初めて身近なものとして空から襲いかかってくるのを肌で実感したのである。

もちろん被害は、死者のみならず、空爆で家を失った人が全国で四二〇万戸に及び、二年経っても仮小屋で雨露をしのぐ生活をしいられた。また戦災で親を失った孤児たちが全国で四〇〇〇人はいると推定されたが、実際にはもっと多かった。

荒廃した町にかろうじて生き残った人々は、涙することすら忘れ、喪失感に打ちのめされた。どこかへ逃げ出す力もなく、報復を考える気力などまったく失せていたのかもしれない。ただ今夜一晩をどこでしのぎ、明日の食べ物をどう手に入れるか。それだけを考えて暮らす日々が続いていたという。

一方、無傷だった町の人々は、声をひそめて語られる被災地の噂に、そんなことが本当に起こり得るのだろうかと、にわかに信じることが出来ないでいた。

この頃の情報を入手する手段は、ラジオと新聞のみである。また前記のようなまとまった被害状況を伝える記事は皆無である。大方は日本が敵機を撃墜した数だけを伝え、南方や沖縄の島々が玉砕したときには、詳しい内容を省き、記事も数行で終わっている。

当時の新聞を開いてみても、沖縄本島にアメリカ軍が近付いて激戦となっているという報道のほかは、内地の戦況を伝える大見出しはない。七月十一日の新聞の一面に、突然めずらしく、

――関東全域への波状攻撃　岐阜、和歌山、仙台にも敵機来襲。

と各地の様子が大きく載っただけだった。広島への新型爆弾についても、二日遅れで調査中と出たあと、翌週の十五日には何の前触れもなく終戦を報じている。

もっとも仮にそれらの記事が歪められずに逐次報道されたとしても、痛みを伴う被害の状況はそう簡単に伝わらないだろう。全体的に見ると写真付きの記事は少なく、空襲を受けた現場を訪れないかぎり、他の地域の人々はその惨状を正確に知りえなかったのである。


そのような内地へ、シベリア以外の外地にいた六六〇万人のうち、およそ五一〇万人の引き揚げ者や復員兵が続々と戻ってきたのだから、七二一五万人の本土の人口は、一気に膨れあがった。食糧の不足のみならず、空爆で住む家がなく、人々は東京の一時収容施設として、上野の寛永寺や、青山の旧日本軍倉庫など九ヶ所を借り宿としたりしたが、すべてに対応しきれなかったのは当然だった。駅の待合室や、地下道に行く当てを失った人々が溢れた。引き揚げ者を近くの小学校に入居させるもそれでも足りなかった。

もっとも、敗戦時、日本に居た二〇〇万の朝鮮人のうち、一四〇万人がこのとき半島への戻り船で帰還しているので、その分の負担は軽くなっているはずである。しかし五一〇万人から一四〇万人を差し引いたとしても、わずか二年という短い期間に増加した三七〇万人分の食糧確保は困難をきわめた。

政府は当初、失業対策委員会を設け、戦争が終わったにもかかわらず人々の大都市への移動を制限し、疎開先の地方に留まって食糧不足を解消するために「帰農」せよ、というその場しのぎの政策しか打ち出せないでいた。

また、敗戦という事態の中で日本中が虚脱状態にあり、一九四六年度の国家財政は、アメリカからの指示で、その三分の一が占領軍のための終戦処理費に使われた。さらに三分の一が金融機関の補助などとして銀行や独占資本のために使われた。そのためその他の中小企業の再建は進まず、生産が止まったまま、インフレーションが激しい勢いで進行し庶民を襲ったのである。結局税金が一般の人々のために使われたのは、残りの三分の一程度だった。

その後、何とか資材を調達し工場の操業を開始しても、賃金が低く（月額五〇〇円）、それに対して物価は戦中の数倍になり、生活費は統計上の平均でも、ひと月一世帯（四・六人）一一三五円と算出され、月給五〇〇円では到底生活できない状況であった。

これが戦争終結直後の日本の姿だった。

つまり本多らがシベリアの収容所で飢えと、寒さと、重労働に苦しんでいるとき、日本の国内でも、多くの人々が飢え、生きることに喘いでいたのである。

そのことをタヴリチャンカの第四収容所で過ごしていた本多らはまったく知らなかった。

そして舞鶴港の船中で一泊したときも、また上陸した舞鶴の援護局内でも、日本国内の状況を何も知らされないまま、本多はアメリカ軍による四日間の留め置きを終えて、一九四七年、四月十一日午後四時、新潟に向け東舞鶴の駅を列車で出発したのだった。

二十五

舞鶴線や山陰本線の車窓を流れる知らない山あいの町の風景をぼんやり眺めながら、本多は引き揚げ専用列車で京都駅に着くと、そこで北陸本線に乗り換えるため列車を降りた。ここから先は一般の列車に乗らねばならない。直江津へ向かう列車の発車時刻まで、かなりの時間があるようだった。

改札を出て八条通り側から駅を振り返ると、まるで歌舞伎座の建物を大きくしたような駅舎が聳えていた。アールヌーボー風の哈爾浜《ハルビン》駅とは違って、切妻造の屋根の下にルネサンス風の二階がある。その下の庇が日本風である。

規模は哈爾浜駅に引けを取らず豪壮な建物だ。さすが日本の古都にふさわしい佇まいだと本多は思った。

中央の二階の壁に架かっている大時計をみると、午後の六時をまわっていた。空はすでに暗くなりかけていたが、それでも茜色の残る西空の下に影絵のような古都の町並みが浮き上がっていた。

京都は敗戦の年の一月十六日（東山）、六月二十六日（西陣）、そして七月十九日に軍需工場のあった神足《こうたり》駅周辺（長岡京）にＰ51などによる機銃掃射の空襲があったらしいが、その被害は他の大都市と比べて小さかったらしい。

京都駅から北の方角を眺めると、戦争の爪痕を感じさせるようなものは何も見当たらなかった。だが空襲による火災の被害を抑えるために、駅前近くの烏丸八条通一帯は、建物が除かれ空き地となっていた。約一万二〇〇〇戸が取り壊され他所へ疎開していた。

それでも空き地の向こうにはまだ古い住宅が残っており、民家の屋根が乱雑に密集している。その中にひときわ大きな瓦屋根が見えるのは、どうやら東本願寺のようだった。

突然アメリカ軍のジープやトラックが広い通りに現れ、ライトをつけて列をなし、烏丸通の方から占領軍の宿舎が置かれた植物園の方角へ走って行くのが見えた。先頭のジープには、MPと書かれた白いヘルメットの兵士が二人前の席におり、後ろには鍔《つば》の付いた制帽の将校らしき男と、女が一人乗っていた。はっきり見えたわけではないが、女は青いスーツに赤いスカーフを首に巻いており、将校の肩に寄りかかっているようだった。おそらく軍人ではないだろう。本多の近くにいたもんぺ姿の女が二人、一時動きを止めて、信号を無視して走り去る占領軍の車列を力のない目で見つめていた。

最後尾のトラックを見送った本多は、腹がへっていたので屋台でもあればと思い、とりあえず西の方角に歩いてみた。しばらくして線路の左手に東寺の五重塔の相輪の先端と屋根のひさしが黒々と見えてきた。そこで踏切を渡って東寺の方へ行きかけると、左側の線路に沿った路上に、たくさんの人が倒れていた。

ギョッとして、まさか死人が、と思った。が、よく目を凝らしてみると、かすかに動いて寝返りを打っているものがいた。頭の下にぼろ切れのようなものを敷いているものもいる。それも多くは子どものようだった。着の身着のまま服を重ね着してごろ寝しているらしいのだ。

「あれは、何ですか」

通りがかりの女性に声をかけ、本多が訊ねた。

「へえ、この時間になると、集まってくる浮浪者どす。家出をした子どもや戦災孤児もぎょうさんいてはるんです。まだ、寒かろうに。ほんまに難儀でんな」

ねんねこの半纏を羽織った女性は、そう言い残し、そそくさと去って行った。

本多は、何か食べようと思っていたが、さらに暗くなってきたのでそれ以上先へ進むのを止め、京都駅にもどり、構内の水飲み場で水筒に水を詰め直し、北陸本線のホームに向かった。

じつは京都の闇市の中心は、河原町蛸薬師《かわらまちたこやくし》や、東七条や、新京極《しんきょうごく》や、五条大橋が中心だった。京都駅に一番近い所では東七条の闇市がある。だが、京都の街にそれほど詳しいわけではない本多にとっては、さらに東に足をのばす余裕はなかった。

ホームも、入線してくる列車も、異様なほどの混みようだった。

直江津《なおえつ》行きを待っていると、その前にアメリカ兵専用の特等列車が到着した。こちらはガラガラで、上等の生地の軍服を着たアメリカ兵たちが、よれよれのカーキ色をした服を着ている敗戦国の群衆を見おろしながら手ぶらで降りてきた。観光か、夜の京都へ遊びにくり出すのだろう。

意味の分からぬ会話をしながら、鴨川や祇園の街の方へ消えて行った。

不思議だったのは、すれちがう内地の人々も、お互いに意外なほど淡泊なことだった。アメリカ兵をあからさまに睨みつける日本人はおらず、日本人を敵視するようなアメリカ兵もいない。とは言えもちろん言葉が通じないのだから挨拶を交わす者もいない。

しかし友好とまではいかないが、表面上は平穏なのだ。本多と亀山が哈爾浜《はるびん》の街角ですれちがった中国人との睨み合うような空気は、ここにはない。京都の街がアメリカ軍によって直接破壊されていないからかもしれなかった。

直江津行きの列車が来ると、大きなリュックを背負った男や、風呂敷包みを抱えたもんぺ姿の女や、胸前で包みの端を縛り両手に籠を提げている人々がどっと移動を始め、座席はあっという間にすべて埋まった。窓から車内を覗くと、網棚にも人が寝ている始末だった。もちろん列車の通路にも立客がいっぱいで、人の通ることさえできない状態である。

オロオロしながら本多はホームを歩いた。客車と客車のつなぎ目にも人がへばりついており、デッキから身体が半分はみ出している者もいる。さらには車輛の屋根の上にも人が座っているのだ。

ふと、本多は満洲の浜綏線《ひんすいせん》で無蓋車に乗り、海林《かいりん》を目指したときの光景を思い出した。列車に群がる、人、ひと、人である。

しかしあのときと違うのは、仲間の兵はおらず本多一人だということだった。亀山も、小林も、藤沢も、そして古兵の麻生や河原もいない。誰に気兼ねするでもなく、命令をする者もないのだから、どこかへ行ってしまおうと思えば、それができる自由があった。

また耳に入ってくる群衆の言葉が、中国語や朝鮮語ではなく、すべて理解できることだった。そして列車は、軍需品や軍馬を運ぶ無蓋車や有蓋車ではなく、窓がついており、人間の座る席のある客車だった。

乗り切れるのかという心配もあったが、駄目だったら次の列車にしてもよいと思うと、妙な解放感があった。

本多は、客車の奥に入るのを諦めて、洗面所の近くに乗り込んだ。こんなにギュウギュウ詰めでは、途中座席が空くのを待っても座れるとはかぎらない。またいざというときに便所も利用できまい、と思った。多少汚いことには慣れていた。本多は何の迷いもなく便所の戸口に近い列車の隅に膝を抱いて腰を下ろした。

二十六

翌朝、人の動きで目を覚ますと、終点直江津の駅だった。ここで北陸本線から信越本線へ乗り換えねばならない。駅名は直江津だが、町の名は上越の高田市で、たしかシベリアの収容所で散髪の世話になった山本二等兵の故郷であることを思い出した。

（山本とは東舞鶴まで船でいっしょだったが、援護局の入所する兵舎が違ったことから離れてしまった。それで別れの挨拶すらできなかったが、今どうしているだろう。まさかこの列車のどこかに乗っているのだろうか）

そんなことを思いながら改札あたりで人の流れを目で追ったが無駄なことだった。たとえ乗っていたにしても、このごった返す人の群れの中に彼を見つけられるわけはなかった。

シベリアの収容所では口にできなかった甘いものが欲しくなり、本多は駅前に並んでいる露店《ろてん》で、キャラメルを買うことにした。満洲で行軍をしたとき、食べ物が手に入らず飴やキャラメルを口に入れ飢えを凌いだ経験がある。残れば、近所への土産にでもするつもりであった。

ついでに露店に並べられている品々を眺め回すと、直江津産の『下塩《しもじお》』が一貫目四〇円で売られていた。ふと塩の有り難みを教えてくれた小林二等兵の顔が浮かんだ。だがさすがに塩を買おうとは思わなかった。行き先は見えているのだ。

「これ、二箱で、いくらですか」

手拭いで姉さん被りをした露店の女に声をかけた。もんぺ姿が農家の主婦のように見えた。ちょうど背格好が本多の母と似ている中年の小柄な細身の女だった。

「はい。一箱に二包み入って五〇円だすけ《（ですから）》、二箱で一〇〇円ら《（です）》。買ってくんなせー《（ください）》や」

「えっ?!　キャラメルがひと箱、五〇？　円！」

本多は、目を剥いた。

「五〇銭ではないのですか？」

本多の記憶では、出征のときでも一箱四〇銭だった。それでも高くなったと思っていたからだ。

「いいえ、いまどきそんげ《（そんな）》やー、やーすえもん《（安いものは）》は、ねえよ《（ないですよ）》」

女は小声になった。

「しかし、ゴールデンバットなどの煙草が一五銭ぐらいだったねっけ《（でしょう）》。いくら土産物とはいえ、こんげ《（たかだか）》キャラメルが……」

方言で呆れた声をあげると、急に女が顔を強張らせ、気安く話していた口調を一変させた。

「兵隊さん、その防寒帽を見るところ、あんた、シベリア帰りかい」

女は、本多の防寒帽（ウシャンカ）に目を投げてきた。それから身体全体を舐め回すように見た。いやな目の色だった。

「……」

本多は胸を張って、はい、と返事ができなかった。ただ黙って小さく頷くと、女が今度は大きな声で言い放った。

「赤い国帰りの敗残兵さん。今は、ゴールデンバットだって、三〇円だよ。もぞこくなて《（冗談じゃない）》！」

小柄な女は、本多にご苦労様でしたというそのいたわりの言葉をかけるどころか、むしろカマキリが何か身構えるような目で本多を睨みつけたのだ。

帰国してきたばかりの本多は、そのとき知らなかったのだが、四国宣言（ポツダム宣言）の受諸の報をラジオや新聞で目にした内地の人々は、天皇による突然の戦争終結の詔《みことのり》にひどく驚き、その後「兵隊が（だらしなく）戦《いくさ》に負けたからこんなめにあうのだ」と怒り狂い、外地から村に戻ってきた将兵に冷たい態度をとるものがかなりいたらしい。さらに人々は、彼らを陰に陽に「敗残者」「敗残兵」と罵った。

そうした仕打ちを受け続けた為であろうか。復員軍人の一部が、窃盗、強盗、殺人事件を起こすようになり、毎日のようにいたる所で逮捕された。警察が調べてみると軍神と崇《あが》められた元特攻隊員までがそこに含まれていたという。

事件が新聞に載ると、今度は「特攻くずれ」が悪さを働いたという悪評がたち、帰国したばかりの他の復員兵までもが悪人のような眼で見られる空気が生まれた。つい昨日も信越本線で車内暴行があり、そうした犯罪の風潮が敗戦二年目のこのときもまだ残っていたのである。

本多は、「赤い国帰りの敗残兵」という言葉にこめられる憎悪を感じ、面食らった。よく見ると、女のひきつった口元には乞食を見るような蔑みまであった。

本多は奥歯を噛みしめ、女を見返しながら、

――金はある。

と、言いたかった。だが、懐には、舞鶴の援護局で兵一人あたりに支給された新円の二〇〇円しかなかった。

この二〇〇円をもらったとき、随分大金をくれるものだと内心喜んだのはつい数日前のことで

ある。たしか出征前の新潟にいたとき、若い巡査の初任給が四五円ぐらいだったと記憶していた。そこから換算して給料の四ヶ月分より多い金をもらったと思い込んでいた。

それがどうであろう。いま目の前で、その所持金の半分で、キャラメルが二箱と言われ、さらに煙草のゴールデンバットが三〇円と聞いて、本多は真っ青になった。まさかここで息巻いて、面子《めんつ》を保つためにキャラメルごときに懐にある金の半分を使うわけにはいかなかった。

「すまねえが、俺の見込み違いだった。失敬する」

手を振って、本多は逃げるようにその場を離れた。しばらく歩いて立ち止まり、そっと露店の方を振り返ってみた。すると女はすでに何事もなかったように他の客に声をかけていた。あらためてよく見るとその小柄な女は、母と似ても似つかぬ顔だった。

本多は、ここにはもう自分の知る昔の日本はないと思った。

後になって分かるのだが、政府から帰国者に渡された「帰還手当」は、一般人（民間人）には、一人一律一〇〇〇円が援護局で支給された。そのかわり朝鮮紙幣や中国紙幣はすべて没収（預かり）とされていた。また、将校の「帰還手当」には、五〇〇〇円、下級の兵は二〇〇〇円（のち三〇〇〇円）が渡された。その他に帰郷する最寄りの駅までの切符が無料で配られた。

本多は当初、それが日本政府の手篤い保護だと思っていた。

だが、それはまったくの勘違いであった。じっさいはむしろその逆なのである。ちなみに新円の切り替えは、昨年の二月二十五日と、これも後で聞いた。本多の雑嚢《ざつのう》の中にあるのは一〇円札十枚と一〇〇円札一枚の二種類だった。

むなしい思いをかかえながら人の流れに沿ってしばらく歩くと、駅の西側に小さな掘っ立て小屋があり、その前にも人だかりがしていた。その人々の間からなにやら白い湯気が立っている。近づいてみると、小さな釜で湯を沸かし、うどんを一杯五円で売っていた。白い湯気はそれを食べている人たちの吐き出す息と、器から立ち上る湯気だった。

本多は、その値段がいったい二年半前の値段の何倍になっているのかすぐに換算できなかった。だがそんなことはもうどうでもよくなっていた。援護局で食べた米のにぎり飯は昨日の昼のことで、京都駅で夕食を抜いていたから、腹は我慢の限界だった。すぐにうどんを注文し、器を受け取るとその場で立ったまままつゆをすすった。

うどんは量が少なく、つゆもシベリアの収容所で配給されたスープの量とあまり変わらなかった。しかしうどんの喉ごしの感触とその醤油の味は、懐かしかった。すっかり忘れていた香りが鼻の奥までいっぱいに広がり、最後の汁をすべて飲み干すと、本多は迷うことなく、もう一杯くれと金を出していた。

金を渡しながら立て掛けてある看板の板に、玉子六円と書かれていることに気付いたが、手が出なかった。それならうどんをさらにもう一杯もらった方がいいと思った。

腹が満たされると、本多はさっきの露店の女の眼を避けるように駅へ戻った。

信越本線も、北陸本線と同じようにたくさんの人で、押し合いへし合いとなった。海沿いを走る列車の窓から、日本海が見えた。あらためて眺めると黒々とした海だった。はじけるような明るさはないが、懐かしい海の色に露店の女にかき乱された心がしだいに癒やされていくようだった。

——ああ、俺はあの青黒い海の向こうの、白く凍てつく氷の大陸にいたのか。

という感慨が胸に溢れた。

昔と何の代わり映えもしない新潟の海や、線路沿いの低い屋根の町並みやがん木が、みょうに涙を誘った。闇市の女から、生きて戻れた喜びに冷水を浴びせられ、むなしい気持ちになりかけていたのだが、その心を懐かしい景色だけでなく、他の何かで温《ぬく》めたいと本多は思った。

ふと見ると、隣に軍の略帽を被った支那服の中年の男が立っていた。復員してきたばかりの兵には見えなかったが、どこか人の良い小林二等兵のような男に見えた。本多は急に声をかけたくなった。

「ばかに大きなリュックらね《ですね》」

本多は恐る恐る言った。

「ああ、これらけ《これか》。買い出しの帰りなので、かなり重いんだ」

鼻の下に薄い髭を生やしている男は、耳覆いのついた防寒帽を被っている本多の方に振り向いて、柔らかなまなざしを向けた。本多より一回り年上の三十代半ばだろうか。復員兵の心持ちを察するようなその笑顔が本多を安堵させた。

「買い出し、らかね《ですか》……」

「そう、いま日本中が物資不足で困っている。それで必要なものをそれぞれの現地に行って買《こ》うてきて、困っているところへ回してやっているのさ。町と田舎を行ったり来たりで休む暇がねえ」

どうやら、この男は、自分の欲しいものを運んでいるのではない。他人の買い出しの請負をやって、その運び賃をとり稼いでいるのだ。これを人は担ぎ屋というらしい。なるほど、人のよさそうなまなざしは手慣れた商売人のものだと分かった。

「さきほど直江津の駅前で、ゴールデンバットが三〇円と聞いたんらが《のですが》」

「おめさん《あんた》、煙草がほしいのかい。『ピース』だったら、いっぺことたがえている《余分に持ってるよ》よ。一箱三〇円だが」

ここでも間違いなく桁が、昔と二つ違っていた。男は煙草をくれるとは言わなかった。

そう言えばシベリアの収容所で、煙草好きな亀山がロスケにマホルカをねだると、どういうわけかこの煙草だけは必ずただでくれた。ロスケがポケットから箱を取り出して自分の持ち合わせが一本しかないと、その一本の煙草を二つにちぎってくれるのを見たことがあった。それは足りないものはみんなで分け合うという社会主義の考えだったのだろうか。

それと比べると、この日本では、金か、それに見合う交換物がなければ、まったく相手にされず、人はじっと我慢するしかないようだった。

ふと、初代の所長ジェルジンスキーの顔が浮かんだ。彼は収容所に移送されるはずの食糧や物資を、自分の村や親族のところへ下ろしてから、残りを収容所に持ち帰ってきていたと告発され、逮捕されたと聞いていた。そのとき何とひどい所長だろうと思った。だが、案外ジェルジンスキー所長の頭には、モスクワから送られてくるものは、タヴリチャンカで暮らすロシア人や捕虜などの全員で分け合うものだ、という単純な考えがあったのかもしれない、と本多は考え直したりした。

じっさいにジェルジンスキー所長の横流しは、それによって私腹を肥やすためのものであった、という噂は耳にしなかった。蓄財のためではなく、単純に家族や知り合いに便宜を図っていたらしいのだ。しかし不正は不正であり、そのために裁かれたのだろう。

「どうなんだい。兄《あん》にゃ（若いの）」

担ぎ屋が本多の顔を覗き込んだ。ぼんやり考え事をしていた本多は、はっと我に返って、

「いえ、自分は煙草を吸いません」

と答えた。担ぎ屋は、一瞬怪訝な顔を向けたが、

「そうらか《（そうかい）》。まあ、いいや。昔とちごうて《（違って）》、今は何でも値上がりし、金《ぜん》よりも物々交換の方がうまくいく場合が多いんだ。おめさんの来ている防寒外套だったら、煙草どころか、ちょっとしたものと交換できるかもしれねえな。ひとつ、なじらね《（どうだい）》」

男は冷やかし半分に持ちかけたようだった。

「いや、これはちょっと」

断りながらも、本多は自分の頬が熱くなるのが分かった。こんな薄汚れたヨレヨレのロスケにもらった防寒外套（シューバ）が一番金目のものに見えたのかと思うと、急に自分がみすぼらしい帰還兵であることに気づかされた。あの女に乞食のような敗残兵と見くびられても仕方がないと思った。

とはいえ目の前にいるこの男も白っぽいが洗いざらしの支那服のようなものを着ている。周りの乗客も皆似たり寄ったりの姿をしていた。衣類の配給切符が今はどうなっているのか分からないが、日本も着るものが不足しているようだった。

二十七

「今、いっちゃん（一番）必要なのは、何だか分かるかい」

男が訊いた。

「衣料品らかね」

「いや、食い物ら。たとえ高級着物があっても、それ一枚で、米二斗（約三〇キロ）の交換なんていいほうなんだ。配給米が滞って、食うに困った京都の女将さんが愛着のある着物を一枚一枚剥ぐように差し出すのをみると、可哀想なときもある。しかしこっちも商売だすけ（だから）ね。いちいち『筍《たけのこ》生活』に同情してはいられねえ。俺も辛れえところさ」

それから男は何気なく筍の謂《いわ》れを話してくれた。

それを聞いてなるほどと思った。たけのこの皮を一枚一枚剝ぐように、着物を一枚一枚差し出す女性の姿をもじった『筍生活』とは、まことにうまい表現だと本多も思った。この男は闇の買い出しを商いとしている、かなりやり手の担ぎ屋なのだろう。

それにしても、筍といえば、シベリアでは排泄するそばからたちまちできる糞小便の氷の山のことを喩《たと》えて言っていたことが思い出された。その氷の山をかち割って馬車の荷台に載せ、毎日せっせと運んでいた運搬人の自分が、京都の女性の着物をかき集めて米や芋などの食糧に替えるため日々列車で田舎と都会をせっせと行き来する担ぎ屋と、こうして隣り合わせになり、話をすることになるとはおかしな因縁があるものだと本多は心の中で苦笑した。

「米が、そんなに不足しているのですか」

「ああ」

「それは、アメリカ軍が現地調達で、日本人から徴発をしているからですか」

「いや。アメリカは、日本の事情を考慮して、兵士の食糧は本国から取り寄せると言っている」

それを聞いて、本多は目を丸くした。日本軍は満洲や中国を占領すると、現地調達と称して様々なものを徴発し、ソ連軍もまた戦利品としてありとあらゆるものを持ち去っていた。ところがアメリカ軍は、日本を占領しても、徴発はしていないらしい。

「すると、米の値段が高くなっているのはどうしてらかね」

本多がさらに訊ねた。

「うむ、いろいろ考えられるが、二年前、つまり敗戦の年によ、天候が悪うてな。この新潟の俺の村でもひっでえ不作でよ。その付けが翌年にまわってきたんだ。今年はちぃと回復したが、去年はとにかく悲惨らった」

担ぎ屋は、どうやらもともと新潟市内の農家の出身者らしく、その苦しさをあからさまに顔に出しながら、さらに愚痴った。

――この男の話によれば。

敗戦後もっともひどい危機に陥っているのが、食糧を生産する農業であるという。

肥料不足も深刻だが、弱り目に祟り目ともいえる天候不順と、それに加えて収穫期の台風で、敗戦の年の米の収穫が三〇パーセントも減少する事態となった。そのため農家からの米の供出が、米所の新潟でもそれまでの約六〇パーセントまで落ち込んだ。

それと合わせて、朝鮮からの米の移入が止まったから、米不足は深刻となったらしい。

そもそも日本が朝鮮半島の韓国を併合（植民地化）した頃は、朝鮮の農民が自分の作った米を食べることを認めていたが、敗戦直前の頃にはすでに朝鮮人の収穫した米をすべて供出させ、それを半島から日本に運び、その代わりに彼らに大豆の絞りカスなどを配給するという制度を日本は押しつけていた。

この制度による朝鮮からの米のおかげで、日本は軍への補給や一般国民の食を補ってきたのだが、それが二年前の敗戦を境にすべて途絶えたのだ。

米ばかりでなく、小麦も、野菜も、果物も大幅な減収だった。かろうじて甘藷と馬鈴薯が増収だったが、減収分を補えなかった。そうなると、敗戦後も続けていた国内の配給制度が、見る見るうちに立ちゆかなくなるのは自明のことだった。

たとえば北海道や、東京、横浜、青森、山梨では、食糧の配給そのものが完全に届かなくなった。北海道は、一九四六年五月、二ヶ月分の欠配。東京でも一九四六年二月、三月から遅配が慢性化。横浜でも、大阪でも、京都でも、遅配が起こった。

このままいけば餓死者も出ると予想されるなかで、都市の人々は配給制度を破る脱法と知りながら、自力で必死に農村へ買い出しに行き、食糧を手に入れた。あるいは自分で狭い土地に菜園を作って乗り切ろうとした。しかし収穫物はすぐには成長しないから一定の期間はまったくお手上げである。

当然その急場を凌ぐべく、誰もがいたる所で路上に並ぶ高値の闇物資に手を出さざるを得なかった。

各地で「米よこせ」の住民運動も起こった。そのため昨年の五月のメーデーは、東京で五十万人の民衆が集まって
——米よこせ！　働けるだけ食わせろ！

と叫んで、政府に主食の増配を要求したという。

この頃、戦後初めての総選挙も行われ、茫然自失の幣原内閣が過半数を取れず辞職すると、その後ひと月ほど組閣ができず、混乱をきわめる中で、アメリカの援助により、一九四六年五月二十二日に、第一次吉田茂内閣がようやく成立した。

武力による直接統治をやめ、間接統治に切り替えていた占領軍のアメリカは、しだいに勢いを増す労働運動がこれ以上大きくなることに恐れを抱いたのだろう。アメリカに帰順したかに見えた日本人が反乱を起こし、本国から軍隊を呼び戻さざるを得なくなれば巨額の損失になる。（このときアメリカはすでに兵を二〇万に削減するよう動き出していた）

マッカーサーは即座に手を打ってきた。それが『輸入食糧緊急放出』である。直接統治のために六〇万人のアメリカ兵を日本へ戻す費用と比べれば、緊急放出のほうが得策だったからだ。

とりあえずアメリカ軍の蓄えている食糧を放出し、その後は、吉田内閣の下で計画的な輸入によって食糧が徐々に放出されるように制御した。このとき東京都民には、一人二個のコッペパンと小麦粉、缶詰、玉葱《たまねぎ》の配給があったらしい。

しかしそれはあくまでも一時凌ぎである。そこで政府は全国の農家に対して米の強制供出を命じてきた。ところが、昨年新潟に求められた割り当て量は、県全体の生産の六八パーセントにもなり、そのことによってこんどは新潟の農家自身も深刻な米不足に見舞われた。

――自分の作った米を自分で食べられない。こんな情けないことがあるか。

という声が新潟の農村のあちこちで起こったという。

しかし今月に入ってその新潟の農民が何とか頑張って政府に協力し、越後米の緊急輸送が決まり、供出の目標を上回る目途がたったため、ようやく配給事情がやや好転しはじめている、とその担ぎ屋の男は言った。

「新潟の米農家が日本を、吉田茂首相を救うのに一役かっているんだがね」

と彼は急に胸を張った。

「今、米の値段はどんくらいだかね」

本多が訊ねた。

「そうさなあ。概算だが、二年前は、政府の標準価格が一升《いっしょう》（一・五キロ）、五三銭らった。しかし、年末には闇米が、一升六〇円から七〇円で取り引きされたはずだ。そして去年は、夏頃になると、闇米が一升九〇円にまで跳ね上がった。今年はまた、どんげ《どう》なるかは俺も分からねえ。が、おそらく二〇〇円までは行くくろう」

海岸沿いの海を見ながら担ぎ屋は、米の値段の動きを慎重に語った。一升二〇〇円と聞いて、本多は、自分の懐にあった政府の帰還手当がどれくらいの価値になっているのかが、ようやく分かった気がした。

——ああ、そういえば、そうだった。

不意に、満洲で行軍を強いられたとき、ロスケと時計を米に替えた記憶が本多の目に浮かんだ。時計一つがたしか一升の白米だった。みなで分け合って最期の晩餐と覚悟して食べた飯が、この日本では今二〇〇円なのだ。キャラメルに換算すれば、四箱分である。

「酒は、今、どんくらい（いくら）で、飲めますか」

「飲み屋でいくと、一級酒で一合三円二〇銭。それに一品料理がそれぞれ五円。いやもうちっと上がったかな。イモは去年一貫目（三・七キロ）一五円だったのが、今じゃ七〇円だ。野菜は公定の一〇倍から二〇倍になっている。そのときそのときで、変わるから値がつけられねえよ」

担ぎ屋はすらすらと説明する。その他にも、砂糖一貫目が公定価格で三円七五銭のところ、実際は二六七倍の一〇〇〇円に、味噌は公定価格の二〇倍にと信じられない上昇率だった。

「宿代は……」

と本多が訊ねると、担ぎ屋が目を細めて訝《いぶか》しげに、

「おや、兄《あん》ちゃん、泊まるところがねえのかい」

と本多の顔を覗きこんだ。

「いや、故郷はこの新潟ら」

「そらかね《（そうか）》。宿ねえ、狭くてもいいなら、一泊朝食付きで二五〇円てぇところかな。しかしこれはあくまで今の相場だよ。来年は、いや、半年後はどうなるか分からねえな。とにかくみんな食うことに必死だ。兄ちゃんも餓死しねえよう、せいぜい気いつけるんだな」

男は口髭のあたりを掻きながら笑った。ところが、不意に、

「おっ、あれは、リリーだ！」

と真顔で言った。柏崎の駅に止まった列車の窓から、知り合いの女を見つけたらしい。本多も男の視線の先に目をやると、混雑するホームにひときわ目立つ白いワンピースの女が立っていた。黒いサングラスをしているが、アメリカ人ではなく、あきらかに日本人の女だった。京都の駅前を走り抜けるジープの中にいた女の雰囲気に似ていた。

「うんめえ情報が入るかもしれん。兄《あん》ちゃん俺はここで降りる。縁があったらまた会おう」

そう言い残して男は荷物を担ぎ直し、人を掻き分け柏崎の駅で列車を降りて行った。

二十八

汽車が動き出すと、担ぎ屋もリリーという女もすぐに人混みに紛れて分からなくなった。一人に戻った本多は、汽車が故郷へ近づくにしたがって、どこか後ろめたい気持ちが募った。方言と共通語を交えながら話した担ぎ屋に言われたように、防寒外套を羽織った自分の身なりがあまりに貧相だったこともある。凱旋《がいせん》とはほど遠かった。

——故郷へ凱旋。

ふと頭に浮かんだこの言葉によって、本多が十三歳のときにみた、英霊を迎える華々しい軍人の行列が目の前に甦った。

——たしか一九三八年の春か、夏だった。

中国から帰ってきた日本兵は皆、皺《しわ》一つない軍服に身を包み、凜々《りり》しい顔で、胸には光る勲章をつけ、萬代橋《ばんだいばし》を渡り本町の目抜き通りを行進していった。そのうしろには白木《しらき》の箱を首から提げ、左腕に黒い腕章を巻いた仲間の兵が整然と続き、日の丸の旗の波に囲まれながら、その死が無駄ではないという空気を沿道いっぱいに漂わせていた。

『聖戦大勝』の祝の文字が古町の役所の屋上から鮮やかな垂れ幕で下げられ、道の両側には提灯《ちょうちん》を持った町内の大人や子どもが埋め尽くしていた。

一九三七年当時に全国から兵力として動員された青年男子は約五〇万人おり、日本軍は中国の上海《しゃんはい》・南京《なんきん》・徐州《じょしゅう》・武漢《ぶかん》へと進撃して、中でもみごとに蔣介石《しょうかいせき》の城だった南京《なんきん》を陥落させ、勝ち戦の凱旋だった。

しかし翌年までのあしかけ二年間で、戦死し英霊となった日本兵は、およそ六万一〇〇〇名いた。新潟県の新発田《しばた》からも、叔父の所属した歩兵第一一六連隊が、第一三師団に組み込まれ出征したため、南京に向かう青暘鎮《せいえきちん》の追撃戦で、二二名の戦死者を出していた。

自分の息子を中国へ送り出し、その息子を遺骨で迎えた親たちは、英霊として人々から讃えられると、悲しみの涙を見せることができず、むしろ町を挙げての歓迎振りに、その父親は周りの人々へ感謝の言葉を発し、何度も頭を下げていた。

帰還した兵のためにそれぞれの町の集会所に宴会場が用意されていた。日頃口にすることのない鯛のお作りやヒラメの刺身といった料理と、たくさんの酒が並べられ、会場の部屋の中でも万歳、万歳の掛け声と拍手が何度も何度も続いた。

その中に本多の叔父晴親《はるちか》がいた。叔父は父の喜一郎とは一回り違う七人兄弟姉妹の末っ子だったから、祖父の喜晴《よしはる》が高齢のため、父が叔父の保護者のような関係にあった。

本多が廊下に面した中庭で遊んでいると、八つ年上の叔父が、ちょうど厠《かわや》へ行くために宴会場から抜け出てきて、十三歳の甥を見つけると手招きをして縁側に呼び寄せた。そして赤い帯の付いた、鍔《つば》の広いカーキ色の立派な制帽を、ひょいと本多の頭に被せてくれた。

「喜坊《きいぼう》、これ、おめにやろか」

と叔父が酒臭い息を吐きながら微笑んだ。叔父は甥の本多喜市をキー坊と呼んでいた。

「えっ！　晴親叔父さん、ほんね《（ほんとうに）》いいんかね？」

「ああ、じつはな、俺にはこれは、ちっとばか小さいすけ《（のだ）》」

と叔父はちょっと照れたように坊主頭を掻きながら、二重の大きな目を細めた。そのとき胸板の厚い軍服姿の叔父が、まばゆく見えた。

――えらく、かっこがええのう。

と、子ども心に思った。

しかし、今になってあの時のことをよく考えてみれば、大きさの合わない帽子を持っていること自体が不自然だった。それもサイズが大きめということではなく、小さめなのだから、当然被れないことになる。

おそらく晴親叔父さんに支給されたサイズの小さい軍帽は、新潟へ戻ってから凱旋のために急遽用意されたものだったのだろう。

河北・山東・チャハルから杭州湾上陸作戦をへて、上海・南京を攻略するのに多数の死者を出したこの戦争を、今後さらなる戦線拡大と侵攻に活かすため、生きて戻ったものをも軍服で華やかにし、青少年に憧れを抱かせるための政府や軍隊の演出の一つだったに相違ない。この演出がにわか作りゆえにぴったりの帽子を用意できなかったのだ。


九年前のことを思い出した本多は、列車がトンネルに入ると、頭のウシャンカと防寒外套をさりげなく脱ぎ、自分の姿を汽車の窓ガラスに映してみた。

クタクタになった軍服に、ぼろぼろの脚絆《きゃはん》。それも覗き込むと色は煮染めたような茶褐色だ。階級章も勲章もつけておらず、すり切れた雑嚢一つをたすき掛けにし、つぎあてだらけの防寒外套を手にしている髭面の哀れな復員兵の姿が、窓の外にあった。

幼い頃の記憶に残る叔父とは雲泥の差だった。

今の本多は、戦争に敗れ、もう戦に狩り出す必要のない人間になったのだ。だから窓ガラスの向こうにいる復員兵は、舞鶴の援護局でわずかな金と、帰りの切符をもらっただけで、下着や皺一つない新しい軍服・軍帽の支給はいっさいなかった。国は、もうお前たちには用はない、ということなのだ。使い捨てとはこのことをいうのだろう。

しかし本多も、もう二度と戦争には行きたくないのだから、こちらも軍に用はない！

――だが……。

このままでは帰れない、と本多は思った。

出征の時、戦場で人を殺し戦果を上げて凱旋しようとは思わなかった。しかし正直に言えば、お務めを終えて故郷に戻るときは叔父のように格好良く帰りたいという願望はあったのだ。本多は叔父のような背丈《たっぱ》はないから、せめて自分の好きな馬にまたがって家の前まで堂々と帰りたかった。朝鮮に渡る船の中でそんな空想をしていたことが今になって思い出された。

石炭くさいトンネルを過ぎると、長い橋を渡った。そこは見覚えのある信濃川だった。もう新潟市は目と鼻の先である。

ところが、キラキラ光る信濃の流れを見たとたん、自分でも予期しない思いが腹の底から突き上げてきた。明るすぎる。こんな明るい中を、この姿で胸を張って故郷の町の中へ入ることはできない。そう思うと居ても立ってもいられなくなった。

――せめて、暗くなってから、帰ろう。

本多は、列車が停車したとたん、その駅が何駅かも分からずにデッキから飛び降りた。列車が走り去って、ホームに残された本多は、駅舎を見回すと、そこは長岡の駅だった。

二十九

地方の駅にしては珍しくモダンな駅舎だった。四角い建物の壁面に、丸い縁取りのある縦に細長い大きな窓が幾つも付いている。そこから午後の陽射しが構内に差し込んでまぶしいほどだった。

ところが、改札を出て駅前広場に立った瞬間、本多は息を呑んで棒立ちになった。

駅前からまっすぐ伸びる広い道路の両側は、いくつか再建されたと思われる建物（市役所、商工会議所、安栄館ビル、日赤病院）がぽつんぽつんとあるだけで、あとは何もなかった。道筋だけが残り、二階建ての瓦葺きの商家が建ち並ぶ長岡の立派な町が消えていた。駅舎はほぼ完全に残っているのに、線路の西側全部が、家らしい家もなく、店もなく、地震や火災が起こってもここまですべてが焼失してしまうだろうかと思えるほどの惨状だった。

ところどころ廃材を集めて囲ったような掘っ建て小屋はあるが、何もない平地の方がほとんどで、景色を遮るものがなく、長岡の駅前から遠く信濃川に架かる鉄橋の、黒い鉄骨がよく見えた。その先の西の空の下には、名も知らぬ美しい山並みが、絵のように連なっていた。

本多は、このとき、なぜ日本が降伏の白旗を揚げたのか、ようやく分かった気がした。

二年前に召集を受け、朝鮮に渡り、北満の佳木斯《ちゃむす》へ移り、哈爾浜《はるびん》で敗戦を迎えたときは、これといった銃撃戦もせず、戦争は止めだ、と言われ、これで家に戻れるという密かな喜びはあった。だが他方では、あっという間の降伏と、その理由が理解できずにいた。負けた悔しさはさほどなかったが、自分は何をしに満洲まできたのか分からなくなった。

あのとき心の中では、ソ連が参戦したことでわずか一週間で戦争をやめられるなら、もっと早くやめればよかったのではないか、とも考えた。いや、国の男子の半分を兵隊にする前に戦争を中止すれば、自分は満洲へ来なくて済んだのではないか、とさえ思った。

だが、もう一方で、国がそれをできなかったのはなぜなのか、というその理由が思いつかなかった。それが今になって、この長岡の町の廃墟と化した姿を見て一気に氷解した気がした。日本では、地方の一つの町でさえ、これほどまでに叩かれていたのだ。

茫然としながら、まばゆい太陽の照りつける中を、本多が左方向の鉄橋（長生橋）に向かって歩き始めると、歩を進めるにつれて、赤茶色の瓦礫《がれき》の山がいたるところに出来ていた。ときおり燃えにくい壁の土蔵と、黒く焦げた電柱が、案山子《かかし》のように細い道筋の奥にそのまま残っている。その白い壁のすすけ具合や、柱の炭化している膨れた姿に、本多は胸がしめつけられた。

——酷い。何ということだ！

突き当たりのT字路を左にまがり、壊れかけたトタンで囲った掘っ立て小屋を盗み見しつつ、人々が再建を始めている焼け跡をドキドキしながら歩いた。水道管が破裂したままなのだろう。瓦礫の間から管が蛇のように立ち上がり、その先から水がわずかに滴っている。

その水を頼りに洗濯をしている女の人がいる。食器を洗っている子どもがいる。シベリアの収容所よりも劣悪な場所で人々が息を殺して暮らしていた。

——こんなになるまで痛めつけられなければ、国は戦争をやめられないものなのか。

そんな思いが幾度となくこみあげてきて、本多の胸を鋭く抉《えぐ》った。

信濃川にかかる鉄橋の近くの川沿いの道に出た。道を渡って土手にのぼると、川の本流とその向こうに大きな中州があり、そこを足場にするように大きな橋が架かっていた。鉄橋だと思っていたが、欄干の木枠が黒焦げになっている。

陽射しとはうらはらの、春先の冷たい風に吹かれながら、土手に佇み、どうしてよいか分からずぼんやり水の流れを見ていると、自転車に乗った男が一人近づいてきて声をかけられた。本多は、振り向きざまに頭をさげ、

「この惨状は、いったいどうしたというのですか」

と、自分から先によそ行きの言葉で訊ねた。じつは川に近付いたときから、誰かが自分を追いかけてくることに気付いていたのだ。鐔《つば》のある制帽を被った濃紺の服装からして警察官らしいことも分かっていた。だが、その男は腰にサーベルを下げていなかった。

「空襲を受けて、焼けてしまったのです」

男は共通語でそう応え、帽子をとって小さく頭を下げた。髪の薄い男は間違いなく年配の警官だった。年の頃は本多の母と同じか、二つ三つ上の四〇代半ばくらいだろう。おそらく張り詰め

た雰囲気にならないよう、警察徽章《きしょう》のついた制帽をぬいで小脇にかかえたにちがいない。

「空襲の爆弾で、こんなになってしまうものなんですか」

本多はたたみ掛けるように言った。

「いや、爆弾ではなく、焼夷弾というものです」

「焼夷弾？」

「はい。敗戦になる半月前の八月一日でした」

その日は、本多らが佳木斯を発つ一〇日前だった。

「おめさん（あなた）は、帰還された復員兵ですか」

あらためて警察官が方言まじりで職務質問をした。

「はい。シベリアから戻ってまいりました。本多喜市二等兵であります」

本多は反射的に彼に正対すると、習慣から足のかかとを揃え敬礼をした。彼はほんのわずかだが、目を足元のあたりに落とし、ちらりと残念そうな表情をしたように見えた。が、すぐに気を取り直すと、それはそれは、ご苦労様でした、と言ってゆっくり答礼をした。

「それで本多さんは、長岡のどちらにお住まいのもんらがね（方ですか）」

警察官は、丁寧な口調で基本的なことを訊いてきた。

「故郷は山向こうの新潟市内です。じつはこの風景を汽車の中から見て度肝さぬかれ、何だろうと思い、つい下車してしまいました」

本多は、差し障りのない嘘を言った。

「なるほど。そらかね。いやあ、正直言ってこの一年八ヶ月、ほんね、大変でしたよ。そこここに見えるバラックも、当時は何もなかったですから」

「みんな焼かれたのですか」

「はい。みんなやられました。あそこに見える石造りの六十九銀行と、白壁の土蔵と、コンクリートの建物ぐらいです。残ったのは……」

本多は、警察官の指さすルネッサンス風の建物の方に目をやった。

「今でもあの夜の空襲のことが夢に出てくるがね（きます）」

帽子を被り直した警官は、正式に自分を剣崎宗男《けんざきむねお》警部と名のり、少しうち解けた声で当時の様子を語ってくれた。

剣崎警部によれば、アメリカのB29が一二五機、柏崎方面から信濃川を下るように飛来したのは、一九四五年、八月一日午後一〇時半頃のことだった。

はじめは一二機の編隊がやって来て、市の南側の宮内あたりと、北側の新町・蔵王あたりを狙って焼夷弾を落とし、その方面が夜空に赤く燃え上がると、後続の部隊はその範囲を爆撃の目標地点として飛来し、一一三機のB29が、約一六万発の焼夷弾を一気に投下して行ったということだった。

攻撃時間は二時間ほど続き、市長をはじめ一四八八人が死亡、六万五〇〇〇人の市民があっという間に罹災した。

「ゴロゴロと遠雷のような音がしましてね。次にさらさらと笹の葉を振るような焼夷弾の落下音が聞こえたかと思うと、ザアザアと大雨の降るような音に変わり、目の前にごうごうとうなる火柱が上がる。どうしようもありませんでした」

「……」

「これらの音が全部交錯して両耳が痛くなり、夜空を見上げると長岡全体が飛行機で蓋をされているような感じらったね《（でしたね）》。そのうちに火災特有の強い風が吹き始め、それが渦を巻いてさらに旋風に変わり、炎が家を、人をなぎ倒したんだがね。みんな熱《あつ》ちょう《（く）》て、この土手に逃げてきた方たちは、信濃に入りましてね、空襲が止むのを待ってたがね」

剣崎警部は、胸にこみ上げるものがあったのか、一旦言葉を切って遠くに目をやった。

「全部で一二五機も飛んできたのですか」

本多は、そのような大編隊の爆撃機を見たことがなかった。

「はい。総数はあとになって知ったがに《（知りました）》。夜が明けると、防空壕の中は死屍累々で、目も当てられんかったとよ。ケチン様（平潟神社）やオシンメイ様（神明神社）の境内も焼死体でいっぺことに《（いっぱいに）》なったがね。しかし、不思議なことに長岡の駅舎は、一部がやられましたが、残りはなんとか被災をまぬかれたんだ」

放言を交える剣崎警部が長岡駅を指さしたとき、わずかに声を震わせた。

「誠にお気の毒で、何と言ってよいか、分かりません」

本多は両手を胸の前に持っていき静かに合掌した。それに応じて剣崎警部も手を合わせた。

「ところで新潟市は、……なじらったか《どうだったのか》、ご存じでしょうか」

本多は、長岡から直線で三〇数キロ、(信越本線では六三キロ) 離れた信濃川の下流にある故郷の新潟市のことを恐る恐る訊ねた。

「被害は軽微だったと聞いています。新潟県はこの長岡だけが、焼夷弾でやられたんだがね」

と警部は力を込めて言った。それで本多は、母が無事だと確信した。

それにしても空襲で丸焼けにされた町というものを本多は初めて見た。あとから聞くと、隣の富山県も長岡の翌日、空襲でB29にやられたらしい。だが本多は列車の洗面所の近くでぐっすり眠っていたため、列車の窓からその光景を見はぐったのだった。

テレビのない、ラジオと新聞だけが頼りの時代に、亀山が言うようにそのラジオが正確なことを語らず、新聞も軍の統制によって記事の内容が制限されてきたのだから、こうして空襲を受けた戦災地を自分の目で見ない限り、同じ日本にいながら、何も知らず、あるいは詳しいことはまったく分からないまま過ごしてしまうということが本当にあるのだと本多はあらためて思った。

本多は何気なくもう一度信濃川の流れに目をやった。

さすがに空襲からすでに二年弱の月日が経っているので、川の畔《ほとり》や、町中の路上や、瓦礫の中に人の死体は見つからなかったが、本多にとっては、満洲の横道河子や掖河《えきが》付近の草むらで見た戦場のキャタピラの跡や擱座《かくざ》した砲の様子を重ねると、いかに酷いことが起こったかが想像できた。

シベリアの地で、寒さと飢えと重労働に苦しみながら死んだ林部隊の二〇〇名の犠牲者のことを日本に戻ったら、多くの人に伝えねばならないと意気込んで帰国した本多だったが、この長岡で一晩のうちに住民が一四七六人焼き殺されたことを知ると、被害を受け苦しかったのは自分たちシベリアの軍事捕虜ばかりではないことが分かり、心が重くなった。内地の人々も敗戦間際からのこの二年間に自分と同様の辛い思いをしてきたのだ。不用意な言動は慎まねばならないと本多は思った。

三十

明日の朝にならないと新潟行きの列車が来ないということで、剣崎警部は、自分のところは農家だから、納屋でもよいなら、うちに一泊するといい、と本多に勧めてくれた。

自転車を押しながら連れだって歩いて行くと、奇跡的に残ったという長岡駅を越えて、東側の悠久山の麓《ふもと》に警部の家はあった。ゆるい坂道のあるこのあたりの家々は一発も焼夷弾が落ちてこなかったらしく、昔からの農家の佇まいをそのまま残していた。

焼け出された所と、難を逃れた所のあまりの落差に驚きながら、生け垣の門をくぐると、広々とした庭があった。盆栽の棚なども見える。

「おーい加代。帰《けえ》ったぞ。お客さんだ」

と剣崎警部は大声で妻の名前を呼んだ。割烹着を着けた四十歳前後の奥さんが母屋の裏から現れると、何かあり合わせのものでいいから、すぐに飯を出してやってくれと手短に言った。それから小声で何か話していたが、すぐに切り上げて本多の方へ戻りかけ、急に思いついたように、俺は署に戻って、それから交番の戸締まりもしてくるから、その間にこの兵隊さんに風呂も差し上げてくれ、という声が聞こえた。

奥さんが黙って肯くと、剣崎警部は自転車にまたがり、本多にすぐに戻りますと言い残し、大急ぎで駅の方へ坂道を下って行ってしまった。

本多は、そっと自分の肩口あたりに鼻を寄せてみた。自分では、自分の発する匂いは、臭く感じなかった。しかしこの八、九日の間に、引き揚げ船の明優丸と、舞鶴の兵舎で二度ほど風呂を使ったが、洗濯の機会はなく、剣崎警部はシベリアの労苦が染みこんだ微妙な匂いを嗅ぎ取ったのであろう。

被っていた白い手拭いを外しながら寄ってきた奥さんから、夕飯前ですので飯はとりあえず冷や飯と漬け物と味噌汁だけですが、と言われた。小柄だが、面長で鼻筋の通った涼しい目の奥さんだった。本多は食事がもらえるだけでも有り難かった。朝、直江津の駅でうどんを二杯食べたきりである。

母屋の縁側に座って庭にある盆栽を眺めていると、奥さんが廊下の奥から姿を現した。

出された膳の上にはかがやくような白米が載っていた。一等米だった。量はけっして多くはなかったが、ああ、新潟の米の味だと思った。味噌汁もじつにうまかった。そのとたん本当に祖国日本に戻ってきたのだという実感が本多の瞼にこみあげてきた。

食後の白湯を飲んでいると、母屋の裏から薪を割る音が聞こえてきた。本多は茶碗を膳の上に載せ、それを持って庭伝いに音のする方へまわり、

「奥さん、ごちそうさまでした。お陰で生き返りました。風呂焚きは自分がやります。シベリアで大浴場の火の番をしてきたので、じょさもないすけ《（慣れていますから）》。どうぞ、旦那さんの夕飯の用意をなさってくんなせ」

と頭を下げた。

せば、お願いしましょうか。と奥さんは本多に鉈《なた》を渡し、膳を受け取った。

「焚き付けの紙は、あそこの物置に新聞紙があるすけ、いくらでも使ってくんなせ」

と言って、マッチ箱を差しだし、竈《かまど》のある台所へ戻って行った。

本多は、年季の入った鉈で薪を細く割り、小さな木屑を作った。

風呂は五右衛門釜で内風呂だが、焚き口は外にある。本多は、丸めた新聞紙に火をつけ焚き口の中にそれを放り込み、木屑を撒いて、その上に薪をのせた。シベリアの赤松と違って火のつき

がよく、炎が大きくなると、本多は太い薪を崩れないよう互い違いにくべていった。

暮れかかる空の下、釜の焚き口の前で丸太に腰を下ろし、のんびりと薪の燃える匂いをかいでいると、日本にいることが夢のような気がした。騙され続けて二度と戻れないと思っていた自分がこうして日本にいる。もう心配しなくて良いのだと思うとまた胸がいっぱいになるのだった。

しかし依然として本多の身体のどこかに緩みを受け付けないこわばりがまだ残っていた。

その時、ふと足元にある残りの新聞に目がいった。新聞記事には、『天皇巡幸』の見出し語と大きな写真が載っていた。それを手に取ってよく見ると、そこに写っているのはどうも天皇陛下ご自身のようだった。本多は、その記事を食い入るように見た。

去年の新聞らしいが、愛知県名古屋市の庁舎前で、天皇陛下が群衆の中を歩いている様子（昭和二十一年十月二十二日付）である。群衆は何かを叫び、帽子のようなものが飛んでいた。大の男までが顔をくしゃくしゃにして泣いているように見える。

本多はおもむろに立ち上がり、物置に重ねてあるその他の新聞紙をあさってみると、茨城県の日立市の工場内を闊歩している天皇陛下の写真（昭和二十一年十一月十八日）が出てきた。その写真の隅には銃を持って警護するＭＰの文字付きのヘルメットを被った兵士までがいっしょに映っていた。

こちらの写真は顔がかなり鮮明に写っており、天皇陛下の近くには、着剣をしたアメリカ兵が数名いる。よく見ると、陛下はソフト帽を右手に握って少し高く掲げ、何の呵責もなく、それを振ってまわりの日本人の群衆に挨拶しているのだが、記事を拾い読みすると、その間近で喫煙をしようとしている兵もいたようだった。

本多にとって一般人といっしょにいるのもそうだが、一番の驚きは、二枚の写真が、背広にネクタイを締め、三つ揃いの洋装で、革靴を履いている天皇陛下の姿だった。

これまで、天皇陛下の全身像といえば、家の床の間や、長押《なげし》の上に飾られていた衣冠束帯《いかんそくたい》の『御真影《ごしんえい》』か、神と崇《あが》められ軍服に身を包み、白い馬に乗る姿しか写真で見たことがなかった。その天皇が普通の勤め人のようにスーツとコートを着て歩いている。本多は、意外なものを見た気がした。

第五章　長岡にて（一）

三十一

　風呂をいただき、奥さんの出してくれた下着と着物を羽織ると、樟脳《しょうのう》のにおいがした。

　本多には丈が少し長めだったので、腹の所で折り返しを作って長さを調節し、へこ帯《おび》を巻くとちょうど良くなった。袖口をつかんで首をまげ、自分の姿をのぞき見ると、思わず目が潤んできた。捨て犬のように汚かった復員兵が、人らしい姿に変わり、まるで自分の家に戻ったようだった。

　――袖口が綻《ほころ》びているので、明日までに繕《つくろ》っておきましょう。

　と言って軍服をさっと持ち去った奥さんに、あとで何とお礼を言おうか。

　そんなことを考えながら、案内された納屋の二階で首筋の汗をぬぐい、床板へ手足をのばし、本多は一人大の字になった。同じ板の上でありながら、常に足を折りたたみ、腰を縮めていた収容所の集団生活とは違う解放感があった。

　本多は寝返りを打ち、あらためて部屋の中を見回した。

一階の農具置き場から急勾配の梯子をあがってすぐに部屋が二つに間仕切りしてあり、南側に窓がある。奥が仮の寝床らしく夜具も見える。こちらの四畳半には窓の下に小さな文机が置かれ、反対側の板壁には手作りの書架があった。警察関係の書類綴りや法律書などが幾つか並んでいる。

ここは納屋とはいうものの、以前はどうやら蚕棚《かいこだな》のようだった。その一部を警部の勉強部屋に改造したものらしい。埃もなく掃除が行き届いていた。

本多が手枕のまま、それらの本の背をぼんやり眺めていると、そこへ剣崎警部が本多の様子を見に梯子を軋ませて上ってきた。

本多があわてて身体を起こすと、着物に着替えた剣崎の右手には、半分ほど入った日本酒の瓶と、左手には湯飲み茶碗が二つ握られていた。

「ちっと（少し）ばか（は）、いけるでしょう」

剣崎警部は茶碗を本多の前に差し出した。それから文机の下の円座を二枚引き出して、一枚は本多に勧め、もう一枚は自分で胡座《あぐら》をかいた。

本多は円座に座る前に居住まいを正し、床に手を置いた。

「剣崎さん、着物を拝借して申し訳ござんせん。それから服の繕いまでさせてしまって」

剣崎はにっこり笑っただけで、さあさあ足をくずして、と言い、手に取った一升瓶の栓をポンと抜いた。酒の飲めない本多だったが、剣崎の心づくしのもてなしを断るわけにはいかない。かしこまって茶碗をおしいただくと、七年前に亡くなった父が桜色に上気したときに吐き出していたあの懐かしい香りが鼻をついた。

「わたしは、言わば浦島太郎です。よかったらこの数年間のことを教えてくんなせ《いただけますか》」

本多はかなり伸びた坊主頭を下げながら一礼した。

「そうらね……。何からお話しましょうか」

剣崎は自分の茶碗にも酒を注ぐと、いろいろありましたから、と何度も目をしばたたかせた。

それから顔を上げ、まあ一杯やんなせ、と本多を促した。

「じつを言うとですね。私にもおめさんくらいの息子がおりましてね。南方のシンガポール方面へ船で行ったらしいのらが《ですが》、まだ戻ってこんのです」

剣崎は持ち上げた酒を胸のところで止めて、さり気なく言った。

その瞬間、本多はドキリとし、飲みかけた茶碗を口から離して、剣崎をじっと見た。

――なるほど、そうだったのか。

と本多は思った。昼間焼け跡の中を歩く本多に剣崎が近付いてきたのは、もしや息子が帰ってきたのではないか、と思ったのかもしれないのだ。しかし息子ではないと分かると、その兵がどこから復員したのか、戦地の情報が聞きたくて声をかけてきたに違いないのだ。そして、息子と同じ年頃の本多をこの家に呼んで、飯を食わし風呂を馳走してくれたのも、本多に息子の姿を写していたからではあるまいか。

もしそうだとすると、用意してくれた着物が樟脳くさかったのは、剣崎の着物ではなく、大事に仕舞って置いた息子の着物を奥さんがわざわざ簞笥から出してくれたにちがいない。そう思うと、本多は急に胸が熱くなった。

「南方の同じ部隊にいたという兵隊が、去年の六月三日に広島の大竹港に帰ってきましてね。もう一人は同じく去年の七月七日、宇品《うじな》港に引き揚げてきて、今は二人ともこの新潟に戻っているのですが、私の息子だけはまだ戻らねえのです」

剣崎は表情を変えず、茶碗の酒をこぼさぬように厚い唇を尖らせ注意深く啜《すす》った。

本多は、私の息子だけ、という言葉にまたしても心が傷んだ。

「ああ、そうだ。あなたのいたシベリアもそうですね。まだ、数十万人いるのでしょう」

剣崎が訊ねた。そのつぶやくような声に、本多はコクリと頷いた。

「どれほどいるか分かりませんが、まだかなりの仲間が留め置かれています」

本多はかすれた声で答えながら、ナホトカまで辿り着いたにもかかわらず、反ソ的だと判断された捕虜がふたたびシベリアの奥地に引き戻されたという話を思い出した。

「ナホトカでの噂ですが、四十数万人は、いるかもしれません」

「そうでしょう。戦争が終わって一年半が経ち、五〇〇万の引き揚げ者と復員兵が帰還したといいますが、実際には日本に戻って来ないものが、南方だけでもまだ十数万人いるはずです。ところがですね。政府は、シベリアの抑留もそうでしょうが、アジア全域に取り残された兵隊たちの完全な帰還事業に本腰を入れようとしないのです」

剣崎の広い額に数本の皺が刻まれ、太い声にいっそう力が入ったようだった。

「……」

本多は茶碗を握ったまま、黙って剣崎を凝視した。どうやら北のシベリアと同じようなことが南方の赤道付近でも起こっているらしかった。

「何もかもぜんぶアメリカまかせです」

「……」

帰国したばかりの本多は何と言ってよいか分からなかった。舞鶴の援護局で見た日系のアメリカ兵の顔が目に浮かんだ。

「そもそも連合国軍というのは、アメリカだけではねえしょ。他の国もいるわけだ」

剣崎の頬がわずかに波打つように見えた。

「日本は、南方のビルマ、タイ、シンガポールあたりでは、イギリスと戦っていたんです。本当だったら、イギリス軍に問い合わせさして、現地にいる兵隊たちの安否を詳しく調べてもいいのではありませんか」

「たしかに……」

本多は小さく相槌を打った。

「一年半前に、作戦上絶対に秘密とされていた部隊名とその所在地を新聞に求められ、ようやく公表したのはいいのですが、それっきりなのです。昨日見た新聞の記事だったかな。そこにはイギリス軍がマレー・ビルマ地区の残留邦人のために、船を出してくれるらしいと書かれていましたが、他国の方がそうして協力的なのに、政府は、日本の部隊、師団がどうなったのかという、そういうきめ細かな追跡調査もろくにしないのです」

剣崎は顔を上げた。波打つ頬のあたりが強張って白くなっていた。

しかし、じつは剣崎もまだイギリス占領下に置かれた日本人の帰還がイギリスの方針替えで暗礁に乗り上げていることを知らなかった。これまでの第一次復員で南方から六〇万人の日本兵を帰したものの、残りの一〇数万人は、ビルマやマレーやシンガポールやインドネシアに残留させ、現地の復興のために労働に従事させるという、ソ連と同じような方向へ転換していたのである。

おそらく剣崎の息子も、仏印のサイゴンへ移動していなければ、その残留組に入れられ、帰国が遅れていたにちがいない。

「それで政府はいったい何をしているのかというと――」

そこまで言いかけて、剣崎は、はっとしたようにいったん口を噤《つぐ》んだ。それからいつの間にか勢い込んで話す自分を恥じ入るかのように強い光りを放つ眼を伏せると、酒を口に運んだ。そしてゆっくり大きく息を吐いて気を取り直し、

「本多さん、政府はこれまで、もっぱら何に力を入れてやって来ていると思いますか」

と、本多に話を向けてきた。

やわらかな微笑が剣崎の満面に溢れた。だがあえてつくったその笑顔の下には、戻らぬ息子へ

の重苦しい不安と焦燥と失望が見え隠れするようでもあった。

「さあ、わたしには、ちょっと想像がつきません」

本多は膝の上の茶碗に目を落とし、そっと首を振った。

「政府はね、天皇さんのことに必死なんですよ」

剣崎はボソリと言った。本多は驚いて、目を上げた。

「天皇さん？　天皇さんとは、陛下のことですか」

本多は顎を引いて剣崎を見た。ここで突然天皇陛下の話が出るとは思ってもみなかったからだ。

「はい」

「必死というのは、いったいどういうことですか」

本多は、剣崎の言わんとすることを計りかね、その意味を訊ねた。

「首相をはじめ、この国を動かしてきた誰もが国体の護持に、心血を注いでいるのです」

「国体の護持？」

若い本多には耳慣れない言葉だった。

剣崎によれば、国体の護持とは天皇制の温存、つまり天皇の地位を護ることであるらしい。敗戦によって日本は無条件降伏したが、今後日本の国を統治するのは天皇ではなくなるという事態だけはなんとしてでも避けたいというのが、現在の政府の思惑でもあるらしいのだ。

そしてこれまでの戦争の責任が少なからず天皇にあるならば、裕仁《ひろひと》天皇を退位させて仁和寺に幽閉し、新たな天皇をたてて（あるいは高松宮《たかまつのみや》を摂政にして）、天皇制の伝統だけは護りたいとする意見までが、皇族の東久邇宮《ひがしくにのみや》や上層貴族の近衛文麿《このえふみまろ》や宮廷と姻戚関係にある人々から出ているというのだった。

まるで誰かに報告するかのような表情で説明していた剣崎は、急に言葉を切ってしばらく沈黙した。が、ややあって、少しくだけた調子で方言を交えながら、

「政府は、東京での裁判や、憲法の改正や、日本の民主化についてはアメリカから指令されるままに進めています。ですが、国体の護持だけは何とかしようと、見えないところでだね、明治のときの鹿鳴館《ろくめいかん》に似たような場所をこしょらえて（設けて）、日々パーティーを開き、交渉を続けているらしいのです」

と言った。そして酒を無雑作にあおったあとに、剣崎は不意に苦い顔をした。酒瓶を手に取り、腰の手拭いでガラスの表面を擦って、しばらくラベルをじっと見ていたが、別に何も言わなかった。

それを見て本多は、さりげなく自分の酒を口に少し含んでころがしてみた。が、これといってアルコールがとんですっぱくなっているという訳でもなかった。

――それにしても。

警察官の剣崎が、のっけからあからさまに政府の帰還事業を批判するような言葉を口にしたのは意外だった。そして天皇の存続を最優先にしている政府の動きまでも納得できないというような雰囲気を漂わせていることに緊張感を覚えた。本来、警察官というものは天皇のために働く職

業という思いが本多の考えの中にあったからだ。

――この人はどういう人だろう。

剣崎の誘いに甘えて、のこのこと家までついて来てしまったが、ここで自分の考えていることをあけすけに言ってよいものなのだろうか。

――もしや、これは剣崎の誘い水ではないのか。

本多は急に不安になった。

政府批判めいたことを敢えて持ち出し、こちらの様子を窺っているのかもしれない。なにせ自分は直江津駅の露店の女が言うように、赤い国からの帰還者である。また本土の人々にとっては、様々な問題を起こし、物議を醸すうっとうしい復員兵なのだ。

そっと目をあげると、剣崎は本多の戸惑いに気付いたのだろう。あわてて声を和らげながら、酒瓶を元へ戻し、白い歯を見せ、

「本多さん、警察官の私が藪から棒に、何を言い出すのかと思われたでしょう。かんべら《（すまないです）》」

と、罰の悪い顔をした。

本多もとっさに首を振ったものの、心の中を覗かれたようで耳が熱くなった。はて、どうしたら良いだろう。まさか、家まで呼んでの危険思想の取り調べか、という疑念がさらに強く頭をもたげてきた。

が、それにしては手が込みすぎている。おそらくそういうことではないはずだ。食事や風呂ま

で馳走になったのだ。そして酒までふるまってくれている。茶碗を握ったまま本多の心は激しく揺れた。すると、

「本多さん。お願いがあります」

と剣崎があらたまった声で言った。

「はい」

本多はうわずった声で応えた。

「私は、今こうして警察官の制服を脱いでお話をしております。ですから余計なご心配は無用です。どうか私を長岡の農家の一人の親爺《おやじ》と思って、この酒につきあっていただけないでしょうか」

剣崎は茶碗を置いて、膝に手をやり濁りのない目を向けた。それはこっそり探りを入れる警察官の目ではなかった。むしろ自分の腹の中に抱えている不満のようなものを剣崎自身が押し止《とど》めることができないでいるらしかった。

本多は、剣崎が何か話すことで、やるせない気持ちを紛らわしたいのだと信じることにした。

「分かりました。せば私も剣崎さんの息子さんになったつもりでお酒をいただきます」

本多は剣崎にならい、茶碗を膝の前に置き、深く頭を垂れた。

広い額に角張った顔の剣崎は、丸顔の父とはまったく違っていた。が、もし父が生きていたら剣崎とほぼ同じ年齢だろう。そして笑ったときの目尻が下がるあたりだけが父とどことなく似ていた。

もちろん本多は、父とはこのように膝をつきあわせ語り合った記憶はない。それに残念ながら酒をいっしょに飲める歳になる前に父は他界していた。明日、家へ戻っても父はいないのだ。ならばここで父に笑顔が似ている剣崎と、腹をわってじっくり話すのも何かの縁だと本多は思った。

「ありがとう。お若いあなたがそう言ってくれると私も嬉しいです。今の日本に、あなたのような方がたくさん戻ってきてくれたら親は安心です。さあ、乾杯しましょう」

剣崎はうれしそうに目尻を下げて茶碗を握り直し、本多の方へ高く差し上げた。

三十二

「今の日本は、この僅か二年足らずの間に大きく変わってきています。いや日本というよりも、私の知るかぎりでは、日本の警察を始め政府全体が、占領軍のアメリカによって変えられているのです。そのことをぜひあなたに知ってほしい」

心のつかえが取れたのか、剣崎は、堰《せき》を切ったようにかなり強い口調になった。

「変えられている？」

「はい。いや、ことごとく作り替えられている、と言うべきでしょうか」

「ああ……。それで剣崎さんは、先ほど、何もかもぜんぶアメリカまかせ、と言われたのですね」

本多は小さく頷いた。

「ええ、そうです」

剣崎は茶碗を持ったまま、背筋を伸ばして言った。

「たとえばですね。この二年の間に私の勤めている長岡警察は、『天皇の警察』だったものが、『市民の警察』へ転換されることになりました」

堅い話になると、剣崎の訛りは消え、きちんとした共通語になるようだった。職業柄身についた癖であろう。やはり剣崎は普通の父親とは少し違うのだ。

「その『市民の警察』といいますと……」

本多は慎重に訊ねた。耳慣れない市民というその言葉の意味がよく分からなかったこともあるが『臣民』と聞き間違えたのではないか、とも思ったからだ。すると剣崎は、

――どう説明したら良いか、私にも難しいのですが。

と左手で薄くなった頭を撫でながら、言葉を選びつつ、次のようなことを語った。


ポツダム宣言の受諾後、旧政府が戦前の政治体制へ復帰しようと、警察官の倍増を進めていたところ、占領軍のアメリカは、その年の十月に政治・思想犯を即刻釈放し、逆に全国の特高（特別高等警察）職員を罷免し、その責任者を公職から追放したというのだ。

それも特高のみならず、警察機構全体がその方向へ動き出しており、警視総監から各警察部長にいたるまで、責任ある地位にいたものが、一挙に辞めさせられたというのである。当然、政府

の進めようとしていた警察官の倍増もアメリカによって拒否された。

そしてアメリカは、国民の政治的・市民的・宗教的自由を制限してはならないとし、日本の人々の言論の自由が保障される社会をつくれと主張してきた。そのためには戦中から続いてきた内務省を解体して、国の警察と自治体の警察を分離し、中央集権化を排除するというらしい。

今後、市政の警察の機能は、民衆の生命・身体・および財産の保護に重点を置くべきであり、戦中の特高のように人々の自由を取り締まるのではなく、社会の犯罪をなくし『市民の治安を確立』するために、市町村（自治体）の警察として働く方向へ舵を切るよう求めてきたというのである。

剣崎から詳しい説明を聞き、本多は背中がゾクッとし、髪が逆立つような感覚に襲われた。「市民」という言葉に馴染みがなくしっくりこないが、直感的にこれまでとはまったく逆の方向へ動いているのではないか、と思ったからだ。本多が出征前、特高警察はどこの町でも人々から恐れられていた。

「先ほど罷免と言われましたが、特高職員の上の方にいた人たちが全員、首を切られたということですか」

「そのとおりです。辞めさせられました。反対に、私たちのような部署の違う捜査課にいた下級警察官たちは、残留を許されました。そのかわりこれからも長岡で警察官として働くつもりならば、これまでの国民を監視し統制するような警察国家的諸制度とはまったく違う、つまり司法警察と行政警察を分離し、市民を護るための民主警察となるようにと、はっきり命じられたのです」

本多には少々難解な話だった。本多は、どうしてもピンとこず、首を傾げながら、もう一度小声で訊ねた。

「ということは、剣崎さんのような方々は……」

「簡単に言うと、我々は天皇を護る警察ではなく、市民というか、国民というか、ともかく普通の人々を護る警察になれということです」

剣崎は、僅かに胸を張ったようだった。

本多は剣崎の顔をまじまじと見た。警察機構の細かなところは理解できないものの、普通の人々を護る警察になれ、と言う時の剣崎の表情に晴れやかな光が浮かんでいる。そしてそのような動きに希望を託すような眼差しの剣崎に、本多は安堵感を覚え、それと同時に剣崎への警戒心が皮を剝ぐように薄れ始めていった。

だが実際のことを考えると、話の中身については、まだどこかしっくりこないものがあった。

そもそも警察の民主化とやらは、あくまで占領軍アメリカの一方的な命令であろう。いくら命令によって仕組みが変わろうとも、それを現場で実現するのに、そうやすやすとことが運ぶだろうか、と思ったのである。

――この二年で日本は大きく変わったというが、ある意味では真逆のことをしてきた人間が、そんなに急に自分の考えを変え、すんなり違う方向へ切り替えられるものなのだろうか。

それに加え、本多自身自分でもはっきりしないが、どこか、腑に落ちないものがあった。

——この場合の命令者は、アメリカであろう。内容の正否はともかくも、この長岡をメチャメチャに破壊した国だ。その憎き国からの命令を誰もがそう簡単にすんなり受け入れられるものなのだろうか。

三十三

「部署が違うといっても、中にはそれを受け入れられない人もいるのではないですか」

本多は遠慮がちに自分の考えを言ってみた。

すると、剣崎は意外にも、それはかなりいると思います、と即座に応え、茶碗を置くとしばし目を瞑り、急に目を開けて、

「たしかに、こうした問題を皆でおおっぴらに話すこともありませんから、誰がどう思っているのかは本当のところは私も分かりません」

と言い、多くの警察官が沈黙を守り、これからの成り行きを皆注視している、と呟いた。

「すると、今後そういう人たちは……」

「まあ、簡単に言ってしまえば、これから新しい法ができると思いますが、それに従えないならば、潔く自ら辞めるべきだということです。我々ふつうの警察官もこの職を退くしかないでしょう」

剣崎は険しい眼できっぱりと言った。

「それで剣崎さんは、その命令に対してどうされるおつもりなのですか」

話の流れとその表情から、どのような返事が返ってくるかはほぼ予想はついていた。だが、本多はあえて訊ねてみた。

「私はね。じつは、以前警察官になりたての巡査だった頃でしたか、不審な朝鮮人を署内へ同行させたことがあるのです。すると他の警察官がいきなりその朝鮮人の男に殴りかかったことがありました。男は日本への渡船許可書を持っていなかったのです。あまりにひどい暴行だったので、それは拷問ではないかと止めに入り意見をすると、貴様は本当に日本人かと罵倒されました。そのことが後に仇《あだ》となり、懲戒まではいきませんでしたが、上から訓告をうけたことがあります。そのために私一人が同期の者と一緒に昇進できませんでした。ですから正直に言いますと、昨年まで私は万年警部補だったのです」

剣崎は、急に少し照れくさい顔をした。

同期の同僚と同じように順当に昇進していれば、剣崎は巡査から巡査部長、そして警部補と進み、三〇代後半で警部になっているはずだったらしい。それが訓告という経歴上の傷のためか、筆記試験に受かっても面接でそのことがいつも問題視され、長い間警部補の係長止まりであったというのだ。

ところが敗戦になって占領軍の民主化政策が一気に警察内部にも及んでくると、昨年の夏あたりから急に風向きがかわり、今年の春になって、突然警部に昇進できたという。

「……」

昇進しなかった理由を讃えるべきか、昇進できたことを讃えるべきか、本多は迷った。何と言ったらよいかも分からず、ただ黙って頷くしかなかった。

「そういうこともあって、いろいろ悩みましたが、今度の占領軍がしめす民主化とやらは、いかなる拷問も禁止しているらしく、その点では私の考えに合っているかもしれません。今はまだアメリカの絶対的な命令下にあるので、どうなっていくのか不明なところもあるのですが、とりあえず自分はこのまま、警察官として職務を続けることを決めました」

剣崎はにっこり笑って、茶碗を手に取り、口に運んだ。

だが、それは一瞬のことで、酒を飲み込み、息をふうっと吐き出してからは、その表情とは裏腹に、彼の額にはまたしても深い皺が寄っていた。

「なるほど。そういうことがあったのですね」

本多は、神妙な面持ちで頭を下げ、二度、三度頷いた。その話を聴いてそれまでよりもいっそう剣崎がどのような人であるかが見えてきた気がした。

――しかし……。

長岡を破壊したアメリカと、その後にやってきて日本の民主化を推し進めるアメリカは同じ一つの国ではないか。そう簡単に彼らを信用し、受け入れられるものなのだろうか。

それとも、長岡を破壊した者と、日本を変えようとしている者は、同じアメリカ人といえども、別の考えを持った者であり、まさか、二種類のアメリカ人がいるとでも言うのだろうか。

本多にはどうしてもそこのところがうまく理解できなかった。

「ところで本多さんは、昼間私に会ったときの、私の服装を覚えていますか」

手許を見ながら考え込んでいる本多に、剣崎が訊いた。

「ええ、覚えています。たしか制服、制帽でしたね」

本多が顔を上げて言った。

「そうです。昔は、詰め襟の制服に肩章をつけていたのですが、今は開襟式の制服に、ネクタイです。そして腰に下げていたサーベルはなくなり、代わりに四五センチの警棒を持つようになりました。それもお気づきでしたか」

剣崎が目を細めて笑った。

「いいえ。そこまでは。ああそう言えば、たしかに私の町でも警察官は、昔からサーベルの音をジャラジャラたて、威張って歩いていましたね。おっと、失礼」

「いや、かまいませんよ。その通りです。みな威張っていましたから。そう、あの威圧が今はすっかり無くなったのです。サーベルが没収されたことに象徴されるように、地方の県警は、ガラリと変わり、これまでのやり方が一変されようとしています。これは日本全体がまさに良い方向に向かっていることの現れだと感じています」

剣崎は本多の失言に腹を立てなかった。むしろ新しく生まれ変わろうとしている民衆警察の確立や、民主化の進む日本に大きな期待を寄せているようだった。

本多は険悪な雰囲気にならなかったことにほっとした。しかしほっとして胸を撫で下ろしたものの、依然として物事がすべてそううまく行くだろうか、という気持ちを拭いきれないでいた。

占領軍に対して、今は誰もが命令されるがままに動いているらしいが、やはりすべてがそのますんなり進むようには思えなかった。帰順したようにみせかけて、面従腹背で反感の情を抱くのが古来の日本人の常である。反旗を翻したり寝返ったりする戦国時代の武将の話が、軍人、特に将校の間で好んで語られているのを本多は何度も耳にしていたからだ。

――自らの反省がないかぎり、心のサーベルを捨てられない者も必ずいるのではないか。

――顔ぶれががらりと変わらぬかぎり、「謀反」はまた起こりうる。

「しかし本音を言えば、私にも民主化を推し進めるアメリカに首を傾げることがけっこうあるのですよ」

剣崎が不意に言った。

本多は、ちょっと驚いたように顔をあげた。

またしても剣崎に心を読まれたと思った。さすがに警察官である。彼は人の表情の変化を見逃さない。だが、自分の危惧していることは、それほど的外れなことではないとも思った。そこで本多は、やはりそうでしょう、納得の行かない者もいるはずだと、喉もとまで出掛かった。

が、本多はそうは言わず、むしろ、

「ほう、それはどんなことでしょうか。ぜひ聞かせてください」

と、目を大きく広げてみせた。

「通常、警察内部の通達や情報は、東京をはじめ各政令都市から文書や電話で伝わってきます。ところがじつはその他に、警察独自の無線による、秘密の通達や情報があるのですよ。それを聞くと、これで良いのかと感じることが正直言って多々あります」

小声で剣崎が言った。

本多は自分の考えと話の方向が少し違うのでは、と思った。が、敢えて異を唱えず、

「秘密の通達や情報、といいますと、どのような……」

と、話を合わせた。

「あまり大きな声では言えませんが、外部に漏らしては駄目なものがほとんどです。しかしこの情報を聞いていると、占領軍アメリカの表の顔と裏の顔がよく分かります」

本多は少々ガッカリした。やはり、日本側の表と裏の顔のことではなかった。しかし本多は、例えばどのようなことですか、とさらに訊ねた。

「それは新聞に出ていることと比べてみれば一目瞭然です。たとえば『読売』だろうが、『朝日』だろうが、どの新聞もアメリカ兵の犯罪はほとんど書かれてないでしょう」

「残念ながら、新聞は、自分にはちょっと……」

「ああ、そうでしたね。これは失礼。いえね。じつは敗戦直後の最初の一ヶ月は、アメリカ兵の起こす事件が新聞に多少きちんと載っていたのですが、今はまったく載っていないのですよ。しかしこれは事件がなくなったわけではない。無線で送られてくる情報によれば、アメリカ兵による事件は頻発しており、暴行や強盗、強姦、窃盗から闇行為、器物損壊、無銭飲食にいたるまで、様々な所で今も起こっているのです。それを占領軍は、新聞記事には一切載せるなと命令しています。いわゆるプレス・コードです。そして日本の新聞社も言われるがままに、すべてを受け入れて報道していません」

剣崎は、重苦しい表情で茶碗の酒をすすった。

プレス・コード……？　本多は専門用語の意味が分からなかった。しかし何となく伏せ字のようなものだろうということは予想がついた。

「ということは、アメリカ兵の日本人に対する蛮行は野放しということなのですか」

本多は酒瓶に手を伸ばし、剣崎の茶碗に酒を注ぎながら、怪訝な顔で訊ねた。

「いえ、いえ。そういうわけでもありません。もちろんアメリカ兵を取り締まる米軍の憲兵がおりまして、これが目を光らせています。そして犯人を逮捕もしています。しかし、占領政策に支障がないように、ともかく日本人の反感を買うようなニュースは絶対に流さないよう報道統制をしているのです」

剣崎は、暗い目をした。

じつは、実際にはもっと深刻であったらしい。たとえば交通事故や喧嘩などで日本人を殺害した米兵を憲兵が逮捕はするが、その後その犯人を裁いたかどうかは明らかにせず、ほとんどの米兵はウヤムヤなまま本国へ帰されているのが実情であった。しかし剣崎はそうしたことも知ってはいたが、そこまで具体的なことは敢えて口にしなかった。

「なるほど表向きには、日本人に対して自由を制限しない国をつくれと主張するアメリカが、裏で日本の新聞報道の自由を制限し、統制をしているのですね」

「そのとおりです」

剣崎はにっこり笑った。

「ところが剣崎さんたちのような警察署内にいる人には、そういう秘密の情報がつぶさに入ってくる。だからいろいろお詳しいわけですね」

本多は、裏事情を知り大きく頷いた。

「はい。もちろん正式な通達と非公式の情報と色々ですから、裏情報がすべて正しいとも限りません。しかし真偽の程は確かめられなくともかなり幅広く、細かなことまで様々な情報を知り得ているのは事実です。そして長岡の警察本部も、情報が入ってくるのを待っているだけでなく、アメリカ兵に対する対応の足並みを揃える意味でも、常に神経を尖らせて中央や地方の占領軍の情報を積極的に集めています」

それを聞いて、本多はいっそう様々なことに合点がいった気がした。

シベリアの収容所から解放され帰還すると、アメリカ軍と日本人との間に何の摩擦もなく平穏に戦後処理が進んでいるようにみえた。だがじつは一般の人々の目や耳には届かない矛盾や軋轢が相当あるということなのだ。そうしたことを剣崎はこの長岡でかなりつかんでいるらしい。

そうなると警察署内に、占領軍の不祥事のみならず、日本の政府や各地方都市の情報もかなり入ってきているはずだ、と思ったとたん、本多は最初に話題になった天皇の問題を思い出した。

「そうしますと、『国体護持』についての政府の動きも……」

「ええ、それはもう誰もが注目していることです。先程も言ったように日本政府は、アメリカからの要求をほとんどそのまま受け入れながらも、この問題だけは水面下で激しく抵抗しています。何を犠牲にしてでも護りたいと、今も強いこだわりを持っていますからね」

剣崎は少し腹立たしそうな口調になった。

それから剣崎は、東京をはじめ日本の主要地方都市を次々に焼き尽くしたアメリカ人をお客のように歓迎し、政府がそのアメリカ人に媚を売るかのように企業や劇場のビル（東京宝塚劇場など）を明け渡し、そこをアメリカ第八軍司令部の事務局として機能させたり、アメリカの将兵たちを慰安するために、様々な所でパーティーを開いている、という裏話をしてくれた。

そしてそれもみな『国体護持』のためであり、剣崎によれば、そうした占領軍のパーティーに天皇の弟の高松宮《たかまつのみや》まで参加しているというのだ。

本多はその話を聞いて、二人で酒を飲み始めたときに剣崎が言った「鹿鳴館」という言葉の意味がここでようやく分かった気がした。日本政府の姿勢は、明治維新の「文明開化」のときとほぼ同じなのだ。

三十四

腕組みをし目をつぶると、突然本多はシベリアで見た『日本新聞』の記事を思い出した。

――日本は敗戦でメチャメチャになり、食糧はなく、職もなく、生きて行くのが大変なため、幣原《しではら》内閣は、お前たち復員兵の帰国を望まない。……日本は完全にアメリカ軍に占領されたのだ。

と書いてあった。

あの記事は間違っていなかったのか、と思った。とすると、剣崎の言う政府というのは、引き揚げ者や復員兵の帰国を望まない幣原内閣のことか、という閃きが頭の中をよぎった。

「剣崎さん。もしかすると、あなたのおっしゃる政府とは幣原内閣のことですか」

本多は、茶碗に手を伸ばしながら訊ねた。

「いや幣原内閣は昨年の四月すでに辞職しているよって、現在の政府は吉田茂《しげる》内閣だがね」

――吉田茂……。

と言えば、たしか列車の中で会った担ぎ屋が、その名を口にしていたことを本多はすぐに思い出した。

「もっとも吉田首相も、幣原首相と同じ外務省の出身で、宮廷と近しい関係にある人物ですからね。それほど違いはないでしょう」

剣崎が付け加えるように言った。吉田茂も穏健派の一人なのである。

――なるほど。

ということは、その吉田茂もまた今一番力を注いでいるのは、幣原内閣と同じく、やはり天皇制の存続ということか、と本多は理解した。

――では、天皇制の存続を、占領軍の方はどう思っているのだろうか。

本多は、自分の手許の茶碗をじっと見ながら、剣崎の語ったことを思い返してみた。

しかし剣崎の言葉の端々からは、アメリカの天皇に対する姿勢は見えてこなかった。それによくよく考えてみると、どうも剣崎警部自身が国体護持というもの、つまり天皇制の存続そのものをけしからんと言っているのではないような気もしてきた。

むしろ剣崎の本当の気持ちは、国体護持にばかり目が行って復員兵の帰還をなおざりにしている政府の重点の置き方が、不服なのではないか。

息子がどうなったのか。どこか南方のジャングルで苦しんでいるのではないか。一日も早く息子を探し出して、親の元へ返してほしい。それが、剣崎の親としての切なる願いであり、本音であるような気がしたのだ。

本多もシベリアにいるとき、日本政府の船はいつ我々を迎えにくるのか、ということを、異国の丘に荷車を止めて、ピョートル湾の港を眺めながら何度思ったかしれなかった。

剣崎の息子も南方で生きていたら、椰子《やし》の葉陰でそう思っていることだろう。父親の剣崎にとっては、息子の帰りを切に願い、そのことを第一にやって欲しい。そう願っているにもかかわらず遅遅として進まない現状に苛立っているにちがいないのだ。

そう考えると目の前にいる剣崎警部に対して、いや一人の父親に対して、強い同情心がおこった。しかしもう一方で本多は、剣崎の気持ちと自分の思いとの間に微妙な違いがある、とも思った。異国の地に抑留された当事者の本多にとって、こうして帰国が実現してみると、これからもし政府に求めることがあるとすれば、それは、シベリアに残っている同胞の帰還ばかりでなく、その他にも何か大切なことがあるような気がしてきたのだ。これはシベリアにいたときには考えてもみないことだった。

――この自分の思いはいったい何なのか。

本多はこっそり自問してみた。

もちろん自問するといっても、頭の中できちんと整理されているわけではない。だがナホトカを離れ、日本の地を踏んで時が経つにつれ、どういう理由で本多らがシベリアへ連れて行かれ、あの極寒の地に何年も閉じ込められねばならなかったのか、ということを考えるようになったのは確かなことだった。

そして束縛のない自由の身になってみると、最も責任あるものに、死ぬ思いをして帰って来た兵をねぎらい、きちんと詫びて欲しいと強く思うようになっていた。

そもそも日本へ帰還したとき、舞鶴の援護局では、アメリカ側の尋問ばかりが目立ち、日本側の正式なねぎらいと詫びの言葉は一切なかったのだ。またアメリカ軍がソ連の情報を得るのに必死な姿を見せつけられて、彼らが、剣崎の語るような根本から日本の国を『民主的な国』につくりかえようとしているとはどうしても思えなかった。

しかし、そうした考えや疑問は、あくまで本多の経験から生まれたものだ。それに本多はまだ帰国したばかりである。分からないことだらけなのだ。自分の考えに確信があるわけでないし、またそういうことを安易に口に出してはいけないと思う旧《ふる》い自分がいた。

それに剣崎警部にとっては、あるいは自分の子どもを戦地に送り出した親たちにとっては、まだ戻らぬ息子たちの帰還が最大の願いなのだということはよく分かる。そのことを考えると、自分の考えや思いを今この場であからさまにぶつけるべきではないだろう。

そう考え直した本多は、見ず知らずの他人の自分によくしてくれる剣崎に感謝の意を伝えるために、何か言わねばと思い、悩んだあげく、

――息子さんは、必ず生きています。おっしゃるように政府が本腰を入れれば、近いうちにきっともどられますよ。

という言葉をかけようとして口を開き掛けた。

だが本多は、ハッとしてそれを飲み込んだ。必ず生きている、という保証があるかどうか不安

になったのだ。シベリアの地で本多の仲間が二〇〇名ほど命を落としている。生きているのか死んでいるのかについて、気休めを言えるほど外地の捕虜の生活はたやすいものでないことを本多は痛いほど分かっていた。

剣崎も、息子が戻って来ない、とは言うが、絶対に生きている、とはひと言も言わなかった。おそらくそれを口にしたら、死んでいることもあり得ることを心のどこかで認めなければならなくなる。だからそのことには踏み込まず、あえてぼかしているのかもしれなかった。

三十五

「パーティーのことは仕方ないとして……」

沈んだ空気と沈黙を払いのけるかのように、剣崎は話題をがらりと変えた。

「前の幣原内閣も、今の吉田内閣も上ばかり見ているだが《（のです）》ね。新聞を読んでいると、憲法上、今後天皇がどういう扱いをうけるのか、近頃そのことがちらほら出てきます」

「憲法といいますと？」

本多が訊ねると、剣崎が真顔で言った。

「アメリカは、降伏した日本に、新しい憲法をつくれと、言うんですよ」

「新しい憲法ですか」

「ええ、明治のときの旧《ふる》い憲法じゃ、駄目だというのです。それで昨年の六月頃だったかな。国会で審議がはじまり、秋の十一月には出来上がったんじゃがね」

アメリカからの指示で『憲法草案』を受け取った日本政府が、それを国会で諮り、作成したものが、すでに半年前に新聞に発表されていた。そしてその施行が来月の三日に迫っていた。

「もう新しい憲法は出来上がっているんですか」

本多は、そのスピードに少し驚いた。正直に言えば、そんなに急に出来上がるものなのだろうか、と思ったのである。だから、もしかするとそれは新しい憲法とは言いつつも、前のものとそれ程大きな違いがないのかもしれない、とも思ったのだった。

——それにしても。

その新しい憲法に、天皇陛下のことはどう書かれているのだろうか。『天皇は神聖にして侵すべからず』、神様なのだと学校で繰り返し教わってきた。ところが今日の夕刻物置で見た新聞には、勤め人のような背広姿の天皇が写っていた。その姿を思うと、本多には、そのことがどうなっているのか、気にかかった。

しかし剣崎は、憲法の内容を知ってか、知らずか、それについては一切触れずに、

「憲法を改正せよとアメリカは言いますが、本音を言いますとね、私が思うには、憲法なんかより、食管法のために明日の飯に困っているのが国民なんです。国体よりも食糧を、選挙に行くよりも買い出しに行かねばどうにもならんのです。そうじゃありませんか」

と、少し濁った目になった。

そう言われて、たしかに北陸本線や信越本線の列車の中で見た大勢の人々は、誰もが明日を生きるために食糧を手に入れることで必死なのはまちがいなかった。それが現在の日本の大きな問題なのだということもそれとなく分かった。そして誰もがシベリアの捕虜のように飢えているのだ、と思った。

本多の目に巨大な板塀に囲まれてどうにもならなかった収容所にいた時のことが頭に浮かんだ。恒常的な空腹が本多ら日本兵の意地も誇りも何もかも奪ってしまう日々だった。しかし帰国してみると、目に見える板塀はないが、それと似たような空気が日本の町や村を包み、飢えから生じる荒んだ気持ちが本土の人々の中にも渦巻いているという気がした。

しかし本多はこのときもまた、どことなく自分と剣崎の考えに微妙なズレがあるように思った。

——もしそのことばかりに国民の目が行ってしまえば、それこそ何か大切な問題までもが脇へ退けられていってしまうのではないか。

たしかに今の日本では多くの人々が腹を減らし、これから生き抜くには剣崎の言うように憲法どころの話ではないのかもしれない。だが本多がこうしてシベリアの収容所から解放されてみると、意外にも食糧のことがすべてではない、と思う自分がいた。

そんな疑問に駆られる本多を尻目に、剣崎警部は、

——ところで本多さん。

と言った。

「この吉田内閣はですね、働く人々を不逞《ふてい》の輩だと決めつけて、働く人たちの自主的な生産管理の動きを潰そうとしています。もちろん吉田さんが、この一年で占領軍に重油の供給を要請し、石炭と鉄鋼の生産を軌道に乗せようとした。これはいい。しかし、それだけでは問題は解決しないということは誰でもわかっているこてさ《（のです）》。そこで全国の労働組合が二ヶ月前の二月一日にゼネストを準備したところ、吉田茂はですね、マッカーサーに頼んで中止命令を出してもらい、労働者の要求を頭ごなしに押さえつけたんだが《（のです）》ね。労働者の給料を最低賃金五〇〇円ではなく、平均一〇〇〇円以上にしなければ、食糧を買うことができないのは分かっているはずらて《（なのです）》。いや一〇〇〇円だってまだ足りない。それなのに、労働者の賃上げの要求を不逞の輩だと言って聞き入れず、黙らせようとする。これでは国民の支持を得るのは難しいでしょ。総辞職せよと、そう新聞に書かれるのも当然です」

剣崎は吉田茂内閣への不満を一気にまくし立て、酒をまたあおった。

それからいかにも残念そうに顔をしかめながら、

――この内閣も、おそらく長くはない。

と首を左右に振り、ぽつりと言った。

話が途切れたところで、本多は剣崎をそっと見た。興奮のため赤くなると思いきや、剣崎の顔色は変わらず、むしろ青みを帯びている。目がすわってきているようだった。

「そうですね」

とりあえずそう答えたものの、本多からすれば、『生産管理』だとか、『ゼネスト』だとか、『最低賃金五〇〇円』を『一〇〇〇円』にすることが妥当なのかどうかだとか、そういう込み入ったことはまったく分からなかった。

剣崎巡査がこの長岡の田舎で、警察の情報を収集するだけでなく、きちんと新聞をとり、それを丹念に読んで日本の様々な問題について考えている姿勢はすばらしいと思った。どこか亀山二等兵に似ているという気がした。

しかし話は多岐にわたっており、それもかなり難しく、復員したばかりの本多にはまたついていけそうになかった。

本多は、出征前は、亡き父の跡を継いで、商店の広告や様々な会社の印刷物を作る仕事をしていたし、新聞も取ってはいた。だが、政治のことや経済のことを自分なりに考えたり、勉強したりしたことはなかった。父から引き継いだ仕事を何とかこなし、母と暮らすのに精一杯だった。少し高いが月極めで二円七〇銭の新聞代を払っていたのも、商売上の付き合いからそうしていたまでのことであって、新聞をきちんと読むためではなかった。

これからは、自分も世の中のことや日本の国のことをしっかり見なければ、と反省する本多であったが、今はまだ何とも言いようがなく、茶碗を片手に剣崎の興奮した顔をじっと見ながら相槌を打つしかなかった。

すると剣崎は、急に我に返ったような顔をして、

「これは、余計なことをさべっちょらった《（喋ってしまいました）》ね。許してください」

と詫びた。

第六章　長岡にて　（二）

三十六

「初めのご質問は、なじらったか《（何でしたっけ）》ね。ああ、そうだ。浦島太郎ということで、おっと失敬。あなたは、まだ髪も黒々としていてお若いから、浦島太郎とはちいと違いますね」

剣崎は含み笑いをしながら、かなり伸びている本多の坊主頭に目をやった。

「たしかに、自分はご馳走がいっぱいの竜宮城でなく、温かい布団もない収容所に入っていましたから、太郎のように享楽に耽《ふけ》っていたわけではありません」

本多が応えると、二人はこらえきれずに声を上げて笑った。ひとしきり笑ったあと、急に剣崎は真顔になり、

「まあ、そうらね。本多さんの聞きたい、ここ数年間の日本のことで、その他に大きな出来事と言えば、そうそう、今東京の市ヶ谷で行われている裁判のことらろか《（でしょうな）》ね」

と呟き、無雑作に一升瓶を握り、自分の茶碗を酒で満たした。

それを見て、本多は、剣崎がかなり酒好きな人だと思った。半分あった酒は、もう残り少なくなっていた。

「先ほどもおっしゃっていましたが、その、裁判というのは、何の裁判なのですか？」

「戦犯。つまり戦争を引き起こし、その指導に関わった者、戦争犯罪人のことらこて《（です）》」

「指導に関わった者？」

「そう、言わばお偉方の裁判のことです」

剣崎は共通語で言い直した。

「なるほど。しかし……」

本多は今一つ分からないと思った。

「戦争犯罪人ということは、日本の戦争は、犯罪だったのですか」

「ええ。アメリカはそう言ってます」

「日本の行った戦争は、聖戦ではなかったと……」

「そうです。聖戦ではありません。侵略戦争だと断定しています」

「……」

人々は、正義を守るための戦争と幼い頃から学校で先生に教えられてきただけに、正面切ってはっきり聖戦ではない、と言われると、本多はどうも落ち着かない気分に襲われた。

「日本は、誤った戦争をしたと新聞にも書いてあります」

剣崎が駄目を押すように言った。

「それは、つまり、日本がアメリカに不意打ち攻撃をしたからですか」

ソ連が突然参戦したように、日本も真珠湾に奇襲攻撃をかけたことが問われているのかと本多は思った。

「ええ、おそらくそれもあるでしょう」

「では、先ほどの戦争犯罪人とは、それはいったい誰のことですか？」

「名前をあげてみましょうか」

剣崎は、急に宙を見ながら、ゆっくり自分の指を折り始めた。

「東條英機大将、梅津美治郎《よしじろう》大将、荒木貞夫大将、小磯国昭元首相、南《みなみ》次郎大将、板垣征四郎大将、広田弘毅元首相、木戸幸一内大臣、重光葵《しげみつまもる》外務大臣、橋本欣五郎衆議院議員などＧＨＱに捕まった二八名の戦犯です。これが昨年の今頃、東京の市ヶ谷で開かれた極東軍事裁判所で起訴されました」

剣崎は、一〇名ほど名前を挙げ、残りの一八名はすぐに思い出せないようだった。

「全部で、二八名ですか……」

本多は意外な気がした。

たった二八名とは口に出さなかったが、そんなに少ないものだろうか、と思ったのである。そして日本軍を統帥する天皇の名前がなぜ出ないのか不思議だった。ことあるごとに上官から、天皇陛下の御命令と言われ続けてきただけに、戦地で天皇の姿を見たことはないが、すべての兵は、常に心の中では天皇と一緒であった。

その最高指揮権を持つ天皇が起訴されていないらしい。また、本多には天皇の他に思い当たる人物がこれと言っているというわけでなかったし、ここに挙げられた者でも、そのうちの数名の軍人の名前しか分からなかった。

そこで別のことを訊いた。

「ところで、ＧＨＱとは何ですか」

本多には見当もつかない言葉だった。

「連合国軍、最高司令官、総司令部のことだがね」

「……」

あまりの長い名称に、本多は簡単に覚えられず困惑した。

「その……、連合軍の総司令部というか、それは……」

「そうです。日本でいえば大本営にあたるところです。その占領軍の最高責任者、それがアメリカのマッカーサーという軍人です。聞いたことはある、らが《（ありますか）》ね？」

「いや、初めて聞きました」

本多は正直に答えた。

「じつは、先程お話しした警察制度の民主化などもみんな、このＧＨＱのマッカーサーの命令で行われています。その中の大きな出来事の一つが、彼らが上陸して早々に、侵略戦争を推し進めた中心人物たちを戦争犯罪人として次々に逮捕し始めたことなんです」

「ああ、なるほど。マッカーサーとやらは、日本で言えば総大将ですね。その一番上の親玉が、アメリカへの侵略を開始した戦犯を、その二八名だと断定したのですね」

「はい。いや、その……」

剣崎が少し当惑したような顔を見せた。

「じつはですね、戦犯は、本当はもっと大勢いたんですよ」

「大勢いたというと、それはどういうことですか」

そう聞き返しながらも、本多は自分の予感が当たったと思った。戦争を推し進めた日本軍の将官、つまり大将・中将・少将だけでも一五〇〇名を超える人数なのだ。佐官まで含めれば職業軍人は二万人以上のはずである。その全員が天皇と一丸となっていたのだから、戦犯はこんなに少ない訳がなかった。

「やはり、逮捕されたのは、二八名ではすまなかったのですね」

首を傾けて記憶を辿る剣崎に、本多は念を押した。

「はい。最初に日本の警察とMPに逮捕命令が出されたのは、たしか二年前の九月十一日だったかな、三九名でした。それが二ヶ月ぐらいして十一月に一一名、十二月になると二日に五九名、さらに六日に九名ほど追加され、年末には、かれこれ一〇〇名を超える逮捕者が出たと記憶しています」

そう言って、剣崎は顔を上げた。

「すみません、ちょっと待ってください。その、ＭＰとは何ですか？」

「失礼。ＭＰとはマッカーサーの配下にいる、いわゆるアメリカ陸軍の憲兵隊のことです」

「憲兵隊。ああ、なるほど、そういうことですか」

本多は、舞鶴の援護局や、京都の駅や、新聞の写真で何度も見かけた、白いヘルメットの兵士たちを思い出した。たしかにヘルメットの前面に英語のＭＰ（Military Police）の文字が大書されていた。これまで彼らを普通の兵士かと思っていたが、じつは陸軍の憲兵だったのだ。

「それで、その捕まった一〇〇名を超える者が、なぜ最終的には二八名に減ってしまったのですか」

本多の何気なく出したこの問いに、それまで滑らかに話を進めてきた剣崎が、急に言葉に詰まったような表情を見せた。

「起訴にならなかった理由ですか……」

剣崎は眉をしかめ、内心うろたえたようだった。

しかし本多はそれに気付かず、さらに一歩踏み込んだ質問をした。

「剣崎さんは、日本の警察関係者でしょう。東京とはまた違うかもしれませんが、そのことについて同じ警察官としてどう思われたのですか」

東京で始まった裁判は、一一カ国の判事を集めての裁判だった。アメリカ人だけで裁いたのではないという。そのためMPや日本の警察が容疑者を逮捕しても、被告人として起訴するには確実な証拠を固めなければならず、自白だけでは立件できない、というかなり厳密な、ある意味では『公正な裁判』となった。つまりアメリカが恨みを晴らすだけの裁判とはなってないようだった。また日本の軍上層部はしたたかで、敗戦前から裁判にかけられる場合を想定しており、降伏を決めると、アメリカの先遣隊が来る前の約二〇日の間に「証拠書類」の焼却を徹底して行っていた。そのため実際に裁判が始まると証拠固めが難航し、連合軍側は仕方なく関係者の尋問から得た「証言」を頼みの綱とせざるを得なかった。

東京裁判では、言葉の問題や誤認証言などにより、これも正確な根拠が得られず、「証言」だけでは最終的に起訴を断念せざるを得なくなる事例が多かったようである。

そして裁判の終結を急がねばならない事情が、すでに朝鮮半島に生まれつつあった。

しかし剣崎は、そうした事情を知ってか知らでか、さてどうしたものかと逡巡するような目であらぬ方を見ていた。

しばらくして、

「すみません。詳しいことは私も分かりません。が、逮捕状がでた近衛文麿元首相は、その直後に自殺されましたから、最初から二八名には含まれていませんし、松岡洋右《ようすけ》元外相は去年の六月頃公判中に病死しています。また今から三ヶ月前でしたか、海軍大臣だった永野修身《おさみ》も病死しています。おお、そうだ。数日前の新聞には、大川周明が狂乱したとかで、裁判から外れたと書かれていました。ですから、逮捕命令が出ても、自決など様々な事情で不起訴となり、現在裁判を受けているのは、じつは二八名ではなく、正しくは二五名だと思います」

剣崎が手拭いで吹き出す汗を拭きながら新潟弁をひと言も交えず、慎重に言った。

だが、その説明は本多の疑問に正面から答えるものにはなっていなかった。逮捕命令後、それを受けて自決した者は国内で四名ほどおり、日本人以外の容疑者を除いたとしても、残り七十数名の起訴ができなかった理由は依然不明であった。

もちろん剣崎はそのことを自覚していた。分かっているがゆえにうまく説明できない歯がゆい思いが募った。酒のせいもあるだろうが、剣崎の広い額に吹き出した汗はなかなか止まらなかった。

その玉のような汗を見て、本多は、しまった、と思った。何も考えず、ずんずん訊ねる自分が、警察官の剣崎を困らせていることに気付いたからだ。そもそも警視庁の上級幹部でもない剣崎にその手の答えを求め、訊ねること自体が筋違いなのだ。質問は教えを請うだけでなく相手を追いつめる批判の刃にもなる。自分が知りたいからと言って何でも訊ねて良いというものではない。

しかし剣崎は実直な人だった。本多の質問をまともに受け止め、おそらく彼は、日本の警察はいったい何をやっているのかと問責されたように感じていたに違いなかった。

本多は腰を少し浮かし、酒瓶に手を伸ばすと、

「剣崎さんは、本当にいろいろなことをご存じなのですね」

と言い、詫びるように両手で剣崎の茶碗に酒を注ぎかけた。すると剣崎はそれを遮って、

「いや、もちろん私も勉強不足で分からないことはたくさんあります。が、正直に言えば、ここではっきり言えんこともいろいろあります」

と悔しそうに唇を嚙んだ。

「はい。いや、分かります。私も、考えが足りず、本当にすみません。許してください」

本多は酒瓶を握ったまま深々と頭を下げ詫びた。

それを見て険しくなりかけていた剣崎の表情がいくらか緩み、茶碗を持ち上げながら、

「いやいや、それはそれで、あまり気にせんで《しないで》ください」

と言いつつ、もとの響きの良い声になった。

「そうなると、その二五名が、これから東京の法廷で、戦争の責任を追及されるということでしょうか」

本多は剣崎の茶碗に酒を注ぎ終え、両膝に拳を置いて、教えを請う視線を送った。

「ええ、まあ、そんげなところでしょうな。最近の情報によれば、日本政府は、東京での裁判の尋問を積極的に受け入れながら協力する姿勢を見せ、多くの大臣経験者たちも、戦争の責任は、陸軍の特定の軍人にあると発言し始めたりしています」

剣崎は少し声をひそめて言った。

「だすけ……、今後は、満洲事変からアメリカに降伏するまでの戦争の責任は、陸軍の軍人を中

心に問われるはずです」

剣崎は真顔で言い足したが、またしても天皇のことには触れず、自分の茶碗をあおった。

三十七

このとき本多は、剣崎が何気なく最後に付け足した満洲事変という言葉にハッとした。

――はて、東京での裁判とは、日本が奇襲攻撃をかけて真珠湾を叩いた、そのアメリカへの謝罪のためにその責任を追及されている法廷ではないのか。

と思ったからだ。

本多は、これまで東京裁判をそういうものと思い込んで話を聞いていた。それがどうも違うようなのだ。そこで本多は、

「剣崎さん。今、満洲事変からアメリカに降伏するまでの戦争責任とおっしゃいましたね」

と慎重に訊ねた。

「はい、それが何か」

「アメリカだけでなく、満洲事変からの中国に対する戦争の責任も、この裁判で問われているのですか」

「ええ、含まれています。日本が奉天郊外で軍事行動を起こした昭和六年から、以後一四、五年

間の、敗戦までの責任をこの東京裁判では扱っているはずです」

剣崎も、言葉を選ぶようにゆっくりと言った。

「それも、侵略戦争だったと……」

「はい」

「つまり東京の裁判で問われているのは、アメリカとの戦争に対する責任だけではないのですね」

「ええ、もちろん。アメリカだけでなく、それ以外の中国を含めた連合国軍全部にたいする戦争責任も問われています」

それを聞いて本多は、そうだ自分の勝手な思い込みで、中国との戦争のことをすっかり忘れていた、と思った。

——シベリアで過ごした過酷な体験の時間が長くなってしまって、いつの間にか中国での戦争が自分の体験も含めて頭から完全に抜け落ちている。

それに加え、聖戦と鵜呑みにしてきた中国との戦争が、アメリカ側からは侵略戦争とみなされているということに初めて気付いたのだ。それも盧溝橋事件からではなく、柳条湖での事件からである。

——ということは……。

今、東京で行われている裁判は、真珠湾攻撃から四年間の太平洋戦争のことだけでなく、さらに十数年遡って中国東北部へと、つまり自分が敗戦を知ったあの満洲の哈爾浜を日本が手に入れたときの、あの戦争の責任についても問われているのか。

そう考えると本多は、東京裁判で追及されている二五名の大臣や陸軍の軍人に、あらためて訊ねてみたいことがふつふつと胸の奥からこみ上げてきた。

それは、自分がこうして無事、死なずにシベリアから帰還してみて気付いたのだが、そもそも日本はなぜ朝鮮を越えて中国東北部の満洲まで出かけて行かねばならなかったのか、という素朴な疑問だった。

ちょうど柳条湖事件が起こったのは、本多が尋常小学校に上がる前の年だった。日本はその頃から『五族協和』を強調し、さらに六、七年後の中学へ上がる頃、盧溝橋から徐州への進軍を聖戦としてきたことが、鮮明に記憶に残っている。

ところが実際に自分が二十歳になり大陸に行ってみると、漢人や蒙古人との接触はなかったが、接触のあった満人と朝鮮人が日本人と協和しているとはとうてい思えなかった。

朝鮮の羅南《らなん》で買わずに終わった慰安所の女を見てもそう思った。また満人の村に徴発に入ったときの、母と娘の怯えた目が今もありありと本多の脳裡に浮かぶ。協和どころか、力づくの支配だった。満洲の鉄道で働く中国人にも日本の将校らは居丈高だった。少しでもくちごたえすると殴り飛ばしていた。

本多が険しい表情で、大陸でのことに思いを巡らしていると、

「そうら。日本中が一番驚いたのは、九月の十一日の最初の逮捕があった日に、東條大将がピス

トル自殺未遂事件を起こしたことだがね」

と剣崎が手でぴしゃりと膝を打ち、それからふたたび酒瓶をつかむと、少ししか減っていない本多の茶碗に残りの酒を注いできだ。

本多は、慌てて茶碗に手を添え、酒を受けながら、

「えっ、敗戦直後に、東條英機が、あの『戦陣訓』を作った東條大将が、自殺未遂ですか」

と、目を剝いた。

「はい。左の腹を撃ったんら《です》が、命は取り留めました」

「口に咥《くわ》えたのではなく、腹を……」

「そうなんらは《そうなんです》」

剣崎は急にあたりをうかがい、誰も聞いているものは居ないにもかかわらず、声をひそめて、

「おっしゃるとおり、自決のやり方としては、お粗末です」

とつぶやき、急にしゃっくりをした。その眼の端にはこれまで見せなかった冷ややかなものが通りすぎたように感じられた。

剣崎によれば、東條を逮捕したのは日本の警察ではなく、第八軍第三〇八、ＣＩＣの諜報支隊であった。玄関先で同行の旨を伝えると、しばらくして銃声が聞こえ、すぐさまドアを蹴破り部屋に躍り込んだらしい。みると東條は椅子にすわり、床に血が流れていたという。意識はあり、三二口径のコルト銃を右手に持っていた。左利きなのに東條は右手で自決を図ったようだった。

このとき、自決という言葉に、本多は、亀山から佳木斯で教えてもらった二つの手榴弾の話を思い出した。

——敵が迫り、自分の足で逃げ切れなくなった者は、捕まる前に死ねということだ。最後の一つはその自決のときに使うためにある……。

その話を佳木斯《チャムス》の兵舎で亀山から聞いて、にわかに信じられなかった。だがその後、横道河子の駅でいっしょになった開拓団の人たちの話を直接聞いて、麻山《まさん》では、ソ連兵が来る前に女、子ども、老人らを日本人の男たちが銃で撃ち殺し、処置をしたと知り、『戦陣訓』の自決の意味をあらためて考えさせられたものだった。

その『戦陣訓』を作り、将兵に日本人なら捕虜にならぬよう恥をさらすなと言った張本人が、アメリカ軍に逮捕される直前に自決をはかり、死にきれず恥をさらしてしまったことに、激しい侮蔑の感情が本多の胸にもわき起こった。

「近衛文麿元首相は、服毒自殺で死んだ《死にました》がね」

「……」

「他にも、阿南惟幾《あなみこれちか》、杉山元《はじめ》、大西滝治郎、本庄繁《ほんじょうしげる》、小泉親彦《ちかひこ》、橋田邦彦など将官や文官が自決しているようら《です》わ」

剣崎は、自分の茶碗にほとんど残っていない酒を注ぎ終わると、瓶を脇に置いて納得したように首を細かく縦に動かし頷いた。

「そうですか。では、東條英機元首相は生きているのですね」

「ええ、昨年の五月三日でしたか、第一回の極東国際軍事裁判が開廷され、そこに出廷しています」

「すると、これからなのですね。その東京の軍事裁判で色々なことが分かってくるのは」

本多が剣崎に目をやると、

「そういんだ《(そうだと思います)》。ただ、裁判は東京だけではないようら《(です)》。軍や政府の最高指導者ばかりでなく、昔満洲や中国で、あるいは東南アジアや太平洋の島々で、戦争犯罪を犯した将校、下士官、一般兵をも探し出し、そこでも裁くようらて《(ですよ)》」

と、剣崎は新潟弁を交えながら、首をひねるような仕草をした。

本多は、ここでまたしても面食らうことになった。

裁判は東京一箇所ではないのだ。東京の裁判とは別に他の裁判が、それも戦場となった各国で行われ、開かれているらしい。また特に一般兵も裁かれることについて知らされると、本多は驚きの表情を隠せなかった。

「将校、下士官だけでなく、下級兵士も引っ張り出される裁判があるのですか」

「はい。そのように聞いています」

「……」

本多は何と言っていいやら、返事に窮した。

「ええっと、たしか、そういう裁判を東京の市ヶ谷で行われているA級戦犯の裁判と区別して、

ＢＣ級戦犯の裁判と呼んでいるらしいがね」

　このＢＣ級戦犯の裁判は、剣崎によれば、シンガポールやインドシナやフィリピンや中国の撫順や香港やビルマなどのそれぞれの国で開かれていた。日本から加害行為を受けた被害国で開催する戦犯裁判だった。

　また、日本の横浜にも、東京市ヶ谷の（国家指導者を対象とする）裁判とは区別して、ＢＣ級戦犯を裁く裁判所が開かれているということだった。

「なぜ、ＢＣ級と言うんですか」

　本多がおそるおそる訊ねた。

「ああ、それはですね、侵略戦争へ導いたお偉方の裁判をＡ級戦犯の裁判というらしく、その他の戦地で起こった非人道的な行為についての裁判の方は、そのＡ級と区別してＢＣと名付けたようですよ」

　と剣崎は少し自信なげに言った。

　非人道的な行為とは、具体的にどういうことを言うのだろう、と本多が訝《いぶか》しげにつぶやくと、

「正直言って、私もＢとＣの区別は、よう分からんこて《（分かりません）》」

　と剣崎が即座に応えた。

　新聞を見ても、Ｂ級が、通例の条約違反などの戦争犯罪で、Ｃ級が民間人の殺害など人道に対する戦争犯罪と書いてあるだけだという。具体的にそれぞれが、どういう内容のものなのかは、

裁判の開かれた国ごとに違いもあり、ひどく理解しづらいものらしかった。

ただし、後になって分かるのだが、東京でA級戦犯として起訴された者が二五人の二桁だったのに対し、B級とC級裁判では、国内で約二六〇〇人、国外の七カ国で、約五七〇〇人が裁かれたという。

しかし意外にも、この中に起訴までもっていかれた下級の兵は極めて少なく、死刑判決を下された二等兵も稀にいたらしいが、すべてのちに減刑され、一般の兵で死刑執行されたものはいなかった。

またBC級は、刑が重いものから軽いものまで様々だった。イギリスやオーストラリアなどはBC級裁判とは言わず、軽戦争犯罪裁判と呼んでいたという。

「なるほど、いろいろあるのですね」

本多も分かったような、分からないような曖昧な返事になった。

だが、BC級裁判のあることを知った本多は、東京での裁判で少ないと思っていた戦犯が、別の法廷でも裁かれていると分かると、どこかほっとする気持ちも生まれていた。

「そのBCですが、じっさいにフィリピンのマニラの裁判所で、第一四方面軍の司令官だった山下奉文《ともゆき》大将（当時中将）がフィリピン人に残虐行為を行ったとして絞首刑の判決がくだされ、去年の二月でしたか、死刑が執行されたと新聞に報道されたことがあるんだがね《（です）》」

剣崎は、茶碗を手に取って、一呼吸おいた。山下奉文司令官は、二・二六事件のときの皇道派のバックにいた一人であり、六一歳になっていた。

「このときの報道は日本でも話題になりました。新聞によれば、その死刑を決めた理由が、捕虜をどのように扱ったかということだったそうです」

「捕虜の扱いのことなら、私も聞いたことがありまず」

本多の方は、このとき亀山から聞いていた近藤二等兵の刺突訓練の話や、麻生と河原が言っていた後腐れのない捕虜の処置の話を思い出した。無抵抗な人間を柱に縛って、銃剣で突く訓練の的にしたり、与える飯がないから女も子どもも一斉に殺して燃やし、灰にするのが一番だ、とうそぶいていた。その命令を出した上官が裁判で罪に問われている。

すると剣崎は、茶碗を置いて急に、

「ちょっと待ってくださいよ。たしか、その記事はここに……」

と言って、すっくと立ち上がった。それから文机の前に膝をつき、引き出しを開けると、中から新聞の切り抜きの束を取り出した。

「あった、あった。この中にあると思いますけ」

と言いながら剣崎は新聞の束を持って元の場所に戻ると、床にそれを置いて指を舐め舐め、一枚一枚めくりだした。

しばらくして、これがそうです、と言って剣崎は、本多に最初の記事を見せた。

三十八

昭和二十年十二月七日の朝日新聞だった。

一面の大見出しに、

『近衛公、木戸侯　九氏に逮捕命令下る』

とあって、陛下股肱《ここう》の重臣、九名の顔写真が載っており、その左側の記事に、

『山下奉文大将に死刑求刑』『弁護は五日終了』

と、大書きされていた。

次に渡された昭和二一年二月二四日の一面には、

『山下大将の絞刑執行』『二十三日払暁《ふつぎょう》　マニラ東南方で』

とあり、最後に「大田中佐らも絞首刑」と小さく載っていた。

わずか三ヶ月たらずの審理で、山下大将が死刑を執行されていることに本多がびっくりしているると、こちらが、東京裁判の記事です、と言って剣崎は、別の記事を抜き出した。昭和二十一年六月五日の一面の冒頭には、

『正義の正しき實行』『戦争惨害を防止』『キーナン検事　歴史的陳述』

とあり、丸い眼鏡をかけたキーナン主席検事の写真の脇に、

『侵略戰争は犯罪』『個人の責任も免れず』

と太文字である。

そしてその下に、

『残虐無比・南京事件』『到る処　人命無視の蛮行』

と記されていた。

本多は思わず、食い入るように五段に渡るその記事に目を凝らした。

――南京占領は俘虜、一般人、婦女子数万に対する組織的かつ残忍なる虐殺、暴行ならびに拷問およびその軍事的必要を超えたる家屋財産の放埒、無差別なる大量破壊を特徴としている。此の行為は普通「南京略奪暴行事件」と呼ばれているが、近代戰争においてこれに匹敵する例はない。

という説明の箇所が本多の目を引いた。

これも、南京の記事です、と言って剣崎は、紙面から顔を上げた本多に、もう一枚の新聞を差し出した。日付は昭和二十一年八月三十日だった。

『東京裁判』『描く戦慄の「白晝夢《はくちゅうむ》」南京虐殺の証拠を提出』

『さながら生き地獄　死者三十四万　血の書類』

――（南京地方院の報告によれば）我方《わがほう》（中国）軍民二、三万は退去にあたり敵軍の掃射を被り、

（中略）争いて揚子江を渡り逃れんとする我が軍民は、ことごとく掃射を受け、また男女老幼五、

六万人を幕府山付近数カ所に監禁し、その飲食を断ち、針金をもって二人づつ縛し、四隊に分かち機銃掃射を加え、その上銃剣にて滅多差しに刺突し、さらに石油を浴びせて放火し、残余の屍体はこれを揚子江に投入せり。このほか傷害、姦淫、掠奪などどの項も残虐のかぎり。

この集団虐殺を行った日本部隊の名もあげられているが、死者総数三四万余名、これを中国側のどの隊がどこに埋葬したかの詳細な報告も添付されている。

そこまで読んで本多は、刺突という言葉と死者総数三四万余という数字に胸が痛んだ。

「裁判では、やはり捕虜に対する行為の追及が厳しくなされているのですね」

「はい」

「これらの記事を、今、日本全国の新聞読者が読んでいるということですか」

「ええ……。ただ。内地におった人々は、初めて知る戦地の出来事に戸惑っています」

剣崎は重苦しい顔で、茶碗を手にとりそれを口に運んだ。

「すると、一〇年ほど前、戦地にいた当時の兵隊だった人も、これを見ているはずですね」

「そうなんです。ですから兵役を終えたあと今まで、捕虜に何をしたかをすっかり忘れたような顔で、この長岡の町の中で暮らしてきた男達《しょ》が、いや、彼らはほんね忘《(ほんとうに)》れていたんでしょうけれど、ここへきて戦々恐々とし、じっと息をひそめて裁判の成り行きをみています。口には出さんどもね」

少しろれつが回らなくなった剣崎に目をやると、身体もわずかに揺れている。冷や酒がここへきてかなり効いてきたようだった。だが頭はまだしっかりしているように見えた。

「そう言えば、私の叔父は、日華事変のとき、中国の南京へ行ったと言っていました。でもその叔父も、中国でどげな《どんな》ことがあったのかは、ほとんど語りませんでしたね」

本多がポツリと言った。

「そうでしょう。だすけね。内地の町や村にいる四十代から三十代の男しょは、二〇年ほど前に、あるいは一〇年ほど前に、兵隊となったとき、何があったのかを今は絶対に喋りませんよ。下手なことを口にしたら、これらすけ」

剣崎は、両の手首を自分の胸の前でくっつけて、縄で縛られる仕草を見せた。

本多は黙って頷きながら叔父の晴親の顔を思い浮かべた。あのとき叔父は、新潟の町を凱旋し祝賀会の席で万雷の拍手をうけながら、どこか陰りのある緊張した表情をしていた。

「ともかくむごい話です。中国や満洲の、大陸へ渡ったことのあるものは、今、淡々とこの長岡で米を作って過ごしていますが、みんな静かに東京や横浜の裁判の成り行きを見まもっています。だから天皇陛下の御幸にも、労働者の集会にも彼らは極力出て行かないようにしてるんでねえかな。気の毒に」

剣崎が含みのある声で、同じことをまた言った。

二〇年前（一九二七年）、日本は中国の山東《さんとう》へ出兵し、満洲の権益を守るため国民政府軍と衝突した。また一〇年前（一九三七年）は、上海で日中両軍が激しい戦闘を続けた。そのとき日本軍は中国人の捕虜や民間人を大量に虐殺し、国際的にも大きな問題となった。

まさにその頃、二十歳を迎え、兵役のため一兵卒として戦闘に参加した男たちは、いま、ちょうど四十、四十一歳、あるいは、三十、三十一歳の年代になっているらしい。叔父の晴親がまさにその一人なのだ。晴親は、第一三師団の所属だった。

「でも、陛下の巡幸の写真を見ると、大勢の人が集まっているようですが」

薪を割ったとき目にした新聞記事を思い出し、本多は率直な感想を口にした。

「いや、あれは、あそこに写っているのは、たぶん大方戦地に行かなかった人たちじゃねえかな。兵隊にとられたといっても、内地で過ごした男は多いですから人を撃ち殺した経験もおそらくないしょ。それに男だけでなく母《かか》さん（奥さん）連中も戦地には行っていないから戦犯問題とは無縁だし、目立つことをして尋問されても何も心配なえ（ない）。そげな人たちが一丸となって陛下、陛下と叫び、現人神《あらひとがみ》とご縁や繋がりを持つために近づき、お声をかけてもらうことで、惨めになる気持ちを払いのけたいと思っているんじゃないでしょうかね。私はそう思うらも（おもいますね）」

「……」

本多は、日本人全員が写真のような行動をとっているのではないか、と思っていたが、その言葉を聞いて、剣崎が新聞の写真を鵜呑みにして見ていないことを知った。

「まあ、概算しても我が国の人口七〇〇〇万人のうち、外地へ出た人々はおよそ五〇〇〇万から六〇〇万人でしょう。八割から九割の人が内地にいたんです。そして今に神風が吹き荒れると思い、天皇陛下のお力を最後まで信じていたわけですから」

「……」

「それが負けたと分かったら、何かの競技の監督じゃないですが、手のひらを返すようにあなたが悪いと言って、畏れ多い方を幽閉するわけにもいかんでしょ。戦地で負傷し足を失ったり、手を失ったり、とにかく外地でひどい目にあったりすれば別でしょうが、内地で無傷だった人々は、しばらくは忍びがたきを忍んで、アメリカの言うことを聞き、じっと我慢をし歯をくいしばって耐えていれば、我が神州《しんしゅう》（日本）は滅びず、また陛下がそのうち何とかして神風を吹かせてくれると信じているのだと思います」

と声を小さくし、剣崎は冷淡とも思える微笑を漏らした。

三十九

「神州の神風ですか」

そうつぶやきながら、本多はふと、目の前の剣崎は、二十歳頃どうであったのかが気になった。

――剣崎は外地での戦争経験はあるのだろうか。

それを察したように剣崎は顔を上げ、私は早くに父を亡くし、二十歳の頃は学校を中退し、一家の戸主として巡査になり働き始めていましたから、お役目（徴兵）をまぬかれました、と言った。

「剣崎さんは、お父上を早くになくされたのですか」

「はい」

「それは自分も同じです」

本多の場合も剣崎と同様、戸主であるにはちがいはなかった。だが、戦局が悪化し、国家総動員法がつくられ、さらに徴兵制の改正があったため、剣崎のように兵役を免除されるゆとりはもうなくなっていた。戸主であろうが、庶子であろうが、未成年を含め四十五歳の中年まで根こそぎ入営させられた。まさに本多の入営時は、切羽詰まっていたのだ。

どうやら剣崎の年齢は予想通り、おそらく四十代半ばくらいなのだろう。剣崎が二十歳のとき（一九二二年）となると、大正期の兵役がもっとも緩いときであったのかもしれない。

事実、剣崎が適齢の頃は、シベリア出兵（一九一八年）と山東出兵（一九二七年）の端境期《はざかいき》で、ワシントン軍縮会議の流れを受けて日本でも師団の縮小が行われたときだった。

最初の軍縮は、（一九二二年）山梨軍縮と呼ばれ、陸軍大臣山梨半造が、約五万七〇〇〇人を削減した。帝国陸軍は、一七個師団で二五万人、歩兵連隊は七〇個となった。一九三七年（昭和十二年）の盧溝橋事件まで兵力の削減は続いた。召集率は二〇パーセント台である。

自分が出征する前までは本多も、自分より年上の男たちは、全員兵隊に行ったと思いこんでいたが、敗戦の二年前より前は、徴兵に行かなかった男たちがかなりいたことを今になってなんとなく気づかされたのである。

たしかに概算してみると剣崎の言うように、日本の人口七〇〇〇万人のうち、およそ半分が女性だとすれば、残りの三五〇〇万が男性である。そのうちの六〇〇〇万人（正確には、陸海軍三四二万人と民間人）が海外へ出たとして、残る男性は、内地の防備に当たったり（兵四八四万人）、普通の仕事をしていたのだから、約三〇〇〇万人弱の老若男子が本土にいた計算になる。

ちなみに、一九三七年の盧溝橋《ろこうきょう》事件が起こったときの日本の兵力総数は九三万人。太平洋戦争に突入した一九四一年は二〇〇万人を超え、終戦の一年前は三七六万人。終戦の年は（陸軍だけで）五九五万人と増加した。

そして戦争終結時においては、兵役年齢（改正後十七歳から四十五歳）の男子の総数の、約五九パーセント（八二〇数万人）が召集されたことになっている。

全体の半分まで死傷者が出ると、その師団や部隊は、全滅と判断される軍のあり方を、以前亀山が教えてくれたことが思い出された。もしも二年前の八月十五日に降伏せず、本土決戦を行い、内地にいる兵の全部が死傷したら、おそらく日本の国は全滅だったのかもしれないなどと空想していると、

「そうですか。おめさんも、お父上を亡くされたのですか」

と、剣崎がため息まじりの声で言った。

剣崎は、顔こそ赤くはないが、かなり酒がまわってきたのか、身体がさらに大きく揺れ出しているように見えた。本多はそっと自分の手のひらに目を落とした。色が変わっているほどではないが、指先が熱をもったように膨らんでいる気がした。自分もかなり酔いがまわっているらしい。

突然、剣崎がごめんと言って、立ち上がると足元をふらつかせながら部屋を出て行った。本多はちょっと心配になり、耳をすまして外の様子をうかがっていると、剣崎は無事、勾配のある梯《はし》子《ご》を下りて納屋の外の裏へ回ったようだった。しばらくして急に水を垂れ流す音がそちらの方から聞こえてきた。やがてその音が止み、剣崎がそのあたりで咳をした。便所まで行かず近場で小便をすませたようだった。

まもなく剣崎が梯子を上がって戻ってきたが、戸をしめるといきなり、

「しかし、何だね。戦争が終わってから今になって、昔のことをこまごまとほじくり返し、裁判にかけるというのも考えようによっては、どうなのかね……」

と少し荒い口調で言い、どすんと円座の上に腰を下ろした。それから茶碗に手を伸ばし、

「葉書一枚で行かされたものにとっては、とんでもねえ話《ママ》らは（です）。そもそも戦争に行かせたものが一番悪いんですよ。そうじゃないですか。A級の裁判は必要と思うが、BC級の裁判は、どんなもんらね」

と剣崎がつぶやいた。

そのとたん、本多は小さな衝撃を受けた。

──今になって、昔のことをこまごまとほじくり返すなんて……とんでもない話。

という剣崎の言い様が、あたかもBC級の裁判にかけられているものに罪はない、というように聞こえたのだ。

たしかに責任の大本《おおもと》を正そうとすれば、そう言えなくもない。しかし、はたしてそれだけで終わりにして良いのだろうか、と本多は思った。

すると、なぜか本多の目に、麻生上等兵の顔が浮かんだ。

彼は兵歴が長く、本多の分隊を動かす長として初年兵に恐れられていた。その麻生が、戦争が終わり、ソ連の捕虜になってからも、収容所で交わされる雑談の中で、

──戦場で一番都合がいいのは捕虜をその場で殺し灰にしてしまうことだ。

と言って憚らなかった。麻生上等兵が中国人の捕虜を殺すところを実際に見たわけではないが、将校より下級の兵でも、そういう行動をとり、いまだにそのような考えを持つ者はかなりいるのだ。そしてそういう兵が日本に戻って来ている。

本多は酩酊気味の剣崎をまじまじと見た。

もちろん出征しなかった剣崎のつぶやきは、ふつうだったらそのまま聞き流される他愛ない言葉かもしれない。だが抑留されていた本多にとっては、こうして日本に戻ってみると、また剣崎から戦後の日本の様子を聞いていると、そうした考え方をどうしても放置できない気がしてきた

のだ。

まるで指先の皮膚の中に黒く残った棘がだんだんと痛みだし、しだいに本多の心を揺さぶってくるようだった。

——ほじくり返すな。

という言葉が使われる場合は、たいていその裏に、加害者の側の都合にあわせた考え方が隠れている、と本多は思った。

もちろん、話の筋道からして、これまでの戦争で中国へ行かされた日本兵にとっては、そのときの行動を今になってほじくり返されたくないだろうし、すべて忘れてしまいたいことだろう。また新聞が伝えるような、たくさんの捕虜を殺したり傷つけたりした兵の行為は、戦争がそうさせたのであって、たまたまそこで命令を受けた自分は悪くないと思いたいだろう。

だが日本兵から被害を受けた中国の当事者はどうであろうか。あるいはその親族はどう思っているだろうか。彼らはそれでは決してすまないはずなのだ。戦争が終わって何年経とうと、心や身体に刻まれた傷や、そのときの苦痛は忘れないものである。

また、戦闘要員でもない老人や女や子どもまで苦しめられ傷つけられた理由がなんであったのかをはっきりさせ、謝罪してもらわねば、救われないことがあるはずなのだ。

それは極寒の地に連れていかれ、飢えと寒さと重労働に苦しめられた経験のある者として、本多にはその気持ちが痛いほどよく分かるのだ。

本多の目に、乞食のような姿で満足に食べ物も与えられず、来る日も来る日も炎天下の中を歩かされた林部隊の行軍する姿がくっきりと浮かんできた。さらに、収容所を脱走しようとして殺されてしまった兵が、被害を訴えることさえできず、骨となって大陸の地中や凍土の下に眠り、誰かが掘り起こしに来てくれるのを黙ってじっと待っている、その粗末な墓標がありありと思い出された。

ほんの数日前まで抑留されていた本多とっては、あの苦しみと仲間の惨めさ思うと、長期に渡り日本人捕虜をシベリアに抑留したソ連を許すことはできないし、なぜそうなったのか、その理由をどうしても知りたいのだ。もちろん本多の命を救ってくれたアレキサンダー女医や、本多を無垢な心で慰めてくれたロシアの娘ロザリアや、その弟ユルカや、山羊の世話をするワーニャもいる。だがそれでソ連の仕打ちを帳消しにすることはできないのである。

そもそも他の復員兵はどうか知らないが、本多にとっては日本に帰れたことはすでにそれほど嬉しいものとは感じられなくなっていた。もちろんナホトカで日本の船に乗りこめたときや、日本海を渡り明優丸の甲板から日本の島影を見たときは、熱いものが胸いっぱいにこみ上げた。生きて帰れたことを心から感謝した。

しかし、その興奮は一時のものだった。冷静になれば、日本への帰還は当然のことなのだ、と思った。

自分はこの戦争で一発も銃を撃たず、何ひとつ悪いことはしていない。兵歴も志願ではなく、二年を超えていない。ただ召集令状で大陸へ運ばれただけなのだ。そういう自分は、本来ならもっと早く戻れたはずなのだ。

それを今になって、生きて帰還できたのだからぐだぐだ言わず喜べ、と言われても、本多はすなおに引き下がれないのだ。

敗戦後、各自がすみやかに家庭に復帰できなかったのはなぜなのか。いや、復帰させなかったものがいるとしたら、それは誰なのか。その責任の所在を曖昧にはできない。

それと同じで日本から被害を受けた大陸の人々も日本の責任を曖昧にできない筈である。

そう考えると、剣崎警部が、仮に誰かをかばって言ったことなのだとしても、加害行為を直接命令した者、それを実行した者を一律に弁護するように思える発言はどうしてもすんなり受け入れられないものがあった。

もちろん、戦争を始めた者、大陸へ行かせた者が一番悪いというのは、よく分かる。そしてその命令を受けた部隊長や兵隊は、たしかに大きな目で見れば誰もが被害者だ。

――しかし。

人は、被害者にもなるが、加害者にもなりうる。行かされたからといって、命令を受けたからといって大陸でどんなことをしても良いというわけではあるまい。

本多の目に、ふたたび麻生上等兵の顔が甦ってきた。兵隊の中にも裁かれなければならない者、反省しなければならない者は、少なからずいる。本多は強くそう思った。

四十

そのとき、突然、麻生の声がした。

——貴様は、運良く敵と出会わなかったから、そんなことが言えるのだ。

本多は、ギョッとしてあたりをうかがった。間違いなく麻生の声だった。だが、納屋の二階に誰か他にいるわけがなかった。いるのは自分と酩酊している剣崎一人である。

空耳であるとすぐに分かったが、本多はひどく胸が高鳴るのを感じた。

本多は剣崎に悟られぬよう、そっと自分の手を胸にあてながら、

——もし自分が、亀山のようにもう一年早く召集され、最前線で戦っていたら……。

ということを考えてみた。

どんな者でも敵と出会えば、亀山のように加害行為をせざるを得ないことも起こるだろう。逆に亀山の小隊にいた兵のように狙い撃ちされ、被害を受けることもあるだろう。なかにはまれに、撃ち合いになったとき、人を殺すのが恐くて、あるいはイヤで敵を狙わず、ただ空に向かって引き金を引いていたという兵もいるだろう。だが、たとえば亀山が敵に撃たれて逃げられなくなったら、間違いなく亀山を救うために自分は敵に向かって引き金を引くにちがいない。

そしてそのとき敵を撃ち殺してしまったら、自分ははたして自信を持って、麻生に、

——それは違う。

と言えるだろうか。

今こうして、裁かれなければならないものは少なからず兵の中にもいる、と強く思えるのは、麻生の言うように、やはり自分が、中国人に加害行為を何ひとつしなかったという絶対的免罪符を持つがゆえにではないのか。

本多は、いつの間にかそう思い直していた。

敵も味方も戦場に行けば、一人の人間の中で、加害と被害が同居するのはごく普通のこと、当たり前のことなのだ。その場で戦死しないかぎり、あるいは負傷して病院送りにならないかぎり、殺し殺されるこの連鎖は続く。

そして被害者が復讐すれば加害者になり、逆に加害者が報復されれば被害者にもなる。戦場の兵はみな、加害者であり、被害者なのだ。

それを加害者と被害者に分けて、法廷で裁こうとすれば無理が生じる。また、その行為が違う時間に違う場所で起こり、誤認まで起これば、時間をかけて解き明かさないかぎり、条理ある判断や裁きは困難を極めるだろう。

そうなると、剣崎が言うように、兵の一つの行為を取り上げてBC級の裁判にかけるのはどうなのか。そこで誰に責任があるのか、ということを裁定できるものなのだろうか。

本多の心は、いつの間にか、逆の方向へ揺らぎだしていた。

人は誰でも自分が間違いをしたときは、それをはやく忘れてしまいたい、隠したいと思う。反対に自分が誰かから不当な扱いを受けたときには、それをうやむやにせず明るみに出し正したいと思う。その両面を持っているのが当たり前の人間かもしれないのだ。

さらに、自分のことではなくても、自分の親しい人、大切にしている人であればあるほど、その人の過去の間違いを暴き出したり、その人が加害者だったと公表したりするようなまねはしたくない、という気持ちが、誰の心にもある。

万が一もし自分の家族がそうだとしたら、なおさら守りたいと思う。あるいはできるだけ知らない振りをしてそっとしておいてやりたいと思うだろう。それが、ふつうの日本人としての温かく美しい心情であるのかもしれなかった。

ところが立場が変わると、もしもそのような身近な人が、あるいは大切な人が過去に誰かから不当な仕打ちをうけて、被害に苦しんでいる場合には、一転してどんなことがあっても、その加害者を引きずり出して誤りを認めさせ、はっきりさせてやりたいという正義感がどんな人の心にも生まれるのではないか。

人を許す心と、人を許さない心が、一人の人間の中に同居し、それが突き詰めて行けばどこかで矛盾するにもかかわらず、人はいつのまにか自分の都合の良いように、その場その場でそれを使い分けてしまう。それが人の心の不思議なところであるのかもしれなかった。

多くの兵士は、ＢＣ級の裁判にかけられれば、おそらく法廷で先ず自分の受けた被害について声高に訴えるだろう。しかし、自分の行った加害には口を噤み、審理で追及をされれば、おそらく自分の責任ではなく、その命令を下した上官にあると言うだろう。

それが普通のことかもしれないのだ。

――だが、しかし……。

亀山のような人間もいる。自分にとって不都合なことに決して目をつぶらず、自分の間違いをみずから背負い、それを贖《あがな》おうとする。不本意ながら殺してしまった中国人に申し訳ないと思い、作戦のためにはひと思いに殺《や》ってしまうのも当然だとする麻生のような人間に激怒する。それが本多の知る亀山だった。

亀山が法廷に立てば、おそらく真っ先に自分の罪を認めるに違いない。

もっともそういう人間は珍しいのかもしれなかった。

本多は、身体を揺らしながら酒を口に運ぶ剣崎を見て、ふと、思った。

――今になって、昔のことをこまごまとほじくり返すなんて……とんでもない話。

と言う剣崎の考えは、今の日本人の多くの考え方なのだろう。戦争が終わったからと言って、それを境に『聖戦』を支えてきた人々が、すべて自分の誤りを先に認め、それを贖う方向へ自然に変わるものでもないのだ。

そして裁判が進んで行くにつれ、それを注視する人々は、何か善悪の判断をする場合も、最終的には、裁かれる者が、自分の村のものなのか、よその村のものなのか、自分の味方なのか、敵なのか、自分の国の同胞なのか、敵の国の異人なのか、そのことによって己の態度や気持ちや判断を決めてしまうときがある。そして当事者でない人の多くが、自分に親しいもの、長く崇めてきたものを護ろうとする側にまわる。

だが、その時に、人が何かを、誰かを無条件に護ろうとすればするほど、真実は歪んでしまうことが起こってくる。

本多は、自分の考えが右に左にゆれながらも、案外、こうした単純な家族主義的なところに、今も昔も不正や揉め事を正せない原因の根が張っているのではあるまいか、という気がした。

頭の中で様々なことが堂々巡りをはじめた本多は、自分でもよく分からなくなり、静かに目を伏せた。

そしてつぶやくように、小さな声で剣崎に向かって、

「そうですね。一兵卒だけを責めるのはかわいそうな気がします。むしろ多くの兵を戦地へ送った、上の上にいるものの責任は重大だと私も思います」

と、本多は差し障りのない返事をした。ここで復員してきたばかりの本多へ善意の手を差し伸べてくれた剣崎に、捕虜の怒りを投げつけることはできない、とも思った。

しかしそう思いつつも、他方で、相も変わらず自分が、亀山のようになれないことが悲しかった。

「うん、おめさんは、やはり若いのによう分かっていなさる。いい方だ」

そううなずいた拍子に、剣崎の茶碗の酒が床板の上にこぼれた。二人は慌てて首に巻いている

手拭いでそのあたりを拭いた。

本多はそれを機に、

「少し疲れました」

と言うと、剣崎も、

「よろっと寝ますか」《（ぼちぼち）》

と、言って、話はお開きとなった。

剣崎が空の酒瓶と茶碗を抱えて母屋へ戻ったあと、本多の脳裡に、またしても麻生の顔が浮かんだ。ＢＣ級の戦争犯罪のことを、今頃麻生はどう受け止めているだろうか、と思った。いや、彼のことだから何も知らなかったかのように目を半眼にして、どこかで同じように酒を飲みながら、

――冗談じゃねえ。捕虜の扱いが犯罪だと。それは戦場を知らねえ勝った者の言いぐさだ。

と少し唇をねじ曲げてうそぶいているに違いなかった。

立ち上がって奥の部屋に行くと、厚い藁《わら》でできた筵《むしろ》が三枚重ねてあり、そのうえに薄い布団と敷布と綿の褞袍《どてら》が掛けてあった。籾殻《もみがら》の入った枕も用意されていた。

ここは納屋兼警部の部屋になっているが、さらにその奥は蚕棚《かいこだな》に使われている小屋だった。畳はなくとも、あらゆるものがきれいに整頓されており、シベリア収容所の寝台よりはるかに居心地がよかった。火の気はないが着物の上に防寒外套を着て寝れば、そのまま横になっても寒くは

なかった。本多は、褞袍は使わずに眠った。

しかし、夜半になって腹がしくしくしてきた。久しぶりに得意でもない冷や酒を飲んで内臓の調子を狂わせたのだろうか。板の釘に刺した蠟燭《ろうそく》を持って納屋を出て、厩《うまや》の隣にある便所へ行った。ゆるい便がでて、尻を拭く紙はと思い、蠟燭をかざすと、小さな木箱の中に新聞紙が切って重ねてあった。本多は、その新聞紙《しんぶんがみ》の切れ端をよく揉んで、尻を拭いた。長らく忘れていた感触だった。シベリアの収容所に尻を拭くものなどなかった。

納屋への帰りに母屋の裏の風呂があるあたりが明るくなっているのに気がついた。夜中に火を焚いているのだ。水の流れる音もする。ちょうど剣崎が湯をつかっているのかと思った。何か手伝おうかと足を向けかけたとき、なぜかふっとアーサーの顔が浮かんだ。

本多は、はっとして、万が一にも粗相のないようにと思い直し、そちらへは行かず納屋へまっすぐ戻った。空には星が出ていたが、シベリアの星より小さく見えた。

——それにしても。

布団に戻った本多は、納屋の暗い天井を見ながら、夕方風呂を沸かすときに見た新聞の写真と、その後に剣崎警部と語り合ったことをもう一度思い出してみた。

——なぜ、東條英機以下、軍人や各大臣級の者たちが逮捕され、東京で裁判にかけられているのに、天皇は逮捕されていないのだろう。なぜ、すべての軍人の頂点にいた天皇が、内地の国民に手を振って日本中を自由に歩き回っているのだろう。なぜ、写真に写っている人々は、その天皇に石を投げたり、怒りの声を発しないで、むしろみな頭をさげ、涙しているのだろう。

──天皇は、今も日本という「大家族」の長だからなのだろうか。

酒の入っているせいもあるが、本多の頭の中をなぜ、なぜ、という疑問が、風車のようにぐるぐる回った。

──俺たちを満洲からシベリアの地に連れて行って働かせ、多くの捕虜を死なせた責任は、ロスケの上の、上にいるものにあるはずだ。

と、心に刻んだときの記憶が目の前に浮かび上がってきた。

ソ連の上の上にいる最高責任者はスターリンだ。そのスターリンこそシベリアの日本人捕虜を苦しめた元凶ではなかったか。

また、満洲へ多くの日本兵を連れて行って、その兵に生きて虜囚の辱めを受けずと指示させた上のものは、東條英機であることは知っていた。しかしさらにその上の最高責任者（大元帥《だいげんすい》）は、日本では天皇陛下ではないのか。その天皇陛下が、どうして逮捕されず、日本のあちこちを自由に飛び回っているのか、本多にはどうしても納得がいかなかった。

第七章　終　章

四十一

翌朝、起きると梯子の降り口に、本多の軍服がたたんで置かれていた。

ひと目見て、綻《ほころ》びの繕《つくろ》いだけでなく、昨夜のうちに奥さんが風呂釜で軍服を煮詰め、洗ってくれたものと分かった。おそらく母屋の囲炉裏で一晩中火を焚き、その上に服を吊しておいたのだろう。身に着けると微《かす》かに薪の匂いがした。

本多は借りた着物を丁寧に折り畳むと、部屋の隅に片付けた夜具の上に重ね、へこ帯の結び目に四つ折りにした百円札を差し入れた。

母屋の食卓で朝食をとり、奥さんから握り飯の包みをいただいた本多は、剣崎夫婦に深々と頭を垂れ、別れを告げた。

「お世話になりました。有り難うございます」

「気いつけてくんなせ」

「落ち着いたら、また来なせ。そんときは息子と三人で一杯やろ」

来たときには気付かなかった遅咲きの桜が一本混じるゆるい坂道を下り、本多が振り返ると、二人はまだ生け垣の門の前に立っていた。本多は大きく手を振り、それから長岡の駅へ急いだ。

川に沿って走る列車は、時折ひかりの弾ける信濃川から離れたり、また近付いたりしながら、あっという間に新潟駅に着いた。

新潟市は、長岡のような惨状はなく、三年前の姿をほぼそのままに留めているようだった。遠く大日岳《だいにちだけ》も飯豊山《いいでさん》も変わりなく見覚えのある白い稜線が連なっている。その手前の五頭山《ごずさん》五峰は、常緑樹の緑と残雪の白との対比が目にやさしい。そして市内は雪がまったくなく、春の朝のひかりが家の屋根瓦や窓ガラスや白い壁にあふれていた。

駅前の広場も人の往来があり、闇市らしき露店がにぎわっていた。車内では気付かなかったが、他の復員兵の姿もちらほら見えた。それを迎えて泣いている家族もあった。ただどこを探しても、仰々しい出迎えの看板や垂れ幕などは一切ない。

舞鶴を出るときに、故郷へ電報を打つ兵がいたが、本多は電報を打たず誰にも帰郷を知らせていなかった。だから、出迎えの者が駅にいないことは分かっていた。分かっていたが、故郷の駅に降り立つと、妙にキョロキョロ、オドオドする自分がいた。誰か自分を知っているものに会い、声をかけられたら何と応えよう……と考えると、適当な言葉が思い浮かばなかった。

戦争に負けて帰る敗残兵を、町の者たちが必ずしもあたたかく迎えはしないことを、本多はそれとなく感じていたのだ。

本多の足はなぜか次第にゆっくりとなり、まっすぐ家に帰らず、あちこち寄り道をした。町のいたるところにある掲示板は、県知事選挙のポスターが貼られていた。見ると、岡田正平という人と、玉井潤次という人のあいだで二日後の十五日に決戦投票が行われるらしい。

「ふうむ」

本多は低い声でうなり右手で顎《あご》をなでた。髭がざらざらしてチクチクと指先を刺激する。

——選挙がたけなわのようだ。

と本多は思った。掲示板の他の貼り紙を読むと、すでに終わったのか、これからあるのかよく分からないが、市町村長、参議院議員、衆議院議員、県議会議員と様々な選挙が目白押しのようだった。しかしじっくり読む気がしなかった。

故郷の町の土を踏む足がふわふわし、四月にしては強い陽射しに目がチカチカしはじめ、めまいを感じたからかもしれない。

本多は三〇〇メートルあるなつかしい萬代橋にさしかかった。長岡の焼け焦げた長生橋とは違い、六連のアーチが架かる石の橋に空襲の爪痕はない。二年三ヶ月前に地吹雪の中をこの橋から出征した記憶が鮮明によみがえった。

あのときは見送りの人はほとんどおらず、万歳三唱の声もなく、軍帽を吹き上げる激しい風に身を縮め、追い立てられるように隊列を組んで駅へ向かった。それが今は春の陽射しの下を逆の方向へ自由に一人で歩いている。本多はかみしめるように二二メートル幅の広い橋をゆっくり進み、海に向かった。

遠浅になった砂浜に腰を下ろし、ぼんやりとやわらかい海風に吹かれた。シベリアの沿海州の匂いとはまた違う故郷の海の匂いだった。

目の前に広がる砂浜も、漁港も、堤防も、以前と変わらず、波の音もまったく昔と同じだった。変わったのは自分だけのような気がした。わずか数年の間に、自分の心も身体も十数年の時が経ってしまったような錯覚に陥った。

突然、女の笑う声がした。

振り返ると、略帽を被った軍服のアメリカ人と、派手なワンピースを着た女が、じゃれ合いながら海岸道路の方から走ってくるのが見えた。赤と白の水玉模様の女は、近づくにつれアメリカ人ではなく日本人だと知れた。

横を通るとき、嗅いだことのない匂いがした。女の香水の香りだろう。

二人は、波打ち際まで行って、そこで女はサンダルを脱ぎ、足を水につけて、

「コールド」（つめたい）

と言った。

それからアメリカ兵の腰に手をまわし、渚を戯れながら行く。

本多は、急に身体中が熱くなった。舞鶴港の援護局で銃を持ったアメリカ兵を見たときは、ふ

たたびシベリアの収容所に戻ったような気持ちになったが、そのときはそれほど激しい憤りは覚えなかった。

しかし、長岡の焼け跡を見て、それがアメリカのB29にやられたものだと知り、その後にこうして目の前にアメリカ兵が現れると、自分でも予想しなかったような反感が腹の底からふつふつと沸き上がってきたのだ。

ふと気がつくと、本多の座っているところから斜め後ろに、いつの間にか一人の老人が立っていた。頭に手拭いを巻いた老人は煙草をくわえて、やはりアメリカ兵たちをぼんやり眺めていた。

「小父《おじ》さん、この新潟にはアメリカ軍が来ているのですか」

本多が話しかけてみた。

「ああ、いるこてさ〈よ〉」

漁師のようなこの男は、本多の方へゆっくり寄ってきて、隣に腰を下ろした。

「二年前の九月半ばごろだったかな。アメリカ軍が大勢やってきて、ここや、高田や、三条や、柏崎《かしわざき》、新発田《しばた》、村松、村上、相川などに駐屯したのさ。ほら、そこの公会堂があるやろ。あそこに司令部を置いてな。ときどき町中でも見かけたよ」

「今日、駅には誰もいなかったのですが……」

「うんうん。それが去年の秋頃に、みんな撤退して行きよったのよ。だから今はほんのちっとばかししかおらんがな」

老人はしゃがれた声で、日に焼けた顔に皺をつくり、笑った。二人は、黙って海を見た。

本多は老人が剣崎警部のように色々語るのではないかと期待して耳をそばだてていたが、彼はそれっきり口を閉ざし、静かに煙草を吸っているだけだった。

「小父さんは、漁師ですか」

我慢しきれなくなって、本多が訊ねた。

「ああ」

「今日は、仕事はお休みですか」

「いや。海に出たいが、船を動かす燃料《あぶら》がねえ。あっても高すぎて手がでねえ」

老人は、海を見ながらボソボソと言った。

海上に目をやると、たしかに漁をする船は、一隻もなかった。以前は岸から遠くて見えない岩場の反対側に、釣り船が集まって、三角のスパンカーを同じ方向に並べている船影が幾つか見えたが、今日は海鳥が飛びたったり、舞い降りたりして浮かんでいる海の景色があるだけだった。

水平線の向こうには、白く霞んで佐渡の山がうっすら見える。

「長岡の町は、ひどいことになりましたね」

本多が独り言のようにさり気なくつぶやいてみた。

「そういんらね《（そうらしいね）》」

老人が発する声は、予想と違い、他人事のようだった。

「小父《おじ》さんは、長岡へは……」

「わしは、行ったことがねえすけ《ないから》、よう分からんが、誰かがそんなことを言っておった」

「そうですか」

　本多はあらためて老人の顔を見た。赤銅色の顔に刻まれた皺が何事にも動じないで生きてきたような固さを持っていた。人は誰でも実際に空襲の惨状を見ていなければ、また新聞も読んでいなければ、どんなことが長岡で起きたのか、まったく分からないのは当然なのだ。そして、そのような事実を知らなければ、反感を抱くこともないのはあたりまえのことだ。

　しかし本多は、気持ちが納まらず、意を決して訊ねた。

「小父さんは、あのアメリカ兵をどう思います？」

「そうらねえ。奴らは女好きだよ。それに子どもも好きと見えて、ほら、あんな風に子どもと遊んだり、ときには菓子をくれたりするんがね」

　老人の指さす方を見ると、いつの間にか小さな小学生くらいのはだしの子どもが五、六人、アメリカ兵と女のあとをついて回っていた。

「彼らが憎くないですか」

「憎い？」

　今度は老人が、意外な顔をして本多を見た。

「おめさんは、どこから帰ってきなさったか。南方からかね」

「シベリアです」

「ああ、赤い国に抑留された兵隊さんらかね。ご苦労さんらった《（だった）》ね。シベリア帰りならアメリカと戦ったわけじゃねえろ？」

「はい」

本多は下を向いた。

「戦争中は、鬼畜米英なんぞと言っておったが、こうやって町にやってくると、鬼や畜生には見えねえとちがいますか」

「……」

「すまんが、わしは、ずっと漁師をしていて、一度も戦争には行っておらんけね」

そう言って老人は煙草を砂の中に押し込んで火を消した。

たしかに、本多はアメリカ人と戦ったことはない。だが、長岡の惨状が目に焼き付いており、老人の言うことに素直に頷けないものがあった。

四十二

「ところで、小父さんは、敗戦のときどこにいたのですか」

気を取り直して、本多が訊ねた。

「海の上さ。漁をしとったら」

「では、陛下のお言葉は……」

「聞いたよ。船のラジオはいつもつけっぱなしだがね。だどもむつかしくてよく分からんかった。もっとも陸《おか》へあがったら、誰かが戦《いくさ》は終わったのかもしれないと言っとったら。そのときは、まさか、と思ったよ」

老人の口調は静かだった。

本多も哈爾浜《はるびん》の駅で聞いた雑音ばかりのラジオ放送を思い出した。あのときは全面降伏だとはにわかに信じられず、敵の謀略か、と思った。戦争終結を実感したのは、二日後の『武装解除』の伝達であり、気持ちが切り替わったのは、三日後の八月十八日の林隊長による正式な敗戦の訓示であった。

「内地では、敗けたことがはっきり分かったのはいつですか」

本多は、砂の中に小石を見つけ、それを拾い上げながら訊ねた。老人は、敗戦がはっきりしたのはすぐではない、と応えた。

「新聞を見たもんが皆、間違いないと言っておったのは数日後らった」

「数日後というと、八月十八日か、十九日頃ですか」

「さあ、どうだったかな。それよりも例のラジオを聞いた五、六日後に、原子爆弾にやられた広島の写真さ、新聞で見せられて、びっくりしたことの方がよくを覚えとるよ。あんときは、こら《これは》えれえ《えらい》ことだと思ったら」

「原子爆弾？」

「ああ」

「びっくりしたと言いますと……」

何のことか理解できない本多は、老人に聞き返した。

「今でも信じられんだが、たった一発の新型爆弾で、広島の街が長岡のようになりおったらしか」

老人は海を見ながら言った。

「えっ！　一発の爆弾で、ですか」

「そう。長岡へ行ってきたもんが、騒いでおった。それでわしも、長岡が新聞に載っとる写真のような焼け野原になっていることさ知ったのよ」

本多は、老人の横顔を見ながら、剣崎警部から聞いた焼夷弾の話を思い出した。たしか一〇〇機を超える爆撃機が飛来したと言っていた。およそ一六万発の焼夷弾で焼かれたはずだった。それが一発の爆弾で広島の街を破壊したとなると、その新型爆弾とはどういうものなのだろう。本多はまったく想像ができなかった。

「何でも、そいつは落下傘でふわふわ落ちてきたとかね」

「落下傘で？」

「アメリカが何発それを持っているか知らんが、先々のことを考えるとえらいことになる。それらを使われる前にできるだけ早く白旗を揚げたのは賢明だったと、と漁協長も言っとたら」

「……」

手許の小石を握りしめながら、本多はふと、長岡でお世話になった剣崎警部がそのことについてひと言も触れなかったのはなぜだろうと思った。新聞の切り抜きまでしている剣崎警部が広島のその記事を見落とすとは考えられなかったからだ。

――いや、待てよ。

見落としたのではなく、見なかったのかもしれない、と本多は考え直した。

たしか長岡の空襲は、八月一日だったはずだ。その後長岡にはしばらく新聞も届かなかったのかもしれない。あるいは、剣崎自身が被災者の救出活動に忙しく、おそらく新聞を見るどころではなかったのだろう。そう考えると合点がいった。

「小父さんが、その、広島の写真とやらを見たのは、いつのことですか」

本多がもう一度訊ねた。

「いつだったかな。たぶん、八月の二十日か、あるいは二十一日頃らったわ」

老人が自信なげに言った。それから鼻をすすると身じろぎひとつせず沈黙した。

広島の惨状を伝える大きな写真が東京で新聞に載ったのは、八月十九日付けの朝刊らしかった。したがって新潟の漁港で働いていた漁師がそれを目にしたのはそのあとだろうから、老人の記憶は間違いない。

急に風が出てきたのか、強い潮の匂いがした。顔をあげて沖をみると、佐渡の島影がいつのまにか薄くなって消えかけていた。

「そのうちに……」

老人が煙草を胴巻きから取り出しながら口を開いた。

「八月の終わり頃だったか、内地にいた兵隊たちがぽつぽつと近所の家に戻ってきてな。それでわしは、ああ、本当に戦《いくさ》が終わったんだなと思ったら」

戦の終わりと聞いて、本多の目に白梅小学校で行われた武装解除の様子が再び浮かんだ。

「すると、内地では、武装解除はどうされたのですか」

「武装解除と言われても、おらたちは、武器などは持ってなかったし……。ああ、そうそう思い出した。あのころ、役場の人が港に来て武器になるものがあったらすぐに出すようにと言うてきたら。それで誰かが、竹槍や包丁もですかと聞いたら、みんな笑っとったよ」

老人が笑みを浮かべると、その目がやさしく見えた。

武装解除の後に香坊の貨物廠《しょう》へソ連兵が突然やってきたことを思い出した本多は、

「それで、アメリカの兵隊はいつ頃来たのですか」

と訊ねた。

「アメリカの兵隊が新潟に来たのは、もっとあとだったかな」

老人は煙草をつまみ出し、火をつけた。それから少し口を開けて、あーっと声をもらしながら、たしか、敗戦からひと月、いや、そんなにあとではないな。九月の七日か八日らった、と老人が言った。

「恐《こわ》くなかったですか」

「なんの、市内ではアメリカ兵のジープを見かけたども、別に村にまではやって来なかった。それに内地の兵隊は、すでに海や畑に戻って、漁をしたり稲刈りの準備を始めていたから、兵隊には見えね。たまに町ですれ違ってもお互いに見て見ぬふりをしていれば、何事も起こらなかったんだがね」

満洲の哈爾浜でソ連軍を迎えた林部隊とは、ずいぶん状況が違う、と本多は思った。

「そうそう、そう言えば、たしか、雅量《がりよう》を持ってアメリカ兵を迎えよ、とかいう回覧が隣組で回っとったんだがね。それにアメリカさんの方も、平静に好意をもってつきあえと兵隊に言っとったらしいがね」

「雅量？　ですか」

「要するに親切に迎えろということやろ。お互いに仲良くとな」

老人は一年半前のいろいろなことを少しずつ思い出したようだった。

「それでは、どこかに呼集かけられて――」

そう言いかけて本多は、呼集が兵隊用語だと気付き、言い直した。

「どこかに集められて所持品検査とか、その何か緊迫するようなことはなかったのですか」

「ほとんどないな。さっきも言ったように町の公会堂や占領軍がいる駐屯地のあたりに近付かないかぎり、アメリカ兵と会うこともないさ。それに去年の秋には、ほとんどの兵隊が本国に撤退したし、残った連中が、ああして日本の女といちゃついているのを、ときどき見かけるくらいだよ」

老人は、ゆっくり渚に目を投げた。

本多らが一度や二度ではなく、幾度も荷物検査と称して時計などの貴重品をソ連の兵に奪われたような屈辱的な体験を、内地にいる日本人はアメリカ兵からほとんど受けていない。むしろアメリカ兵は、子どもに菓子を配ったり、日本の女性に表面上はやさしくしているのだ。

——何と、大きな違いであろうか。

しかし、本多はそれでもまだ釈然としないものがあった。

長岡の町や広島の町を焼き尽くし、無差別に女こども老人をも殺傷し、民家を悉《ことごと》く破壊したのはアメリカ軍である。本多が引き揚げてきた舞鶴の援護局で執拗にソ連の情報を得ようと復員兵を留め置いたのもアメリカ軍である。

そのアメリカ軍が日本に上陸してきて、剣崎警部によれば、日本を再建しようと民主化を推し進めているという。また、老人によれば、女性や子どもに好意を持って接している。

——いったいどれが、アメリカ人の素顔なのだろう。

本多はアメリカ軍に対して、どうしても二つの顔があるように思えてならなかった。

四十三

本多は、かなり遠くへ行ってしまったアメリカ兵と日本人の女を目で追った。するとその水玉模様の女が、急にこちらに向かって一人で走り出すのが見えた。それを追うアメリカ兵が、

「ヘイ、リリー！　ウエイト！」（待ってくれ、リリー）

と叫んだ。

本多は、リリーという名前に聞き覚えがあった。そうだ、柏崎の駅のホームで見た白いワンピースの女のことを担ぎ屋が、たしかリリーと言ったのだ。本多はにわかにその女がどんな女なのか興味が湧いた。

じっと目を凝らしていると、アメリカ兵がリリーに追いつき、二人が寄り添ってお互いの腰に腕をまわし、もと来た道を戻ってこちらにやってきた。

本多と老人の近くを通りすぎるその刹那に、二人の会話が聞こえた。

「I have to leave you.」（僕はどうしても行かねばならないんだ）

とアメリカ兵が言った。

「Yes, I know that.」（ええ、それは分かってるわ）

「I am sorry , lily.」（ごめんよ、リリー）

「No worries. I don't know how to say goodbye. I can't think of any words.」（気にしないで。わたし、さよならをどう言ったらいいのか分からないの。他のことばが思いつかないのよ）

と女が悲痛な声で言った。

「Don't try…」（もう、なにも言わなくていい）

二人の会話の詳細は、まったく分からなかった。しかし本多は、髪をなびかせてすれ違った女の目に光る涙を見て、およその察しはついた。

「しょうがねえっな、パンパンは。誰しも同じ運命じゃろ」

老人が海を見つめたまま、珍しく自分から感想を口にし、深いため息をついた。

「お、小父さんは、英語が分かるのですか！」

本多は目を剝いて、老人を凝視した。

「いいや、分からん。でも大方、みな同じようなもんさ。パンパンは」

と、煙草の煙を鼻から出しながら目を細めた。

「ほら、こないだもラジオで、何と言ったかな。ＮＨＫの放送で、パンパンの一人が話しとったけね」

老人が言うラジオの放送とは、敗戦直後の唯一の放送娯楽番組で、アメリカのＣＩＥ（民間情報教育局）の指導のもとに流されたものだった。番組を担当したＮＨＫ藤倉修一アナウンサーによれば、町に出て、物怖じし逃げ出す日本人をつかまえて、マイクに向かって喋らせるのにはどうすればうまくいくか、かなり苦労していたらしい。

そのインタビューに堂々と応じたのが、有楽町のガード下にいたパンパンのお時《とき》という女だった。本名、西田時子。東京本郷の商業学校の卒業生で、三月十日の空襲のとき家族の全てを失っていた。お時は、まだ二十歳。街娼数百名をたばねる姐御《あねご》でもあった。

——苦労してカタギになって、職を見つけたってサ、世間の人は、あいつはパンパンだったって、後ろ指をさすじゃないか。みんないじめられ、追い立てられて、またこのガード下に戻ってくるしかないいじゃないの。

——それのどこが悪いのサ。

と藤原氏に向かって、お時は堂々と啖呵《たんか》をきったのである。

その声が、ＮＨＫの『のど自慢素人《しろうと》演芸会』と人気を二分する番組、『街頭録音』の放送で全国に流れたのはここ最近のことだった。

老人はその、お時の声をラジオで聞いていたらしい。

『パンパン・ガール』と呼ばれる『街娼《がいしょう》』がうまれる切っ掛けとなったのは、敗戦処理のため日本政府が手がけた占領軍への対策からだったといわれている。

かつて日本軍は、半島や大陸でその地を占領すると、将兵たちが、朝鮮人や中国人に女（慰安婦）を差し出すよう求めたことがあった。政府は、そのことを思い出し、アメリカ軍に負けて占領されたからには日本もそうすべきだと判断したのだろう。先回りをするべく、政府の手によって、性的慰安施設、飲食施設、カフェ、ダンスホールなどが街の中に次々につくられた。

そして「女事務員募集」の名目で、十八歳から二十五歳までの女性を対象に、『新日本女性の駐屯軍慰安の大事業』と広告を出し、参加・協力を求めたのである。しかし実際に参加を求めた相手の中心となったのは、芸妓、公私娼妓などであった。（日本は戦前から国公認の公娼制度が続いていた）

近衛文麿国務大臣などは、南京のような手当たり次第の強姦事件を回避するためにも、「日本の娘たちをぜひ守ってもらいたい」と、わざわざ警視総監を呼んで激励したという。

こうして政府が自ら音頭をとり、「合法的な慰安」をアメリカ軍に対して忖度したのだった。つまり日本の『良家の子女』を守るために、国が前もってアメリカ兵に「特別挺身隊員」という名の「接待婦」を用意したのである。

ところが、アメリカ軍は、翌年（一九四六年）の一月、そのような「接待婦」および「公娼の制度」は廃止せよ、と命じてきた。そして占領軍は将兵に対して、可能な限り小銃を持たず、丸腰で、友好ムードを作り、ガールフレンドの調達は各自の才覚によるものとし、日本人が反感を持つようなトラブルを絶対に起こさぬように、としたのである。

いったん集められた芸妓、公私娼妓、女給、酌婦は、半年後に解散された。その後制度のない中で困窮する彼女らも明日を生き抜くために『各自の才覚』において引き続き街頭に立たざるを得なかった。そうした女性たちを人々は、『パンパン・ガール』と呼んだ。

「パンパン、と言うんですか。あの手の女性を」

と本多が訊ねた。

「ああ」

「でも、アメリカ軍は去年あたりから撤退を始めているんでしょう。アメリカ兵がいなくなったら、彼女らはどうするんですかね」

「そうらねえ……。いくら百合子《ゆりこ》がオンリーで、他の女と違い英語が達者だからといっても、アメリカには行かれんじゃろ」

どうも老人の話の様子から、オンリーとは、一人の男だけを相手に選び、関係をもつ女性のことらしかった。

「えっ！　小父《おじ》さん。あの女の人を知っているのですか」

「うむ。知っとるよ」

漁師の男は、記憶を辿るように少し俯《うつむ》いて目を瞬《しばた》かせながら、

「たしか、北上《きたがみ》百合子と言うんじゃ」

と、女の本名を言った。

「北上百合子。ああ、なるほど、百合子だから、リリーなのですね」

本多はユリの花を英語でリリイ（lily）ということを思い出した。

「ほんに、困ったもんさ」

老人は、小さな溜息を一つつくと、短くなった煙草をまた砂の中に押し込んだ。

――北上百合子か。いい名前だ。

と思った瞬間、本多は、アッと声を上げそうになった。

北上百合子と言えば、本多が通っていた小学校に同じ名前の女子がいたことを思い出したからだ。不意に遠い記憶が戻ってきた
彼女は、たしか酒屋の娘で、頭の切れるできのよい子だった。おかっぱ頭で、すこしおでこが広く、みんなから『デコチン』などと渾名《あだな》をつけられていた。小学校を卒業後、本多は新潟中学に進み、北上百合子は新潟高等女学校へ行ったはずだった。そのデコチンの百合子が、リリーだというのだろうか。

本多はリリーを間近で注意深く見つめたわけではない。ただぼんやりと派手な服装の女を目撃しただけだった。それに柏崎の駅のホームに立ち、ひときわ背が高く異彩を放っていた女の姿や、アメリカ兵と目の前を通り過ぎた女の顔が、昔の小柄で愛らしい北上百合子と結びつくものは何もなかった。あれからすでに一〇年が経っていた。

——まさか、あの子が……。

本多は、慌てて後ろを振り返ってみたものの、二人の姿はもうどこにもなかった。

——しかし……。

もし、あの女が北上百合子だとしても声をかけられるわけでもない。彼女は、今の本多にとっては北上百合子ではなく、アメリカ兵の太い腕に腰をかかえられたリリーなのだ。

本多は向き直り、青黒い海を見た。そして、手の中にある小石を座ったまま思い切り海に向かって投げた。だが小石は、波打ちぎわにも届かず、砂浜をころがり見えなくなってしまった。

四十四

老人と別れしばらく海岸を歩き、それから町に戻り、本多は散髪屋に入った。まだ明るすぎる。伸び放題になっていた髪を丸刈りにし、髭《ひげ》を剃ってもらおうと思った。散髪屋の主人は疲れた顔で、兵隊さんですね、と言ったきり、無愛想な表情で、むしろこの兵隊は金を払えるのかと心配するような目で本多をチラチラと見ながら前掛けの紐を縛った。

本多は、このとき長岡で剣崎警部の奥さんに軍服を湯釜で煮詰めて洗濯してもらったことが身にしみて有り難いと思った。これで何日も風呂に入らず垢のこびり付いた軍服を着ていたら、散髪屋の主人にどういう扱いをされたか分からないと思った。それを思うとまた涙腺が緩んだ。

「どうせばいいかね」

「三分の丸刈りで、顔もあたってください」

「承知したがね」

「あっ、その前に代金《ぜん》を払っておきます」

と言って、本多は舞鶴でもらった一〇円札を差し出すと、店主は急に明るい顔をした。記憶では丸刈りが以前六〇銭ほどだったので、その辺にあたりをつけていた。もちろんもう一枚と言われることを覚悟していたが、店主は小さな灰色の金庫箱の中に札をしまうと、毎度ありと言って腰を折った。数年前の一六倍だが、新潟の町の散髪代はまだ一〇円だった。

バリカンで手際よく頭を刈っていた店主が、ふと手を止めて本多から離れ、店の隅にあるラジオのスイッチを入れた。いつもお客に聞かせるサービスらしい。本多はじっと耳を澄ました。

――今年の六月初旬、天皇陛下は、地方状況ご視察のため、京都・大阪・和歌山・兵庫、各府県に行幸されるとの旨を仰せ出されました。細かい日時、日程については五月一日のメーデーのあとに……。

放送がそこまで流れたところで、店主が本多の耳元でバリカンを動かしながら、

「天皇陛下のご巡幸が、半年ぶりに行われるようらね」

と言った。本多は、即座に長岡の剣崎宅の物置にあった新聞の写真記事を思い出した。半年前だとすると、たしか茨城の日立の工場内を見学しているあの写真だ。

「知りませんでした」

本多は、知らないふりをした。

「そのうちに、新潟にいらしてくれるといいんらが」

店主が櫛を入れながらぽつりと言った。

「みなさん、期待しておられるのですか」

本多が訊いた。

「ええ。もちろんだがね。私はね、ぜひ新潟の長岡へ来て欲しいと思っているんだわ」

「へえ、長岡へ。なぜですか」

「じつはですね、うちの娘が長岡に嫁いだのですが、突然空襲で町が焼けましてね。ほら、敗戦の年だがね」

鏡の中の本多を見ながら、店主が言った。

「それはたいへんでしたね。娘さんはご無事だったのですか」

「お陰様で命拾いしたわね。もっとも家は全焼です。知っとるかもしれんが、町も畑もこてんぱんにやられ、焼けた褐色の石でボコボコになった道は、いまだに馬車で荷物を運ぶのにもままならない状態だものね。おまけに電力だって、完全に回復しておらんですから、夜は難儀ですけ」

店主はバリカンの手を止め、嘆いた。

「ご主人は新潟の方ですか」

「ええ、そうらて。ずうっとこの道四〇年、新潟市内で商売をやらしてもらっているわね」

「ここが空襲に遭わなくてよかったですね」

「はい。海に機雷を落とされたくらいですみました。もっとも北部の方は、終戦の五日前だったか、空からムスタングの機銃で撃たれたらしいだども、家は焼かれずに済みました。ですから娘にこっちさ帰ってこいと言ってはいるのですが……。幸いむこうさんの実家は山側で被災を免れたけん、今はそっちへ避難しとります。とにかく、いろいろ考え始めると、夜もおちおち眠れませんよ」

店主は仕事柄か、様々なことに詳しかった。

「それは、ご心配ですね」

そう言いながら本多は、ほぼ無傷な市内のことを知り、母の無事を確信した。

「そうなんですよ。せば……、雲の上から降りてこられた天皇陛下が、この機会に長岡に来てくだされば、その御幸《みゆき》のための準備として、道路を整備し、陛下のお泊まりになる建物や、その周辺の施設が修理されるすけ、県庁では、何が何でもお呼びしようと話し合っているそうだがね」

饒舌《じょうぜつ》になった店主は、櫛を入れ毛並みの様子を見てから、バリカンにブラシをかけて、今度はハサミを取り出した。

「そうなると、まさに陛下は、空襲で打ちのめされた民の救いの神ですね」

「そうらね。国民の希望の光です」

店主の声に力が入った。

「ところで、陛下は、アメリカに睨まれたりしてはいないのですか」

「そんげなことは、ねえと思いますよ。むしろマッカーサーが、会見で、機会あるごとに日本中どこへでも出かけた方が良いと勧めたらしいですけ。噂では」

と店主が言った。

「GHQの司令官のことですか」

「お客さん、ようご存じで」

本多は、このときアメリカ軍の最高責任者が、天皇を戦争の責任者だとして追及する考えがないことを知った。

——そうなると。

（多くの兵を戦地へ送った責任は、いったい誰がとるのだろう）

と本多はぼんやり思った。

四十五

外へ出ると夕暮れどきになっていた。

本多の実家は、新潟の町中にある。勝手知ったる裏道をゆっくりと歩き、見慣れた小さな印刷工場《こうば》の表に立つと、灯りはなく、人の気配もなかった。

近寄ってガラス戸の汚れを払って中を覗いたが、あきらかに寂れていた。出征したときのまま印刷機械が埃をかぶっているのが見て取れた。

はて、母のよしのは、どこにいるのだろう。ここにいなければ、おそらく近くで米を作っている晴親《はるちか》叔父の所だろうと考え直し、川の傍らに出て小さな橋を渡った。

橋の先の道をしばらく歩くと、農地が見えてきた。遠くに汽車の汽笛が聞こえる。白山駅が近くにあるはずだった。踏切を渡ったその先に農家が五、六軒ほど間をあけて並んでいた。このあたりはすでにどの家も苗床を作り、広い田圃は水が張られ、田植えの準備に入っていた。水面に茜色の空が映っていた。

一軒一軒の農家には、米農家といえども、それぞれその家の畑が多少ある。米農家は、自分の家で食べる分くらいの野菜を自分の畑で作っていた。

たしか、四軒目が叔父の家である。記憶にある叔父の家の松の木が見えてくると、その手前の畑で、もんぺをはいて、一人鍬《くわ》を打っている小柄な女がいた。

それが、母だった。

母のよしのは息子の姿を見てもしばらく口が利けず、ぼんやりとした顔でいた。そのうちに顔色をみるみる変え、その場にうずくまってしまった。

本多がゆっくり近寄って小さな肩に手を置くと、袂《たもと》を真っ赤な顔にあて、母は突然子どものように嗚咽《おえつ》した。

上から見おろした母は、驚くほど骨張り、年をとっていた。本多は、

――母さん。生きて戻れました。

とかすれた声でつぶやき、もう一方の手で小さな頭をそっと撫でると、突然母が本多の足元に崩れた。そして父が死んだときにも声を上げなかった母が、

――喜市！

と言って、畑地に響き渡るような叫び声を上げ、慟哭《どうこく》した。

母と二人で連れだって、叔父の家の母屋へ歩いた。

本多が声をかけると、叔父の妻の玲子が玄関に出てきて、

「あいや、まあ。よう、帰りなすった」

と目を丸くし、挨拶もそこそこに、すぐに下駄をつっかけて苗床の小屋へ走って行き、

「父ちゃん、キー坊が戻ったよ！」

と高い声をあげた。

台所の土間へまわり、足をぬぐってそこから茶の間に上がると、囲炉裏のまわりには、すでに膳のうえに三人分の夕食の食器が重ねて置かれていた。

玲子（義）叔母が、竈《かまど》から炭火を運んできてそれを囲炉裏の中に据えている間に、苗床からもどった晴親叔父に、こざっぱりとした姿の本多が帰還の挨拶を済ますと、

「キー坊、腹が減っているだろう。すぐに飯にしよう」

と言って、叔父が叔母を促した。

叔父夫婦には子どもがいない。夕食は、叔父夫婦と、母のよしのと、本多の四人だけだ。膳の上に並んだものは、白米の飯と、ジャガイモと玉葱の入った味噌汁、鰺《あじ》の開きが一枚。それに沢庵という質素なものだった。

「玲子、酒はねえのか」

膳を一瞥《いちべつ》した叔父が、台所の叔母に向かって大きな声で訊ねた。

「父ちゃん、あいにく切らしていて。前もって連絡があったら、闇市で手に入れたがに」

叔母は、両手で運んできたお櫃《ひつ》を自分の脇に置き、

「喜市さん、かんべんね」

と、罰の悪そうな顔をした。

「ならば俺が、帰国祝いだと言って、隣の清さんに酒さ借りてこよう」

叔父が急に立ちかけたので、本多はあわてて、

「晴親叔父さん。ぼくはシベリアで身体をいためて、酒はちょっと飲めないんだがね……」

と即座に言った。

「そうか……」

「はい」

「何も振る舞えず、かんべんな」

「いや、突然やって来たのは自分です。お二人に詫びを言われても困ります。こちらの方こそすまなくて」

本多は、あらためて膝に手を置き、頭を下げた。

叔父が腰を下ろし、さあ、食べるかね、と言って箸を握ったので、本多も手を合わせてから箸を取った。

ふと見ると、母は、箸も持たず、これでもう安心じゃ、明日からは喜市がいてくれる、とつぶやいたきり、本多のつるりとした顔を穴のあくほどじっと見入っているだけだった。他に何も言わない母は、おそらくこの家では、居候の身にある自分の出る幕はないと自覚しているらしかった。

「母さんも食べんね」

「ああ、おら、きょうは、朝からんまぐねぁ《(ちょうしがよくない)》ー。喜市が食べてくんなせーや」

そう言って、母が急に自分の鰺を箸の先で本多の皿へ移してきた。

叔母の玲子は、まだ空になっていない本多の茶碗を奪うようにとって、おかわりの飯を盛りながら、

「シベリアは寒《さめ》かったろうね」

と、少し鼻声でつぶやいた。

本多は、それだけは今の日本とまったく違う、と自信を持って明るく答えた。しかし、ソ連の収容所がどんな所で、どんな生活をしていたのかを話す気にはなれなかった。なぜ糞尿運びをしていたのか、そんな話をしても分かってもらえるかどうか怪しかったからだ。

そうかと言って、剣崎警部と語り合ったような、内地での東京裁判やBC級裁判のこと、天皇陛下のこと、憲法のことなどは一切話題にならなかった。ただ本多の明日からの仕事をどうしたらいいか、ということだけが話題になった。

仕事を始めると言っても、農業が中心の新潟では、本来勤め人が少なく、会社も労働争議で騒然としており、どこもかしこも就職難で、またそうした会社からの広告注文も期待できない。印刷業を再開するのも難しいだろう、と叔父が言った。

そもそもインクが手に入るかどうかさえあやしい状況であるらしい。本多は、海辺で会った漁師が、油（燃料）のないことに困っていたことを思い出した。

帰郷したばかりなのに、明るい話はひとつもなく、寒々とした空気の中で、侘しい食卓と同じ

ように話題はすぐに尽きてしまった。

——俺は何をしに大陸へ行ったのだろう。

本多はあらためてそう思った。出征のときには鮮明だったはずのことが、粗悪なインクを使ったときのように、いつの間にか色あせて見えなくなっていた。

叔父と本多の二人が、黙って囲炉裏の五徳《ごとく》にのせた鉄瓶の湯気を眺めながら白湯を飲んでいると、玲子叔母が、土間の隅にあるラジオのスイッチを入れたようだった。

ラジオから『にわか雨』という題の物語が流れてきた。叔母はいつもそれを楽しみに聴いているのだろう。ラジオを聴きながら洗い物をする水音が井戸のある辺りからし始めた。

母のよしのは、奥の間で早々と寝床の用意をしている。

叔父の晴親は、食事が済んで二人きりになっても、満洲での戦争のことを本多に何も聞かなかった。本多も、叔父が中国へ出征したときの一〇年前の第一三師団のことを訊ねなかった。お互いに積もる話があるはずなのに、二年前に終結をみた戦争をかえりみることはしなかった。

これが勝ち戦での凱旋だったらすべてが違っていたかもしれない。あるいは、叔父が剣崎や老人のように戦地の経験がなければ、何の屈託もなく語り合えたに違いない。

——戦争のことを躊躇なく口にできるのは、内地を出たことがない者か、本多のような免罪符を持っている者に限られるかもしれない。

そんな難しさがあると、本多は石のように押し黙っている叔父を見て思った。

叔母の洗い物が済んで、ラジオから「おぼろ月夜」の童謡が流れ、そのあとに選挙放送が始まると、スイッチがプツリと切られた。それを機に、

――喜市、寝床の用意ができたら。

という母の声が奥の間でした。

「晴親叔父さん。とりあえず、明日、工場《こうば》の印刷機を動かしてみるら」

と言って、本多は腰をあげた。

「おう、そうだな。今夜はゆっくり休むがいいら」

大きく頷き、叔父も膝を立てた。

明日からしっかり働き、戦後の生活難を乗り切るために、どこの家も食事の片付けがすめば眠るしかなかった。それが本多の帰還した日本だった。

その晩は、母と二人、枕を並べて床についた。潜り込んだ布団に覚えのある匂いと温もりがあった。おそらく息子の夜具だけは母が工場の家から叔父の家の押し入れに運んでおいたのだろう。

――いつ戻るかも知れぬ俺のために。

本多は急に胸が熱くなった。そして懐かしい匂いだけでなく、真綿の僅かな温もりが、ただ、生きていればいつかそのうち良いことがあるかもしれない、という漠然としたささやかな期待を抱かせた。

本多はやわらかい布団の匂いに包まれながら、大きく息を吸い込んで、足を思い切り伸ばした。

すると足先に何かが触れた。それは隣に寝ているはずの母の足だった。母が息子の布団を温めていてくれたのだ。

一度引っ込みかけた足をもう一度ゆっくり伸ばすと、母の体温が直接本多の肌にじわりと伝わってきた。四方八方に気兼ねをしながらシベリアの収容所の固い寝床で身体を縮め、小さくなって眠っていたときのことが思い出され、本多は不意に切なくなった。

今夜はこのまま安心して、幼い頃のように母の足に触れながら眠ってもいいのだ、と思うと目尻からつぎつぎに玉のような涙が滴り落ちるのを抑えられなくなっていた。

あとがき

この小説は『タヴリチャンカの記録』（異国の丘友の会作成）という寄せ書きを基にして、主人公の本多二等兵が、抑留されていたシベリアから帰国した軌跡を綴ったものである。主人公のモデルは、その寄せ書きをくださった本間喜市氏で、近所に住む方の実兄である。

じつは二〇二〇年三月に、前編ともいうべき、『異国の丘へ』という作品を同じ鳥影社から出版している。そこでは、ソビエトの参戦から本多二等兵らが満州で捕虜となり、シベリアの地（異国の丘）へ約四五〇キロの道のりを、それも徒歩で行軍させられたという物語を書いた。その後編に当たるものが本書である。

わたしは、前編のあとがきで、「林部隊の方々のシベリア抑留記を、いつかは書かなければならないと思うのだが、その準備には時間がかかりまた体力的にも自信がない」と書いた。

ところが二〇二〇年の一月、予想外のことが起こった。コロナウィルスの蔓延によって、家に閉じ込められてしまったのである。

春になっても感染者は増え続け、健康のために通っていたスポーツクラブへ行くこともできず、梅雨があけると三十五度を超える暑さの中で外を散歩することもままならなくなった。毎日部屋の中に籠もり机に向かうしかなく、この『異国の丘から』を書く準備に入る以外、やれることは何もなかったというのがこの年の実状である。

さらに翌年の一月には、ウイルスの変異体も現れ、イギリスではロックダウンが行われ、日本も二度目の『緊急事態宣言』を出さざるを得ず、事態はいっそう深刻になった。

そのようなこともあって、本書を書き始める前に、京都の舞鶴へ、北陸の長岡へ、そして本間氏の故郷新潟へ旅をして、その街を見てみたかったのであるが、都県を越えての旅行の制限もあり、すべて家の中で資料と写真を見ながらの作業を進めざるを得なかった。

前編の『異国の丘へ』では、二〇一八年七月に『東アジアの平和を考える会』のツアーに参加して、満州へ旅することができ、哈爾浜の街を歩きながら様々な疑問を解きつつ書くことができたのだが、今回の作品はそういう検証がまったくできなかった。したがって、本書『異国の丘から』の帰還後の部分は、ほぼ創作（フィクション）である。

学生時代に経済学部のゼミで知り合った岡本（旧姓山本）晶子氏から新潟弁のご指導をいただいた。他の地方の読者が読み進めるにあたり、途中でつまってしまわぬようできるだけ工夫をしてみたが、方言を取り入れることに成功しているかどうかは自信がない。

また、岡本氏の新潟弁を、より分かり易くするために正確な表現を勝手に改変した部分もあり、すこし違和感のある会話になってしまったきらいがある。新潟弁を知る方にはその不十分さをお許しいただければ幸いである。

ところで、一九四六年十二月から、本間氏が帰還した一九四七年四月までの四ヶ月の間に、ナホトカから舞鶴へ戻ったシベリアからの復員兵（陸軍軍事捕虜）は、約一万二六〇〇人いる。（下記表のとおり。但し、引き揚げ船には、その他に海軍捕虜や一般邦人や非日本人も乗船していたが、ここにその数は含めていない）

一九四六年十二月　八日	大久丸・恵山丸（第一回帰還船）	四八七六人
一九四七年　一月　四日	明優丸（林隊長乗船）	二四二一人
同右　年　一月　六日	遠州丸	二三六八人
	天候不良のため欠航	
同右　年　四月　七日	明優丸（本間氏乗船）	二九三五人

その後、一九四七年の四月八日から十二月までの一年間（九ヶ月）には、一六万三四二二人の復員兵が舞鶴へ帰ってきた。

翌年の一九四八年には、一月、二月、三月、四月と天候不良のため出船できなかったが、五月以降は十二月まで輸送が順調に進み、さらに一六万四二二五人のシベリア抑留者が帰還した。ところが、一九四九年になると急に人数が半減し、その年は八万三七五二人、一九五〇年には五九四六人、さらに三年と数ヶ月の空白を経て一九五三年一二月、四三七人が帰還となる。その後帰還者は減り続け、一九五四年には、三六人。一九五五年には、六四人。一九五六年(一二月四日まで)には、一三九人だった。

最終の便は、その年(一九五六年)の一二月二六日、関東軍の将官ら七〇九人が「興安丸」で舞鶴に入港し、ナホトカからの引き揚げ船は停止した。

その結果、およそ六十万人を超える抑留者(厚生労働省は、五七万五〇〇〇人と発表)のうち、約四十三万人が舞鶴に辿り着き、その他の抑留者(推定十数万人)は、函館など他の港に帰った。帰還できなかったのは約六万人で、この六万人の死亡はほぼ確認されている。(だが不明の死亡者は他にもおり、ソ連に留まった者を含めて正確な未帰還者総数は、現在も確定できていない)

こうした経緯から、シベリアの抑留者が日本に戻ってきたピークは、本文でも触れたように、その他の外地帰還がほぼ終わった(本間氏が帰還した)あとの二年間ということが分かる。(一九四七年から四八年)

タヴリチャンカの第四収容所がナホトカに近かったこと、反ソ的な動きや「民主運動」もほとんどなく、そうしたことが本間氏らの早期日本帰還に繋がったとも思われる。当事者からすれば、けっして「早期」ではないだろうが、抑留者全体の動きからすると、やはり本間氏らは早期帰国の部類に入るだろう。

ちなみに『異国の丘』の歌詞の作者である増田幸治氏は、ロシア語ができたという理由から、「長期」に渡ってシベリアに留められ転属を繰り返し、彼が帰還したのは、一九五〇年の四月であった。何と、朝鮮戦争が始まる約二ヶ月前である。

またタヴリチャンカの第四収容所から他へ転属させられた技術者たちも、その技術の貢献をソビエトから求められ、機械修理に長けていた岩根兵長などは一九四九年六月まで、シベリアに留め置かれていた。

どうやらシベリア抑留とは、ヨーロッパ戦線での戦いで荒廃したソビエトの国を立て直すために、参戦で得た日本人捕虜の労働力や、その高い技術や知識をスターリンがどうしても必要としたという事情から生まれたものである、と言えるかもしれない。

(参考までに、第二次世界大戦におけるソ連の戦死者数は、何と約二六六〇万人。日本の戦死者は、約三一〇万人と言われている)

しかしどのような事情や理由があろうとも、シベリア抑留はポツダム宣言の条項やハーグ陸戦条約にも違反しており、またその扱いは人道的にもけっして許されるものではない。

当然のこととして、国際社会からも日本からも、不当な抑留との批難を受け、ソビエトは一九四六年末からようやく重い腰を上げ、日本人捕虜を帰国させることにした。ところがソビエトは、その後ふたたび誤りを犯す。スターリンは、日本人を帰国させるなら、ソビエトを賞賛するよう教育して還そうということで、各地の収容所内やナホトカのトランジェットでは、それまで進められてきた「民主化」運動が、日本人捕虜の共産主義化を図る動きへと切り替えられ、一九四七年の中頃から四八年にかけて活発化する。

本間氏や林隊長がナホトカを通過し、日本へ戻れたのは、その動きが活発化する直前だったように思われる。

他方、本書ではまったく触れることができなかったが、本間氏帰国以後の復員兵に対して、アメリカの占領軍は（GⅡ）を中心に、執拗な兵の呼び出しを行い、あるいは目をつけた兵に対しては村へ戻っても監視を続け、ソビエトの情報や繋がり、そして思想傾向を徹底的に調査し始めた。帰国軍人は、アメリカの占領政策を妨害する「危険な種子」と考えていたのだろう。

だが一九四七年と一九四八年の調査結果から、そのような心配のある者は一部の者だけであって、作られた「アカ化」「ソビエト化」は大方脆弱《ぜいじゃく》なものと判断するにいたった。

アメリカのＣＩＣ（米陸軍対敵諜報部隊）が、次のような調査結果を報告している。

――ソ連や共産主義に猛進する帰還者は、精神的道徳的に逆行した状態であるが、今後の時間の経過と共に、この逆行状態は徐々に緩和される。（小林昭菜『シベリア抑留』より）

このような経過の中で、ヨーロッパを中心にアメリカとソビエトの対立（冷戦構造）がはっきりしてくると、アメリカは、日本人捕虜に対するソビエトの扱いを批判し始め、反ソ宣伝を大々的に展開していくことになる。

たとえば、ジェームス・バーンズ元アメリカ国務長官は、前年の七月に約七十万の捕虜と新聞発表されていたにもかかわらず、翌年の一九四七年十一月にノース・カロライナ州で演説し、

「現在、ソ連には八二万八〇〇〇人の日本人捕虜がいる」

と公言し、ソビエトを強く批難した。

しかし、ソビエトに抑留された日本人捕虜の数は、全体で六〇数万人であり、一九四七年十一月段階では（右記に見たように）、すでに一七万人以上がシベリアから帰国しており、アメリカの宣伝する八二万八〇〇〇人の日本人捕虜がいる、という数字は正しくなかった。この過剰に誇張した八二万八〇〇〇人の数字を、日本でも『朝日新聞』がそのまま確かめもせずに、自社の既報を翻して報じている。

そしてこの数字はその後も様々な本に引用され、長い間訂正されなかった。その一例として、一九八三年に出版された毎日新聞社の『昭和史』第一三巻も、厚生省の資料を使いながら、「一九五〇年一月現在で、なおソ連に在る者三二万」と記している。

また、本間氏が帰還したときには、舞鶴の港に復員兵を迎える人々は、占領軍のMPと厚生省職員以外あまりいなかったが、一九四八年から一九四九年になると、舞鶴の岸壁（栈橋）に多くの看護婦がところ狭しと立ちならび、白いナース服姿で復員兵を手篤く迎えるようになっていた。こうした点を考えると私は、それまで様々な物議をかもす「鬱陶《うっとう》しい」と見なされてきた復員兵を、むしろ手篤く迎えることの方が、反ソ宣伝の方法として有効であるとアメリカの占領軍が判断し、途中から政策の方向転換を図ったのではないかと思えるのである。そして日本政府もGHQの意向に沿うようそれに従った感を否めない。

またとくに「赤い国」からの復員兵をあたたかく迎えることに消極的だった一般の日本人も、この頃はGHQ民政局（GS）の推し進める「民主化」のおかげで労働運動が盛んになり、別の理由から復員兵を「鬱陶しい」と思う人々は段々少なくなって行ったのではないだろうか。

では、特にソビエトの「民主化」運動に巻き込まれた復員兵自身はどうであったろうか。帰国するなりアメリカの「民主化」の動きと板挟みになり、相反する二つの国の「民主化」の狭間で、様々なことに沈黙せざるを得なくなった。

とくに、新聞やラジオで報道される東京裁判や、各国のBC級裁判の成り行きは、帰国したばかりの復員兵のみならず、早い時期に日中戦争に従軍した経験のある兵の心を縛ることになり、彼らの多くが政治から距離をおき、「隠れて生きる」しかなくなった。

そのため、戦後四十数年の間、自らの戦争体験を語らず、目の前の日々の生活を立て直すことに没入し、黙々と働いた人は多い。

一九八九年に東京地方裁判所の判決（シベリア抑留補償裁判）で敗訴の判断が出されると、息をひそめて生きてきた人々（元兵士たち）が、ようやくその重い口を開きはじめた。その彼らが語ったことは、

――戦後の政治の「どちらの勢力にも関わりたくないという思いにとらわれていた」

という声であり、

――共産主義は嫌いだが、戦争や再軍備はまっぴらだ。

という思いであったという。（参考文献『生きて帰ってきた男』より）

これは、それまでの複雑な復員兵の心境を考えると、そうつぶやく人々の気持ちも肯けるし、多くの人々が抱いた戦後の世論の核心をついているように思う。

ところで、多くの日本人が目の前の生活を立て直すことに没入し始めた頃、日本の占領政策に逆流が生まれ始めたのを知る人々は、当時どれくらいいたであろうか。

マッカーサーの占領政策とは別の、「ソ連とその他の共産主義に対抗するためには、日本をアメリカの強力な同盟国に作り替え、アジアにおける反共の防波堤にしなければならぬ」という声が、本国のワシントン国務省内を中心に起こってきたのだ。

その声は、一九四八年の大統領選挙で、マッカーサーの所属していた共和党が、トルーマンの民主党に敗れると、一層激しさを増して、占領政策の転換を次々に迫ってきた。GHQ民政局（GS）の局長ウィロビー少将とは別の、GHQ参謀第二部（GⅡ）のハリー・カーンなどを中心とするワシントン保守派がそれである。

副大統領から大統領の突然死によってアメリカの大統領になったトルーマンも、選挙で大統領の地位を再任されると、ソ連との「共存」を考えていたローズベルトの影から脱するように、本来の反共主義をあらわにする。

マッカーサーは、次第に初期の道を変えざるを得なくなり、一九四九年、アメリカの資本投入による日本経済の再建、GHQの機構縮小、警察力の強化、親米派の公職追放者の返り咲きなど、彼の信念に反するものを認めざるを得なくなった。

そして一九五〇年、朝鮮戦争が勃発すると、朝鮮半島へ投入されたアメリカ軍の穴埋めの代わりに、という理由で、七万五〇〇〇人の日本人による警察予備隊までが創設されていく。

こうして一九五一年四月、敗戦以来、日本の非軍事化を推し進めてきたマッカーサーは、突然トルーマン大統領から解任されアメリカへ帰国した。

つまり、日本の敗戦後の流れは、決して一つではなかったのである。アメリカの改革派と呼ばれる人々と、民主・共和を問わずワシントンの保守派と呼ばれる人々の攻防のなかで、マッカーサーが解任されると、日本を反共の砦とするために、日本の再軍備化が政治の中へ次第に組み込まれて行くのである。そして日本の政治家たちも、新憲法の「戦争放棄」と「再軍備化」の矛盾の間で、混乱をきたしていくことになる。

朝鮮戦争停戦後、戦争特需で日本の経済が立ち直ってくると、新憲法を支持した勢力は、「改憲」をして軍備を望むようになり、新憲法に反対していた勢力は、「護憲」をかかげ、沖縄の基地化を激しく批判するようになる。この頃『岸壁の母』（一九五四年）が作られ、菊池章子の歌が大ヒットする。（二葉百合子のヒットは、一九七二年頃）

日本人に生活の余裕が出てきたためであろう。その頃に生まれたわたしは、千葉県の館山の山奥に住む祖父から、たくさんの『軍歌』や『異国の丘』の歌を教わった。そのわたしが、真剣にこの問題に向き合い始めたのは、六十年経ってからである。

年金生活に入り、妻の伯父「今井健市」が、南方で戦死した事実を調べ始め、防衛省の資料室でその「最期」を、『軍旗はためくところ』『美波』の会報で、確認できたのもつい最近のことである。

この齢になって新たな事実を知り、まだまだ正確な認識の上にたつ軍国日本が突き進んだ戦争の反省と清算は終わっていないと思う日々である。

さて、本書をまとめるにあたって、現代史研究家の柴山敏雄さんや、その奥様の典子さんから様々な文献の紹介やアドバイスをいただいた。またお世話になった鳥影社の社長百瀬精一氏とともに、鳥影社の皆様ならびに小野英一氏にあらためて謝意を表したい。

二〇二一年（令和三年）二月

西木　暉

参考資料

橋本明子『日本の長い戦後』みすず書房（二〇一七）
柴山敏雄『日本現代史』第三章　歴史科学協議会編　青木書店（二〇〇〇）
野田正彰『戦争と罪責』岩波書店（一九九八）
鈴木正四『戦後日本の史的分析』青木書店（一九六九）
岩波講座『日本歴史』二三巻　岩波書店（一九七七）
小林昭菜『シベリア抑留』岩波書店（二〇一八）
林　博史『ＢＣ級戦犯裁判』岩波新書（二〇〇五）
小熊英二『生きて帰ってきた男』岩波新書（二〇一五）
大竹省二『遙かなる鏡』東京新聞出版局（一九九八）
小沢信男『ぼくの東京全集』ちくま書房（二〇一七）
原田　弘『ＭＰのジープから見た占領下の東京』草思社（一九九四）
佐藤忠良『つぶれた帽子』日本経済新聞社（一九八八）
半藤一利『マッカーサーと占領政策』ＰＨＰ研究所（二〇一六）
第二次大戦『各国軍装全ガイド』並木書房（一九九九）

参考資料

文　京洙『在日朝鮮人』岩波新書（二〇一五）
山下静夫『シベリア抑留一四五〇日　画文集』東京堂出版（二〇〇七）
山田　朗『Ⅲ　日本の戦争』天皇と戦争責任　新日本出版（二〇一九）
山田　朗『東京裁判』学習の友社（二〇〇八）
加藤聖文『海外引揚の研究』岩波書店（二〇二〇）
安斎育郎『誇り伝える空襲　逃げまどう市民たち』第四巻　新日本出版（二〇〇八）
『長岡空襲体験画集』長岡戦災資料館（二〇〇七）
NHK「戦争証言」プロジェクト『証言記録　兵士たちの戦争』第一巻（二〇一二）
復刻『朝日新聞縮刷版』（一九四五―一九五〇）吉川市立図書館「おあしす」所蔵
異国の丘友の会「寄せ書き　タヴリチャンカの記録」第二集　代表増田幸治（一九九四）
『日本列島空襲戦災誌』中日新聞社（一九七五）
『日本帝国の最期』「日本本土空襲概報」新人物往来社（二〇〇三）

〈著者紹介〉

西木　暉（さいき　てる）

昭和 29（1954）年、千葉県館山市に生まれる。
東洋大学文学部哲学科卒。
木雞塾専任講師、桐蔭情報経理専門学校教諭、
中学校社会科臨任教員などを経て、執筆活動に入る。
著書：
『運慶と快慶』（鳥影社）
『八条院暲子と運慶』（鳥影社）
『仏師成朝と運慶』（鳥影社）
『頼朝と運慶』（鳥影社）
『〈改訂版〉館山の記』（鳥影社）
『対馬への旅』（合同出版）
『異国の丘へ』（鳥影社）

異国の丘から
帰還した本多二等兵が見た
米占領下の日本

定価（本体 1600円+税）

2021年12月10日初版第1刷印刷
2021年12月16日初版第1刷発行
著　者　西木　暉
発行者　百瀬精一
発行所　鳥影社（www.choeisha.com）
〒160-0023　東京都新宿区西新宿3-5-12トーカン新宿7F
電話　03-5948-6470, FAX 0120-586-771
〒392-0012　長野県諏訪市四賀 229-1（本社・編集室）
電話 0266-53-2903,　FAX 0266-58-6771
印刷・製本　モリモト印刷

ISBN978-4-86265-913-2　C0093